깨어나지 말걸그랬어

깨어나지 말걸 그랬어

초판 1쇄 발행 2020년 5월 1일

지은이 김하림
펴낸이 배선아
펴낸곳 (주)고즈넉이엔티

출판등록 2017년 3월 13일 제2020-000053호
주소 서울특별시 강남구 역삼로 221, 6층 601호
대표전화 02-6269-8166 **팩스** 02-6166-9199
이메일 gozknock@naver.com

ⓒ 김하림, 2020
ISBN 979-11-6316-082-3   03810

이 소설은 밀리의 서재와 고즈넉이엔티가 공동으로 주최한
'K스릴러 작가 공모전'을 통해 개발된 작품입니다.

이 도서의 국립중앙도서관 출판예정도서목록(CIP)은 서지정보유통지원시스템
홈페이지(http://seoji.nl.go.kr)와 국가자료공동목록시스템(http://www.nl.go.kr/kolisnet)에서
이용하실 수 있습니다. (CIP제어번호: CIP2020004273)

깨어나지 말걸 그랬어

김하림 미스터리 스릴러

고즈넉이엔티
GOZKNDOK ENT

나는 끔찍한 살인사건의 유일한 목격자였다.
무엇보다 범인들이 내가 아는 사람들이라는 사실이
나를 지옥으로 내몰았다.

프롤로그

팔을 벌리자 바람이 느껴졌다. 시원하면서도 습기가 있어 찐득한 바람이었다. 졸업한 지가 언제인데, 남의 고등학교 옥상에서 왜 이러고 있는지 알지 못했다.

조금 전에 격랑 같은 감정의 소용돌이가 지나갔다. 여기 있는 이유는 어쩌면 그것 때문인지도 모른다.

역사가 오래된 고등학교는 구식 건물이었다. 콘크리트 난간을 붙잡자, 까슬까슬하고 더러운 감각이 느껴졌다. 그러나 이런 건 아무래도 상관없었다.

왼발을 먼저 옥상 난간에 올렸다.

조심스럽게 나머지 발도 올려 난간에 똑바로 섰다. 균형을 잡지 못하고 비틀거리던 몸이 다행히 중심을 잡았다. 서 있기 위험한 곳이어서 이미 올라오는 동안 떨어질 뻔했다. 깜짝 놀란 탓에 가슴이 펄떡펄떡 뛰며 피를 빠르게 돌려댔고 손끝으로 피가 몰렸다. 아래를 내려다보자 정신이 혼미했다. 떨어지면 즉사다.

낭떠러지에 서 있는 것처럼 몸은 아슬아슬했다. 그동안의 인생이 그랬던 것처럼.

몸이 15미터 저 아래로 추락하지 않도록 막아줄 보호막은 이제 없었다. 바람이 조금만 세도 떨어져, 온몸이 박살날 것이다. 긴 머리카락이 바람에 날려 시야를 가릴 때는 더 아찔했다.

난간은 발바닥을 충분히 받쳐줄 만큼 넓지 않았다. 외줄타기를 하듯 몸이 위태롭게 흔들렸다. 바람이 좀 더 거세졌다.

누군가 뒤에 있다는 상상을 할 수 있었다면, 여기에서 이런 위험하고 멍청한 짓은 하지 않았을까?

거센 바람이 불어와 등을 밀어버린 줄 알았다. 몸이 떨어지는 순간 본능적으로 몸을 돌리고 팔을 뻗지 않았다면, 거기서 끝이었을 것이다.

비명을 지를 새도 없이 모든 것이 순식간이었다.

다리는 허공에 위태롭게 떠 있었고, 갈고리처럼 세워 난간을 붙잡은 네 개의 손가락은 부들부들 떨리고 있었다.

눈을 치뜨자 사람의 얼굴이 보였다.

여기를 내려다보고 있는 누군가 있었다.

이로써 확실해졌다. 등을 민 건 분명 저 사람의 손이었다.

살려달라고, 이 손을 잡아달라고 소리치며 애원했다. 그러나 그는 내려다보기만 할 뿐 움직임이 없었다. 역광 때문에 어떤 표정을 짓고 있는지 보이지 않았다.

직감했다. 곧 이대로 떨어질 것이고, 죽을 것이다.

그리고 깨달았다.

이대로 떨어지면 살해당한 것이 된다. 간신히 올라가도 저 사람은 나를 살려두지 않을 것이다. 그러나 어차피 올라갈 수도 없다.

난간을 잡고 있던 네 개의 손가락 중 두 개가 떨어져 나갔다. 이제 손가락 두 개만이 목숨을 부지해주고 있었다. 뼈가 으스러져라 힘을 주자, 정말 뼈가 툭 하고 부러지는 느낌과 함께 엄청난 통증이 몰아쳤다. 중지 손가락이 부러진 것이다.

갑작스런 통증에 놀라 모르고 있었다.

몸이 아래로 추락하고 있었다.

1

이건 눈물인가?

처음엔 눈물 때문인지 시야가 흐릿하고 초점이 잡히지 않았다. 숨소리가 너무 크게 들렸다. 조금 시간이 지나자 뿌옇기만 하던 시야가 조금씩 선명해지기 시작했다.

하얀 천장, 낯선 냄새. 시선을 내려 보니 손에 꽂힌 바늘과 길게 이어진 튜브가 보였다. 머리 위에서는 규칙적인 기계음이 들렸다.

연영은 병원인가, 생각했다.

몸 전체가 뻐근하고 답답한 느낌이 들었다. 모든 신경과 근육이 마비된 것처럼 감각이 무뎠다. 코는 아무것도 느끼지 못했고 목소리를 낼 수 있을지도 자신이 없었다.

그러고 보니 코와 입이 답답하게 가려져 있었다. 산소호흡기였다. 자가호흡을 할 수 없을 때 사용하는 생명유지장치.

하나뿐인 동생 수경이가 떠올랐다. 수경이는 어딜 가고 난 왜 여기서 이러고 있는 거지?

연영의 시야에 무언가가 잡혔다.

사람이었다.

초점이 맞지 않아 흐릿했지만 수경이가 아니라는 건 확실했다. 시야가 선명해지는 데는 약간의 시간이 필요했다. 사람의 얼굴은 정확히 이쪽을 향하고 있었다. 눈이 마주친 순간 연영은 그 사람이 누군지 알았다.

목소리가 나올까? 답답한 산소호흡기 안에서 숨을 들이마셨다 내뱉기를 반복했다. 호흡과 동시에 목울대가 긁히도록 힘을 주자 목소리가 새어나왔다.

……아줌마.

갈라져서 나온 목소리가 산소호흡기에 갇혔다. 남의 것처럼 낯선 목소리였다.

거기서 뭐하세요?

말을 할 때마다 산소호흡기가 얼굴에서 흔들렸다. 말 한 마디 한 마디를 목구멍으로 넘기기가 쉽지 않았다. 목 안이 까끌거렸고 불에 탄 듯 뜨거웠다.

불러놓고 보니 그녀가 혼자라는 것을 깨닫고, 연영은 다시 입을 열었다.

……민서는요?

그녀는 말없이 연영을 바라보기만 했다. 놀란 표정이었다.

연영은 물어볼 게 많았지만 아직 그녀가 첫 번째 질문에 대답하지 않았기에 다음 질문으로 넘어갈 수 없었다.

그러고 보니 그녀는 등을 지고 있다가 돌아본 모양새였다. 나가려던 중이었는지, 막 들어와 문을 닫으려던 거였는지 알 수 없었다.

어느새 그녀가 침상 가까이 다가와 있었다. 허공에서 떨리는 손이 산소호흡기를 향해 움직였다. 연영은 눈동자만 움직여 지켜볼 수밖에 없었다.

손이 산소호흡기를 떼어냈다.

"연영아, 너…….."

"여기 병원이죠?"

자가호흡을 하고 있었다.

민서도 없이 왜 혼자 있느냐는 질문에 답을 듣지 못했지만 연영은 다음 질문으로 넘어갈 수밖에 없었다. 마음이 급해졌다. 머릿속에 답답한 게 끼어 있었다.

연영은 그게 무엇인지 생각해보았다. 아슬아슬하게 매달려 금방이라도 사라질 것 같은 장면이었다.

"전 옥상에서 떨어졌어요. ……수경이 고등학교 옥상이요."

무언가를 말하려던 그녀가 연영의 말에 입을 다물었다. 얼굴이 창백해졌지만 연영은 알아채지 못하고 말을 이었다.

"수경이 졸업식 날이었잖아요."

말을 하면서도 연영은 이게 말이 안 되는 소리라는 걸 알았다. 졸업식은 아직 한 달이나 남았으니까. 이상했다. 뭔가가 빠져 있었다.

그녀가 믿을 수 없다는 듯 천천히 고개를 저었다. 떨고 있는 것 같았다. 아줌마, 왜 그러세요? 연영은 이렇게 묻고 싶었지만 너무 한꺼번에 많은 질문을 하는 것 같아 그만두었다. 대신 다른 더 중요한 걸 물었다.

"우리 수경이는요?"

말하면서 연영은 물 속에 잠겨있는 것 같았다.

그녀가 창백한 얼굴을 연영에게 똑바로 고정한 채 조금 더 다가들었다. 간이의자를 끌어오는 움직임은 급하지 않았다. 철제 의자가 바닥에 끌리는 소리가 병실의 적막을 깨뜨렸다.

"그래, 학교 옥상에서 그랬어. 기억이 나는구나."

의자에 앉은 그녀가 연영에게로 몸을 수그렸다.

"그 다음은?"

"……."

"옥상에서 떨어진 그 다음은?"

연영은 그녀가 무얼 묻는 건지 이해할 수 없었다.

대답하지 않자 그녀가 쯧, 하고 혀를 차는 소리가 들렸다. 이내 비쩍 마른 피곤한 얼굴에서 한숨이 새어나왔다.

민서와 수경이는 절친한 친구였다. 그래서 민서 엄마인 그녀와도 아는 사이로 지내왔다. 그런데 그녀를 바라보던 연영은 묘한 위화감을 느꼈다. 분명 아는 얼굴인데도 아주 낯선 사람을 바라보는 기분이 들었다.

어디서 느껴지는 위화감인 거지?

짧은 시간에 이질적인 정보들이 들어오자 머리가 지끈거렸다. 무엇보다 뭔가가 누락된 느낌이 가장 문제였다.

몸을 움직여보려 했지만 쉽지 않았다. 언뜻 여기저기서 찌르는 통증이 느껴지는 것 같기도 했다.

출근을 해야 할 텐데.

며칠 입원해야 하는 거라면 병가를 내야 한다는 생각이 머릿속을 스쳤다. 고등학교를 졸업하고 힘들게 얻은 직장인데, 겨우 3년 차에 무단결근이라니.

민서 엄마는 한참 동안 말이 없었다. 뭔가를 생각하는 눈인데, 그게 뭔지 모르겠어서 답답했다.

민서 엄마가 목소리를 낮췄다.

"11년 전 일이야."

처음엔 무슨 말인지 이해하지 못했다.

"하지만…… 시간이 오래 흘러서 기억하지 못한다기에는 이상해."

연영의 반응을 기다리는 것처럼 그녀가 말을 멈추었다.

연영은 가장 궁금했던 답을 듣지 못했다는 걸 생각해내고 다시 물었다.

"수경이는요?"

"수경이는 왜?"

"어디 있어요?"

이상한 낌새를 직감해서일까, 재차 묻는 목소리가 떨렸다.

"왜 찾는 건데?"

이해되는 말이 없었다. 질문이 어이가 없어 다시 물으려는데 목소리가 생각처럼 나오지 않았다. 헛기침으로 목을 한 번 가다듬고서야 말이 나왔다.

"제 동생이니까요."

민서 엄마가 눈살을 찌푸렸다. 고개를 돌리고 내쉬는 한숨이 무거웠다.

"옥상은 알면서, 수경이는 모른다는 거니?"

"그게…… 무슨 말씀이세요. 옥상과 수경이가 무슨…….."

연영은 답답한 마음에 손을 꽉 쥐려고 했지만 힘이 들어가지 않았다.

연영은 민서 엄마의 눈빛이 그동안 알던 것과 다르다고 생각했다. 무엇이 달라진 걸까?

민서 엄마가 깊게 숨을 내뱉으며 말했다.

"······수경이 죽었잖아."

세상에서 제일 어이없고 기분 나쁜 농담을 들은 것 같았다. 연영은 그녀를 빤히 쳐다보았다. 농담이었다고 사과하기를 기다렸다. 그러나 그녀의 입술은 움직일 기미가 없었다. 표정 하나 바꾸지 않고 연영을 응시했다.

"혹시 머리가 어떻게 된 거니?"

아이들이 친구를 놀릴 때나 쓰는 말인데.

하지만 민서 엄마가 한 말이 진심이라는 걸 깨달은 순간, 연영은 숨이 가빠지기 시작했다.

"무슨 말씀하시는 거예요. 수경이가 왜, 언제······."

민서 엄마가 연영의 말을 잘랐다.

"11년 전에."

***

'11년 전이라뇨?'

'사실이야. 네가 머리를 다쳐서 잊었나 본데······.'

'수경이가 왜 죽어요? 왜, 언제요? 증거 있어요? 왜 이런 장난을 치세요? 수경이가 죽었다뇨!'

'사실이야.'

16

'언제 죽었는데요, 우리 수경이가!'

'2009년에 죽었잖아.'

민서 엄마는 모두가 아는 사실을 되풀이해서 말하는 게 성가시다는 표정이었다. 피곤하고 지쳐 보였다. 2009년이면 올해인데, 올해 언제 죽은 거냐고 연영이 다그쳤다.

그러자 참담하게 변하던 민서 엄마의 눈빛이 하루가 지난 아직까지도 생생했다.

민서 엄마의 붉은 입술은 더 이상한 소리를 했다.

'……지금 2020년이야. 11년 전이라고 했잖아.'

2009년 같은 소리 하고 있네, 하는 말투였다.

연영은 하염없이 천장만 바라보고 있었다. 여기까지가 민서 엄마와 더 나눈 대화였다. 연영이 계속해서 되새김질하는 지점이기도 했다.

뒤늦게 환자의 상태를 알아차린 의사와 간호사가 달려와 대화가 끊겼다. 몇 가지 성가신 검사를 끝낸 뒤에야 의사는 연영에게 '정상' 판정을 내렸다. 오랫동안 근육을 사용하지 않았으니 재활 치료를 거친 후에야 퇴원할 수 있을 거라는 얘기도 해주었다.

사고 직전 한 달 가량 기억에 문제가 생긴 듯하다며, 현대 의학으로 치료할 수 있는 부분은 아니라는 말도 덧붙였다. 기억이 돌아올지 아닐지 장담할 수 없다고 했다.

연영이 사고 직전 상황이나 사고 후 일들을 궁금해하자, 의사와 간호사는 보호자인 '이상미 씨'에게 물어보라고 했다.

그럼 동생이 죽은 건 어떻게 된 거냐고 묻자, 그것도 기억의 문제인 듯싶으니 '이상미 씨'에게 물어보라고 했다.

연영은 '이상미 씨'가 누구냐고 물었다.

이상미는 민서 엄마의 이름이었다.

의사가 나가고 간호사가 남아 조치를 취해준 후에야 병실이 조용해졌다.

연영은 혼자서 일어나 앉을 수 없는 상태였다. 저들이 말한 대로라면, 11년 동안 의식불명이었으니까.

연영은 여전히 충격에서 헤어나오지 못하고 있었다.

동생의 학교 옥상에서 떨어져 간신히 목숨을 건졌다는 사실을 믿을 수 없었다. 게다가 그 이후 11년이 지났다니.

연영이 옥상에서 떨어지기 한 달 전에 수경이가 먼저 세상을 떠났다고 했다. 연영은 수경이가 죽고, 한 달 뒤 졸업식이 있던 날 수경의 고등학교를 찾았던 모양이었다.

왜 동생도 없는 졸업식에 갔을까. 그러나 연영의 기억에는 그런일이 없었다.

부모님이 이혼한 후 연영과 수경은 아버지와 셋이 살았다. 아버지마저 병으로 세상을 떠났을 때는 연영의 나이 고작 열여덟, 수경의 나이 열다섯이었다.

연영은 가장이 되어야 했다. 대학을 포기하고 곧바로 취업했다. 어떤 곳이든지 좋았다. 하지만 고등학교에서 취업반에 속하지 않고 대학 입시를 준비하던 '아무 능력도 가지지 못한' 학생이 취업할 길은 막막하기만 했다. 결국 졸업한 고등학교를 찾아가 부탁해서 취업 자리 하나를 연계 받았다. 그렇게 해서 얻게 된 자리는 중견 여행사의 사무직원 자리였다.

밑바닥부터 시작했다. 이 회사에 어떻게든 자리를 잡기 위해서는 공부도 끊임없이 해야 했다. 학원비 말고는 저를 위해 쓰는 돈이 없었다. 나머지는 차곡차곡 모았다. 수경이만큼은 대학에 보내는 게 연영에겐 또 하나의 목표였다. 겨우 세 살 차이 나는 동생이었지만 자신이 부양해야 한다는 의무감 같은 게 있었다.

1월, 한 달 후면 학교가 개학을 하고 졸업식이 있을 예정이라 수경이는 겨울방학을 맘껏 즐기며 쉬었다. 수경이가 규칙 없는 생활을 하며 게을리 보내도 연영은 푹 쉴 때라고 생각해 내버려두었다.

그즈음 어느 날, 저녁을 먹으면서 수경이에게 대학 진학과 앞으로의 진로에 대해 물었던 게 떠올랐다. 시큰둥한 반응이 걱정스러웠던 것까지.

그런데 수경이가 그즈음에 자살을 했단다.

연영의 기억에는 없다.

연영이 고개를 돌리자 거울이 보였다. 아직 온전하게 움직일 수 없는 그녀를 위한 병원 측의 배려였다. 거울 속에 누군가 있었다. 낯선 여자가 연영을 향해 기묘한 표정을 짓고 있었다.

***

깨어났을 때는 사위가 깜깜했다. 새벽 3시쯤 되었을 것 같은 깊은 어둠이었다. 빛이라고는 창문으로 새어 들어오는 야경의 불빛이 전부였다.

연영은 습관처럼 고개를 돌렸다. 손질이 되지 않아 푸석한 머리칼을 만지면서 거울에 시선을 고정시켰다.

낯선 여자가 똑같은 표정으로 연영을 보고 있었다. 나이는 서른 넷이라는 걸 알고 있다. 생김새는 미묘하게 다르면서도 같았지만, 세월이 만든 차이는 선명했다. 그래서 낯설었다. 피부도, 눈빛도, 표정도, 살이 빠진 정도도, 턱 밑까지 대충 잘린 머리도.

거울 속 여자가 울기 시작했다. 연영은 그 여자가 우는 것을 바라보고 있었는데 자신의 손등 위로 눈물이 떨어졌다.

거울 속의 낯선 여자와 자신이 한 사람이라는 것을 받아들일 수 있을지 자신이 없었다. 의식을 놓고 잠든 사이 11년이라는 시간이 지났고, 그녀는 꼭 그만큼의 인생을 잃었다.

하지만 달라진 몸이 세월을 증명해주었다. 민서 엄마만 봐도 차이가 확연했다. 그 곱던 40대 얼굴이 마음고생을 얼마나 했는지 주름이 자글한 50대 막바지 줄에 접어들어 있었다. 아까 느껴졌던 위화감의 이유였다.

반대쪽으로 고개를 돌리니 벽에 걸린 큰 달력의 윤곽이 보였다. 어두워서 글자가 선명하진 않았지만 '2020'이라는 숫자는 알아볼 수 있었다.

또 몸이 떨리기 시작했다. 신경안정제의 효과가 다 떨어진 모양이었다.

연영은 이불 속에서 팔을 구부려 자신의 몸을 끌어안았다.

이 모든 게 진짜일까? 현실일까? 이게 가능한가?

얼마나 그러고 있었을까, 문득 연영은 얼굴을 자세히 보고 싶다는 생각이 들었다.

연영은 이불 속에서 나와 링거 주사바늘을 뽑아버리고 침대 밖으로 팔을 뻗었다.

안 그래도 찬 손바닥이 더욱 체온을 잃어갔지만, 연영은 아랑곳하지 않고 팔로 바닥을 기었다. 힘없는 다리가 질질 끌려왔다. 근육 없는 팔이 후들후들 떨려 금방이라도 꺾여서 바닥에 턱을 박을 것 같았다.

2미터 정도 떨어진 벽까지 도달하기 위해 연영은 기력을 다 써야 했다.

거울 속엔 눈이 무서운 여자가 있었다. 아니 자세히 보면 끔찍한 슬픔에 잠식되어 있다는 것을 알 수 있었다. 침대 위에 있을 때 봤던 그 여자. 가까이서 보니 더 확연히 느껴졌다.

생김새는 같았지만 보고 있기 힘들 정도로 야윈 얼굴은 마치 다른 사람 같았다. 눈동자는 힘을 잃었고, 표정은 없었으며 관리되지 않은 피부는 세월에 더해져 축 늘어져 있었다. 잘하면 마흔으로도 보일 것 같았다.

볼품없었다.

바로 어제 본 것만 같은, 볼이 통통하고 생기 있던 동생의 얼굴이 떠올랐다.

연영은 눈물을 닦으며 자신의 볼을 쓸어보았다. 살갗의 느낌이 낯설었다. 이 눈물을 흘리는 사람이 거울 속 여자인지 자신인지 알지 못했다.

여자는 연영보다 11년의 세월만 더 먹은 게 아니었다. 여자의 얼굴에는 오랜 고통을 겪은 사람만이 가질 수 있는 깊은 슬픔이 있었다.

아물지도, 다스리지도 못하고 그 자리에 고여 있었을 고통이 연영의 얼굴을 몰라보게 변하게 만들었는지도 몰랐다.

시간은 모든 사람에게 공평하게 주어지지도 않고, 똑같이 흘러가지도 않는다. 의식은 그 긴 시간을 죽은 채 흘려버렸지만 몸은 세월의 파동을 온몸으로 견디고 있었던 것이다. 연영은 거울 속 여자를 보면서 자신이 꼭 그런 것 같다고 생각했다.

어디에도 스물셋의 푸릇푸릇한 모습은 없었다. 영혼이 되어 남의 몸에 들어와 기생하는 것 같았다.

모든 것을 잃었다. 자신을 잃은 것보다 수경이를 잃었다는 충격이 더 컸다. 믿을 수 없었다. 두 눈으로 보지 못했고, 기억에도 없는데.

문이 열리고 간호사가 들어왔다. 환자가 깨지 않도록 병실 전체 등을 켜는 대신 수면등을 켜고는 기함하듯 놀랐다.

"어머, 거기서 뭐하세요!"

간호사가 허둥지둥 다가와 연영의 몸을 안아 들어올렸다. 힘없는 두 다리가 축 늘어진 채 끌려갔다. 간호사가 끙끙거리며 힘들어 하는 소리가 들렸다.

"여기서 뭐 하고 계셨어요!"

"……거울 좀 보려고요."

"손거울 하나 갖다드릴게요. 신경안정제 더 넣어드릴 건데, 다시 잠이 올 거예요."

"제가 정말…… 김연영이 맞나요?"

"예?"

"제 동생은 어디 있어요?"

"아시잖아요. 동생분은……."

"우리 수경이가 왜 자살을 해요?"

"그건 저도 잘……. 얼른 누우세요. 자, 제 팔 꽉 잡지 말고 놓으세요. 침대에 누우셔야죠."

연영은 간호사의 말대로 하지 않았다. 간호사가 힘들어 하고 있어 안쓰러운 마음이 들긴 했지만 어쩔 수 없었다.

"수경이 찾아주세요."

간호사가 이제는 좀 성가셔 하는 표정을 지었다.

"일단 누우세요."

"정말로 11년이 지난 게 맞아요?"

"네, 맞아요."

"그때 상황 좀 말씀해주세요. 전 옥상에서 왜 떨어진 거예요?"

"그건 저도 몰라요. 이제 누우세요. 제 팔 놓으시고요."

침대에 앉혀지긴 했지만 눕지 않고 버텼다. 연영은 다시 고개를 돌려 거울을 바라보았다. 수면등에만 의지한 병실 안은 어두웠지만 거울 속 여자의 얼굴은 또렷이 보였다.

무슨 일이 있었던 거예요?

묻고 싶었다. 그러나 거울 속 여자가 대답해줄 리 없었다. 연영은 그렇다면 자신이 대신 대답해주기로 했다.

나는 수경이가 죽었다는 말, 믿지 않아요.

2

민서 엄마가 다시 온 건 그로부터 3주나 더 지나서였다. 연영이 퇴원하는 날이었다.

오랫동안 사용하지 않아 쇠퇴한 근육들을 되살리는 일이 쉽지는 않았지만 생각보다 빠르게 진전이 있었다. 재활 치료를 받으면서 연영은 상미가 오기만을 목이 빠지게 기다렸다. 그게 3주가 넘어갈 줄은 몰랐다.

뇌사 판정을 내려도 이상할 게 없던 환자가 11년 만에 깨어나는 기적 같은 순간에 옆에 있었던 상미가 그 이후 한 번도 찾아오지 않는다는 건 이상했다. 게다가 상미는 연영의 입원비와 치료비를 도맡은 '보호자'로 등록되어 있었고, 11년 동안 그 모든 것들을 감당한 장본인이었다.

상미의 남모른 노력은 거기서 끝이 아니었다. 11년 동안 누워 있었는데 어떻게 몸의 회복이 이렇게 빠를 수 있는건지 연영이 물었을 때, 간호사는 잠시 당황해 대답을 고민하는 듯하더니 '그러게요' 하고는 나갔다. 오랜 기간 의식이 없던 사람이 이렇게 빠르게 몸을 회복하는 선례가 있었는지 물으러 간 것이었다.

답을 가지고 돌아온 간호사는 그제야 자신도 이해가 되어서 개운하다는 얼굴이었다. 답은 '이상미 씨'가 안마를 담당하는 간병인을 따로 고용해 끊임없이 연영의 몸을 마사지해주었기 때문이었다. 바빠서 자주 오지는 못해도 상미는 돈을 들여서라도 연영의 몸을 돌봐왔던 것이다.

생판 남인데 어떻게 그럴 수 있을까, 의아하다가도 어찌 보면 꼭 말이 안 되는 건 아니다 싶었다. 수경이와 절친한 친구였던 딸 민서를 생각해서 한 일이었을 것이다. 정말로 수경이가 죽은 거라면, 그리고 그 언니는 사고를 당해 일가친척도 없이 홀로 병원에 누워 있다면, 민서 가족의 심성으로 모른 척하기 어려웠을 것이다.

병실에 들어선 상미는 3주 전에 봤을 때보다 더 수척해 보였다.

"많이 회복되고 있다고 들었는데 진짜 그런 것 같네. 정말 다행이야."

상미가 진짜 가족 같은 미소를 지어 보였다.

"곧 의사 선생님도 오실 거야. 마지막 상담하고 퇴원 수속 밟으면 된다고 하더구나."

상미를 본 순간 연영은 자신이 스물셋에 머물러 있는 동안 흘러버린 시간을 또 한 번 실감했다.

침대 옆에 앉기 전에 상미는 가지고 온 종이가방 안에서 연영이 입을 옷가지를 꺼냈다.

"민서가 한국에 있을 때 입던 옷이야. 체격이 비슷했으니까 맞을 것 같아서. 지금…… 네가 너무 말라 어떨진 모르겠지만. 어서 건강했던 모습으로 돌아왔으면 좋겠다.”

3주 동안 연영은 병원 인포데스크를 통해 여러 번 연락했지만, 상미는 단 한 번도 응답하지 않았다. 간호사를 통해 출장 중이라는 메시지만 전달했을 뿐 직접 병원으로 전화를 걸어주는 일은 없었다. 그때 사고 상황을 물어볼 수 있는 사람이 상미밖에 없어 답답한 게 가장 컸지만, 한편으로는 왜 응답을 해주지 않는 건지 의구심이 들기도 했다.

“옷 입는 거 도와줄까?”

연영은 상미 앞에서 어떤 태도를 취해야 할지 알 수 없었다.

그렇게 기다렸는데, 막상 상미를 보니 머리가 뒤죽박죽이었다. 연영은 그 중에서 가장 쉬운 것부터 꺼내기로 했다. 방금 들은 말이 그것이었다.

“민서가 한국에 있을 때라뇨? 민서 한국에 없나요?”

“미국에 가 있어. 벌써 좀 됐지.”

“왜요?”

“박사 과정 밟으러. 그래서 내가 이렇게 외롭게 지내고 있다.”

어쩐지.

이제야 한 가지 궁금증이 풀렸다. 연영이 깨어났고, 돌봐준 사람이 자신의 엄마인데 민서가 찾아오지 않는 게 의아했었다.

상미가 옷을 입을 수 있겠냐고 재차 묻는 뜻으로 옷을 들어 보였다.

“유행이 좀 지난 옷인가.”

마음이 쓰이는지 상미가 옷을 다시 살펴보았다. 옷은 유행이 지나 보이지도 않았지만 지금 연영에게 중요한 건 그런 게 아니었다.

"제가 혼자 입을 수 있어요. 그런데…… 저 아줌마 많이 기다렸어요."

상미가 무슨 말이냐는 듯 눈을 깜빡였다.

"병원 통해 여러 번 연락드렸는데, 한 번 들르겠다고 대답하신 뒤로는 아예 전화를 받지 않으셨다고 들었어요. 많이 바쁘셨어요?"

태연한 척 말하고 있었지만 연영은 사실 상미 대하기가 예전보다 어렵게 느껴졌다. 자신은 멈춰 있는데 혼자 십 년의 시간을 더 먹은 상미는 그만큼 더 먼 존재가 된 것 같았다.

상미가 들고 있던 옷을 연영에게 건네주며 천천히 침대에 걸터앉았다. 상미와의 거리가 가까워졌다. 이불이 눌리는 소리가 들릴 만큼 병실은 고요했다.

"아…… 그게 서운했을 수 있겠다. 병원에서 전화가 걸려올 때마다 일이 바빠 못 받기도 했지만, 다시 전화하지 않은 건 곧 올 거였으니까. 그런데 맘처럼 안 되더구나. 워낙 일이 바쁘다 보니 정신없이 시간이 흘러가더라. 어느새 오늘이 됐지 뭐니."

상미가 미안한 표정으로 미간을 찡그렸다. 연영은 고개를 저었다.

"아줌마가 미안해하실 건 없어요. 절 이만큼 돌봐주신 것만으로도 평생 갚을 수 없는 빚을 졌는걸요. 기약도 없이 기다려주셨는데……. 정말 감사합니다."

세월이 흘러서 변한 건지, 연영은 제 말투마저도 낯설게 느껴졌다.

무슨 생각을 하고 있는 걸까. 연영의 진심 어린 인사에도 상미는 미동 없이 연영을 빤히 응시했다. 뭔가를 찾는 눈빛 같았다.

"왜 그러세요?"

상미가 머뭇거렸다.

"다행이라고 해야 되는 건지 모르겠는데……."

연영은 잠자코 기다렸다.

"괜찮은 거니? 아니, 생각보다 괜찮아 보여서. 실감이 안 나서 그런 건가?"

연영은 상미가 무엇을 말하는 건지 알 것 같았지만 아무 말도 하지 않았다.

"그래, 그럴 수 있겠다. 내가 너무 성급하게 한꺼번에 얘기해버렸으니."

침묵이 흘렀다. 연영은 아직 수경이에 대한 이야기를 나누고 싶지 않았다.

믿지 않으니까.

"퇴원하면 저 어디로 가는 거예요?"

"일단 우리 집으로 가자. 지금 네가 갈 데가 없지 않니, 아마?"

"그렇겠네요."

생각하고 있던 바였다. 안 그래도 연영은 며칠 전 담당 간호사에게 앞으로 어떻게 해야 하는지 물어봤다. 아마 당분간은 기초생활수급비로 생활해야 할 거라는 답변이 돌아왔다. 행정 처리가 되는 것도 시간이 좀 걸릴 거라고 미리 언질을 주기도 했다. 대비해야 할 것이라는 뜻이었다.

연영은 머릿속으로 얼마 전까지 자신이 모았던 돈이 얼마 정도인지 가늠해보았다. 11년이 없는 연영에게는 신기하게도 바로 어제까지 모은 돈을 떠올리듯 기억이 생생했다. 그래 봐야 겨우 직장 3년 차라 얼마 안 되지만.

잠시 후 의사가 들어와 눈에 펜라이트를 비추고, 입을 벌려보게 하고, 청진기를 대보는, 기본적인 검사 몇 가지를 하더니 차트를 넘겼다.

그동안 매일 봤던 얼굴인데, 병실에서는 오늘이 마지막일 것이다. 의사가 기록할 준비를 마쳤는지 차트와 볼펜을 안정적으로 잡은 자세로 연영을 응시했다.

"기억에 관한 건 어때요?"

"똑같아요."

"어떻게 똑같죠?"

"저번에 말씀드렸던 그대로요."

"다시 한 번 말해보실래요?"

연영은 자신이 2009년 1월 17일 이후로는 아무런 기억이 없으며, 의식을 차리기 직전에 수경이의 졸업식 날 학교 옥상에서 떨어지던 장면이 떠올랐다고 말했다.

이것은 분명 이상한 지점이었다.

연영의 기억이 멈춘 곳은 2009년 1월 17일. 그러나 연영의 사고가 일어난 날이자 머릿속에 남은 장면은 2009년 2월 10일 졸업식이었다.

"제가 옥상에서 떨어진 날이 2월 10일이라고 하셨죠?"

의사는 심란한 표정으로 고개를 끄덕이고는 물었다.

"김연영 씨, 그러니까 기억에 대한 건 그게 끝이라는 거죠?"

"네."

"본인은 여전히 스물세 살?"

"네."

의사가 속상한 사실을 받아들여야 하는 아이 같은 표정을 지으며 고개를 끄덕였다. 그는 뭔가 할 말이 더 있는 듯했다.

"음…… 그런데요, 김연영 씨, 지난주 저한테 말씀하셨던 거. 그 기억도 여전해요?"

연영은 망설임 없이 고개를 끄덕였다.

의식을 차리고 시간이 좀 지나자 머릿속에서 불현듯 떠오른 게 있었다. 옥상에서 떨어졌다는 건 명확했지만, 어쩌다 그렇게 됐는지는 뿌연 안개 속에 갇힌 것 같던 기억. 그런데 일주일 전, 그게 선명해진 것이다.

"그렇군요. 여전히 그 사람 얼굴은 기억나지 않고요?"

"네, 11년 전에 절 옥상에서 밀었던 사람은 멀쩡히 잘 살고 있겠죠. 아무 죄도 짓지 않은 것처럼요."

상미에게는 이런 걸 말할 기회가 없었다. 듣고 있는 상미는 어쩐지 별다른 반응을 보이지 않았다.

옥상에는 두 사람이 있었다. 한 사람은 연영 자신이었고, 또 다른 한 사람은 얼굴이 기억나지 않았다. 연영을 밀어버린 사람은 난간에 매달린 연영을 구해주지 않았다. 애초부터 구해줄 생각이 없는 사람이었다. 연영을 죽이기 위해서 밀었으니.

상미에게 묻고 싶었던 것 중 하나가 이것이었다. 범인이 누구인지, 범인이 잡히지는 않았는지.

"아줌마, 범인 아직 잡히지 않은 거 맞죠?"

벽에 기댄 채 두 사람의 대화를 듣고만 있던 상미가 몸을 세웠다.

"그래, 잡히지 않았지."

"그럴 만한 사람도 특정되지 않았고요?"

"응, 학교에서는 불미스러운 일이니까 묻고 싶어 했어."

연영은 고개를 끄덕였다. 이 정도만 대답을 들어도 되었다. 이 정도면, 괜찮았다.

"저랑 체격이 비슷했어요."

순간 상미가 움찔한 것처럼 보였는데 이유는 알 수 없었다.

퇴원 수속을 하기 전 의사는 연영에게 기억이 언제 돌아올지는 알 수 없으며, 영영 이 상태로 멈춰버릴 수도 있다고 했다. 노력을 한다고 기억이 돌아올 거라 보장할 수도 없으며 오히려 더 역효과가 날 수도 있으니 결국 모든 건 하늘에 달려 있다고 했다.

상미와 함께 병실을 나서면서 연영은 의사에게 자신이 이렇게 깨어난 걸 기적이라고 할 수 있는지 물었다.

의사는 '대부분은 기적이라고 부른다'고 대답했다.

연영은 스스로 휠체어에 앉을 수 있었다. 하지만 휠체어를 접어 트렁크에 싣는 것과 차에 오르는 건 상미의 도움을 받아야 했다.

연영은 창밖으로 흘러가는 세상을 가만히 바라보았다. 다른 세상에 온 것처럼 낯설었다. 애초에 알던 길도 아니었지만 이런 건물이, 이런 길거리가 있는지도 몰랐다. 먹고 살기 바빠 자신이 몰랐던 것이거나, 아니면 길 자체가 변했을 터였다.

연영이 영원히 그럴 것처럼 잠들어 있는 동안에도 세상은 아랑곳 없이 제 갈 길을 갔다. 멈춰 있던 건 자신뿐이었다.

연영은 바싹 말라가는 입술을 오므려 살짝 침을 묻혔다. 금기어를 내뱉어야 하는 기분이 들었다.

"왜 저한테 거짓말하셨어요?"

상미가 오른쪽으로 살짝 고개를 틀었다.

"응?"

영문을 모르겠다는 상미의 반응에 연영은 황당했다.

"수경이 죽었다고, 그것도 자살했다고 거짓말하셨잖아요."

"거짓말이라니? 무슨 말을 하는 거니?"

"수경이 어디 있는지 알려주세요. 왜 저한테 숨기시는 거예요?"

상미와 연락이 닿기만을 기다리는 동안 답답해서 숨이 막힐 지경이었다. 진실을 알고 싶었다. 수경이가 어디에 있는 건지, 진실을 알아야 했다. 그러나 상미의 태도는 뻔뻔하기 그지없었다. 상이라도 주어야 할 것 같은 연기력이었다. 아니, 연기여야 했다.

"아무리 생각해도 그럴 만한 이유가 떠오르질 않더라고요. 살아 있는 수경이를 죽었다고 하면서 저를 속일 이유가 뭐가 있는지."

병원에서 그저 멍청하게 누워만 있던 게 아니었다. 신경안정제 때문에 대부분 잠에 취해 있기는 했지만 정신이 들 때마다 생각이란 걸 했다. 그 결과, 수경이가 죽었다는 건 그 어떤 상황을 가정해봐도 말이 되지 않았다.

뭐가 있을까. 지난 3주 동안 굳어버린 머리를 쥐어짜고 뒤틀어봐도 아무것도 떠오르지 않았다. 의식불명이었던 세월 동안 무슨 일이 있었을 거라는 생각이 들었다. 수경이가 언니 간호를 못 하겠다고 포기하고 도망이라도 쳤나? 알고 보니 비싼 병원비와 간병인 비용을 감당한 건 상미가 아니라 수경이었던 게 아닐까?

앞날이 창창한 제 인생을 포기할 수 없어 돈만 보내는 것으로 의무를 다했다고 생각하고 있었는데 언니가 깨어나 부담스러워 숨어버렸을지도 모른다.

이렇게 생각하면 병실에 얼굴을 비치지 않은 상미의 태도가 납득이 갔다.

우리 수경이는 부모 대신이었던 언니에게 그럴 애가 아니라고 생각하면서도 자신이 모르는 11년의 세월이 사람도 바꿔놓았을 수도 있겠다 싶었다. 사람은 변한다. 게다가 수경이는 그때 아직 인격과 가치관 같은 것들이 자리를 잡기 전인 어린 나이였다. 충분히 변할 수 있다.

"그냥 네가 믿고 싶지 않은 거 아니니?"

상미는 담담하게 말했지만 연영은 정곡을 찔린 사람처럼 놀랐다.

믿고 싶지 않아 나 스스로 어떻게든 다른 가능성을 만들어낸 거라고? 제발 그건 아니길 바랐다. 연영은 속으로 몰래, 그렇지만 간절히 빌었다.

별안간 상미가 한숨을 쉬더니 말했다.

"갈 데가 있어."

거기가 어딘지 연영은 묻지 않았다.

불길했기 때문이었다.

서울대병원을 빠져나온 차는 창덕궁을 지나 뻥 뚫린 넓은 대로로 진입했다.

연영은 이 차가 목적한 곳에 영영 도달하지 않기를 바랐다. 상대가 말해주지 않아도, 듣지 않아도 알아지는 것이 있다는 게 이런 걸까.

차가 비포장도로로 진입해 나무가 우거진 길을 한참 오르기 시작했다.

연영은 여전히 아무것도 묻지 않았다. 상미가 거짓말을 하고 있는데, 뭘 묻는다고 무슨 소용이 있을까. 아니, 거짓말일 뿐이어야 했으니까 아무것도 묻지 않았다.

"내려."

연영은 상미를 따라 차에서 내렸다.

상미는 말없이 앞장서 걷기 시작했다.

구불구불 좁은 길을 지나가자 넓은 부지가 펼쳐졌다. 주차장인 듯 드문드문 세워놓은 차들이 있었다. 그 앞에 보이는 작은 사찰. 그 옆에 거대한 현대식 건물이 있었다. 상미는 그곳으로 향하고 있는 것 같았다.

여기가 어디인지 알 것 같아 연영의 발걸음이 느려졌다.

건물 안에 들어서자 넓은 공간에 휑뎅그렁하게 자리한 관리소가 보였다. 상미는 멈추지 않고 관리소를 지나쳐 계단을 올랐다.

사각형 공간박스 같은 것이 빽빽하게 채워져 있는 곳이었다. 연영의 얼굴이 창백해졌다.

상미가 손짓으로 부른 데 서자, '김수경'이라는 이름과 웃고 있는 익숙한 얼굴 사진이 보였다.

그 뒤엔 유골함이 있었다.

수경이의 시간은 열아홉에서 멈추어 액자 속에 박제되어 있었다. 세 개의 사진 중 하나는 수능 날 연영이 찍어준 사진이었다. 수경이는 그날도 교복을 입었다. 긴장한 채로 웃던 얼굴이 가슴에 맺혔다.

연영이 기억하는 한 마지막으로 찍어준 사진이었다.

"네가 직접 액자에 끼워서 넣어둔 거야. 물론 넌 기억하지 못하겠지만."

상미의 목소리는 담담했다.

연영은 눈조차 깜빡이지 못한 채 유골함을 바라보았다. 어디선가 이상한 소리가 들려왔다. 쉭쉭거려서 마치 뱀이 내는 소리 같기도 한 그것은 연영 자신의 숨소리였다. 호흡이 금방이라도 터질 것처럼 위태로웠다.

"아무리 후유증이라 해도 어떻게 동생 죽음까지 잊어버릴 수 있는 건지…… 난 잘 이해가 안 된다."

상미가 내쉬는 한숨 소리가 다른 세계의 것처럼 멀게 들렸다. 연영은 손을 뻗어 사진을 가져와 가까이서 바라보았다.

액자를 가슴에 끌어안았다.

"그럴 리가 없어요."

말도 안 돼.

그럴 리가 없어.

다리에 힘이 풀렸다. 연영은 그대로 바닥에 주저앉았다. 몸속에 있던 피가 전부 빠져나가는 것 같았다. 충격을 감당하지 못한 몸이 휘청거렸다. 가슴에 끌어안은 액자를 부서져라 부둥켜안고 수경이를 불렀다.

그런 와중에도 연영이 깨달은 것이 있었다.

상미의 도움 없이 자신은 아무것도 할 수 없다는 것이었다.

돌아오는 차 안에서는 어떤 대화도 오가지 않았다.

상미의 집은 연영이 수경이를 데리러 종종 왔을 때, 보았던 그대로였다.

이사도 가지 않았으며, 가구나 집기도 익숙했다.

연영에게는 1년도 안 된 일이라 이상할 게 없어도, 실제로는 11년이라는 세월이 흐른 것을 생각하면 이렇게 그대로인 집에 고마울 지경이었다.

연영은 휠체어를 신발장에 두고 일어서다가 현기증에 비틀거렸다. 손으로 겨우 벽을 짚고 상미를 향해 섰다.

"수경이가 자살을 했다고 했죠."

신발을 벗던 상미가 그대로 멈췄다. 돌아보는 그녀의 얼굴에는 대답하기도 껄끄럽다는 표정이 떠 있었다. 말없는 상미를 대신해 연영이 말을 이었다.

"수경이한테는 자살할 이유가 없어요."

"그걸 네가 어떻게 알아?"

"말이 안 되잖아요. 졸업을 코앞에 두고 자살을 한다고요?"

"그럴 만큼 괴로운 일이 있었나 보지."

"아니에요."

"연영아."

"그럴 리가 없어요. 이건 절대 말이 안 된다고요."

"현실을 받아들여야……."

"수경이한텐 그럴 만한 일이 없었어요!"

정적이 흘렀다.

싸늘한 목소리가 돌아왔다.

"그걸 네가 어떻게 알아? 네 동생을 그렇게 잘 알아? 비밀까지 다 알 만큼?"

상미의 낯선 태도에 연영은 잠시 당황했지만, 지금은 그런 게 중요한 게 아니었다. 정말로 수경이가 죽었다는 생각에 몸이 떨려왔다. 오열을 거듭하느라 퉁퉁 부어버린 눈두덩이 너무 무거웠다. 눈을 감으면 이대로 모든 걸 놓아버릴 것만 같았다.

"직접 내 배로 낳은 내 딸도 모든 걸 알지 못한 채 키우는데, 겨우 언니일 뿐인 네가 모든 걸 다 안다고?"

잘못 본 것일지 모르지만, 연영은 방금 상미가 웃은 것 같다고 생각했다.

상미의 말도 맞는 말이었다. 겉보기에 행복했다고 실제로 행복했을 거라고 생각하는 건 오산이다. 하지만, 자살을 결심할 정도로 힘들었다면 전조 정도는 있어야 했던 거 아닐까. 알아채지 못했을 리가 없다.

아니면, 원래는 나도 알고 있었는데 지금은 기억을 잃어서 모를 뿐인 걸까.

상미가 방을 안내해주고 몸을 돌리는데 연영이 멈춰 세웠다. 목소리가 떨려 나왔다.

"……전 이제 어떻게 살아야 돼요?"

"그냥 살아야지, 뭘 어떡해. 살아있으니까 사는 거야."

"전…… 이대로 있을 수 없어요. 수경이를 죽게 만든 게 대체 뭔지, 그 이유를 찾을 거예요."

말하면서도 연영의 목소리에는 기운도, 의욕도, 확신도 없었다. 스물세 살에 멈춰버린 내가 뭘 할 수 있을까, 하는 생각이 머릿속을 빙글빙글 돌았다.

"그래, 찾아. 어떻게든. 내가 도울 일이 있다면 좋겠구나."

"그때…… 수경이가 남긴 유서 같은 건 없었어요?"

"글쎄, 네가 다 알아서 하지 않았을까? 사실 난 아는 게 거의 없다. 특히 그런 건……. 내가 아무리 민서 애미라고 해도 말이야."

"민서는 알고 있는 게 없을까요? 아줌마보다는."

"민서도 아는 게 없었어. 여기 없으니 연락도 잘 안 되고…… 네가 혼자 해야 할 거야."

상미가 뭔가 생각난 듯 핸드백 안에서 휴대폰을 꺼냈다.

"예전에 민서 친구 번호를 저장해둔 게 있는데, 도움이 될까 모르겠네."

"민서 친구요?"

상미가 연락처를 찾는지 휴대폰을 들여다보았다.

"민서랑 수경이가 좀 친했니. 주변 친구들이 뭐 아는 게 있을지도 모르지."

그 나이라면 고민을 가족보다는 친구에게 털어놓는다. 일리 있는 말이었다.

"연락처 적어줄게. 너한테 어느 쪽으로든 도움이 됐으면 좋겠구나."

"뭐든지 해봐야죠. 분명 도움이 될 거예요."

두통이 몰려온 탓에 관자놀이부터 머리 전체가 웅웅 울려 시야가 흔들렸다. 상미 뒤에 누군가 숨어 있는 것처럼 형태가 겹쳐 보였다.

탁자 위 메모지에 전화번호를 적던 상미가 고개를 들었다.

"수경이가 죽음을 택한 장소가 학교 옥상이라는 걸 가볍게 여기지 마."

그것은 마치 무언가를 암시하는 신호 같았다. 의도적인 신호인 걸까.

어쩐지 소름이 돋았다. 상미가 메모지를 내밀었다.

연영은 멍한 눈으로 받아들었다.

거기에는 전화번호와 함께 지은지라는 이름이 적혀 있었다.

***

햇살은 소리 없이 방 안을 가득 채우고 있었다.

연영은 침대에 누운 채 햇살을 가만히 바라보았다. 빛이 소리가 없는 건 당연한데 그 고요함이 너무도 이상하게 느껴졌다.

상미는 아침 일찍 출근했는지 나가고 없었다. 식탁 끄트머리에 노란색 포스트잇이 붙어 있었다.

'도어락 비밀번호는 9210이야. 휠체어 조작법이 기억나지 않으면 언제든 연락하고.'

그 아래에 상미의 휴대폰 번호가 적혀 있었고, 포스트잇 밑에는 오만원권 두 장이 놓여 있었다. 듣도 보도 못한 오만원 권이었다. 그러려니 했다. 세상이 바뀐 것에 적응해야 했다. 세심하게 챙겨준 오만원 권 지폐를 보면서 연영은 지금 유일하게 믿을 수 있는 상미를 의심했던 자신이 한심하게 느껴졌다.

정신을 차리기 위해 절뚝절뚝 걸어가 찬물로 세수를 했다. 밤새 울어 부어오른 눈두덩이 때문에 괴로웠다.

고개를 들고 싶지 않았지만 허리를 펴는 순간 거울 속 여자가 가장 먼저 보였다. 여자는 여전히 연영에게서 떨어지지 않고 있었다. 닮았지만 여전히 낯설게만 느껴지는 여자가 자신을 빤히 쳐다보았다. 이 기분은 말로 표현할 수 없을 만큼 불쾌했다.

화장실에서 나온 연영은 아침 햇살이 들어오는 창가에 서서 하늘을 올려다보았다.

그 무엇도 믿기지 않았다. 자신은 여전히 스물 세 살인데 실은 열한 살이나 더 먹었다는 사실이, 바로 며칠 전까지 함께 밥을 먹던 수경이가 죽고 없다는 사실이.

이제 그녀의 곁에 남은 사람이 아무도 없다는 사실이.

수경이가 정말 죽었을까.

아니, 그럴 리가 없다. 휠체어에 앉아 핸드림을 힘껏 돌렸다. 방으로 가서 어제 입고 왔던 점퍼의 주머니를 뒤졌다. 어제 납골당에서 가져온 수경이 사진을 꺼냈다. 교복을 입은 수경이는 연영과 눈을 맞추며 환하게 웃고 있었다.

'수경이 죽었잖아. 11년 전에.'

상미의 목소리가 귓가에서 어른거렸다. 연영은 세차게 고개를 흔들었다. 그럴 리가 없다. 절대로 그럴 리가 없다.

연영은 수경이를 불렀다.

미친 듯이 핸드림을 굴려 현관문까지 갔다. 팔을 뻗어 문을 열고 밖으로 나가 엘리베이터를 타고 1층으로 내려가 밖으로 계속 나아갔다.

근육이 없는 팔에 힘이 빠져 핸드림을 굴리는 손이 자꾸 어긋났다. 어디로 가는지 몰랐지만 어디로든 가야 했다. 어디로든 가서 수경이를 찾아야 했다.

대로를 향해 움직이던 연영은 흠칫 멈췄다. 눈물 사이로 내리막길이 흐릿하게 보였다. 이미 팔에는 힘이 완전히 빠졌다.

수경아, 어디 있는 거야. 제발……

수경이에게 해주지 못한 것들만 떠올랐다.

고개를 들었다. 눈앞에는 이 몸으로는 어디로도 갈 수 없는 현실만이 있었다.

연영은 좌절했다.

다시 집으로 돌아온 연영은 망연한 눈길로 집 안을 둘러보았다. 고요했다.

식탁 밥상보 아래, 곱게 차려진 아침상이 보였다. 그제야 상미에게 이런 배려를 해준 것에 감사하다는 인사도 제대로 하지 못했다는 걸 떠올렸다.

어제 잠이 들기 전, 상미를 통해 알게 된 것들이 있었다. 11년 전까지 살던 집이 어떻게 되었는지 상미는 알지 못했고, 제 물건도 그당시에 어떻게 처분되었는지 알 길이 없다는 것. 결국 연영이 가지고 있는 건 지금 입고 있는 옷이 전부였다. 비참한 기분을 가눌 길이 없었다.

아, 한 가지가 더 있었다. 사고 당시 가지고 있던 가방을 병원에서 보관했는데, 입원이 길어지면서 상미가 챙겨두었다고 했다. 창고에 있는데 잡동사니들을 모두 꺼내야 해서 조만간 시간 내 찾아주겠다고 했다.

사고가 날 때 들고 있던 가방. 그 안에 있는 것들이 단서가 되어 줄지도 몰랐다. 마음이 급했지만 상미를 더 이상 재촉할 수는 없었다. 대신, 기다리는 동안 자신이 할 수 있는 일을 하기로 했다.

더 이상 고민만 하고 있을 때가 아니라는 결심이 섰다. 생각은 병원에서 이미 충분히 했다. 연영은 어제 상미에게 받은 지은지라는 사람의 전화번호를 들여다보았다. 아직 휴대폰이 없어 구식 텔레비전 옆에 놓인 집 전화기를 집어 들었다.

그러면서도 연영의 내면은 끊임없이 망설였다.

그러자 서른넷의 여자가 말을 걸어오는 것 같았다.

'수경이는 죽었어. 넌 이제 가족이 없어. 정신 차려, 김연영.'

3

선은 몸을 웅크렸다. 공기의 흐름이 바뀐다는 건 바로 이런 느낌이다. 말로 형용할 수 없는 이질감 그리고 거북함. 하지만 대부분의 사람들이 경험해본 일일 것이다. 공기의 흐름이 바뀐다는 건 사람과 사람 사이에 일어나는 작용이다. '사람에 의해서 바뀌는 분위기'라는 것이다.

그런데 선은 지금 혼자 있었다. 그럼에도 공기의 흐름이 바뀌었다고 느끼는 건 왜일까.

곧 귀가해올 남편 때문에? 예기 불안 같은 것일까? 하지만 남편이 실제로 선을 위협한 적은 없었다.

선은 손을 뻗어 소파 가죽의 감촉을 느꼈다. 고급 소파였다.

선의 인생은 성공적이라 할 만했다. 부유하고 다정한 남자를 만났으며, 아이를 가질 준비를 하는 이제 막 2년차에 접어든 신혼이었다. 특별한 변수가 없는 한 행복의 경로에서 이탈할 일은 없을 것이다.

하지만 선은 행복하지 않았다. 왜 행복하지 않지?

'띡띡띡' 도어 록을 누르는 소리가 들렸나 싶었는데 아무도 들어오지 않았다. 대신 초인종이 울렸다.

몸이 노곤한 탓에 일어나려는데 신음 소리가 저절로 났다. 인터폰을 확인한 선은 순간 화가 났다. 이게 뭐하는 짓이지?

현관문을 열자 꽃다발이 먼저 보였고, 그 뒤로 활짝 웃고 있는 남편이 보였다. 그걸 보고도 선의 표정은 풀어지지 않았다.

"놀랐잖아. 왜 직접 문 안 열고."

"이렇게 해주려고 그랬지. 나오기 귀찮았어?"

실망한 듯 남편의 얼굴이 어색하게 일그러졌다. 계속 웃고 있을 수도 없고 웃지 않을 수도 없는 상황에서 나오는 불편한 반응이었다.

"그래도 당신이 그럼 내가 너무 무안하잖아."

남편이 선의 품에 꽃다발을 억지로 안겨주고는 들어섰다.

선은 너무 과민하게 굴었나 싶어 주춤 물러섰다. 남편이 팔을 들어 올리는 순간 폭력을 예감한 사람처럼 몸을 웅크렸지만, 그녀의 몸에 닿은 것은 주먹이 아니라 포근한 품이었다. 남편은 선을 품에 안은 채로 좌우로 몸을 흔들었다.

"왜 이렇게 예민해졌어? 무슨 일 있었어?"

"아니."

아무 일도 없었다. 그저 공기의 흐름이 바뀌었을 뿐.

"어디 갔다 온 거야? 오늘은 요리 학원 안 가고 집에서 쉴 거라고 하더니."

선은 남편의 이런 물음이 관심인지 집착인지 헷갈리기 시작했다. 헷갈리기 시작한 원인도 무엇에 있는지 혼란스러웠다.

"집에 있었어."

"그럼 무슨 일이 있었을 건 아닌데. 뭐가 문제야?"

"공기의 흐름이 바뀌었어."

순간 남편이 눈살을 찌푸렸다. 하면 안 될 말을 해버린 걸까? 그러나 선은 멈출 수 없었다.

"뭐?"

"나 혼자 있는데, 공기가 이상해졌어."

"왜, 뭐 누가 문이라도 두드렸어? 아니면 무서운 영화 봤어?"

"나 혼자였다니까. 텔레비전도 안 켰고, 아무것도 안 했어. 근데 공기의 흐름이 바뀌었어. 그래서 기분이 별로인 거니까, 신경 쓰지 마."

그러나 남편은 이제부터 본격적으로 신경이 쓰이는 표정이었다.

식탁에 남편과 마주앉아 저녁을 먹고 나른하게 텔레비전을 보다가 잠자리에 들었다.

부드러운 이불의 감촉이 몸을 감쌌다. 이쪽으로 몸을 돌린 남편이 선을 끌어안았다. 이불의 부드러운 감촉 위로 단단하고 묵직한 팔이 느껴졌다.

선은 허공을 바라보았다. 남편의 품에 안겨 누워 있으면서도 선의 기분은 여전했다. 혼자 있을 때의 공기의 흐름은, 누군가와 함께 있게 되면 사라져야 마땅하다. 그런데 아까 느꼈던 공기의 흐름은 그대로였다.

선은 깨달았다. 공기의 변화는 그 무엇, 또는 그 누구 때문도 아니었다.

그렇다면 무엇 때문이지?

아니, 누구 때문인가?

아침 일찍 남편이 출근하고 나서 가사 일을 하며 시간을 보냈다. 결혼 전에 선은 대기업에서 꽤 잘나가고 있었다. 큰 건을 해내면서 윗선의 기대를 한몸에 받는 유망한 대리였고, 차츰 중요한 프로젝트를 단독으로 맡는 일도 많아졌다. 하지만 선은 남편을 만나면서부터 달라지기 시작했다. 삶을 지탱해주고 있던 성취보다 사랑이라는 또다른 강력한 줄기가 생기자 일에 소홀해지기 시작한 것이다. 결혼과 동시에 일을 그만두었다.

일을 계속해야 했나 싶을 때도 있지만 잘 모르겠다 싶을 때가 대부분이었다. 몸을 혹사시켜가면서 회사에 충성했던 이유가 무엇을 위해서였는지 아직도 미지수였기 때문이다. 일을 즐기는 건 아니었다. 그저 삶을 지탱해 갈 무언가가 필요했던 것 같기도 했다.

문자 메시지가 도착했다. 남편이었다.

〔오늘 학원 잘 다녀와. 다음 주에는 꽃 사 가지 말까? 어제 별로 안 좋아하는 것 같아서.〕

모두가 부러워할 만한 로맨틱한 남자였다. 결혼 후 2년 동안 단한 번도 빠짐없이 일주일에 한 번씩 꽃다발을 사왔다. 이유를 묻자, 결혼하고 나서 아이를 가질 준비를 하면 집에 있게 된 여자들이 남편의 애정에 대해 불안해한다는 이야기를 들었던 게 그 이유라고 했다.

〔아니, 꽃은 좋아. 근데 초인종 누르지 말고 문 직접 열고 들어왔으면 좋겠어. 내가 좀 깜짝깜짝 놀라서.〕

〔그랬구나. 미안해. 잘 다녀와. 사랑해.〕

남편의 다정한 문자를 받고 선은 가슴이 뛰었다. 설레서, 좋아서가 아니었다.

어떤 두려움 때문이었다.

오후 두 시가 됐을 때 선은 요리 학원에 있었다. 아이가 생기면 좋은 음식을 해먹이고 싶은 게 선의 오랜 결심이었다. 갓난아기 시절을 전쟁 치르듯 보내고 나면 아이는 어느새 엄마가 직접 건강식을 해먹여야 할 나이가 되어 있을 것이다. 그때 배워서는 늦는다. 임신을 준비하는 동안 배워두는 게 최선이라고 생각했다.

"어? 선이 씨, 어제는 왜 안 나오셨어요. 다들 궁금해했어요."

모임의 리더 격을 맡고 있는 여자가 알은체를 해왔다.

이 프로그램의 규칙대로 가슴팍에 이름표를 달고 있었다. 벌써 몇 번이나 수업을 같이 한 사람이었지만 선은 여전히 상대의 이름을 몰랐다. 흘깃 보니 '조신희'라는 우스꽝스러운 이름이었다. 조신희는 아주 힘차고 당당해 보였다.

선은 웃어 보였다.

"몸이 좀 안 좋았어요."

"안 그래도 저번에 물어본다는 걸 못 했는데, 번호 좀 알려주세요! 저희 단톡방에 들어오세요."

"단톡방이 있어요?"

"그럼요. 새로 오신 지 얼마 안 돼서 모르셨을 거예요."

선이 단톡방에 참여하겠다고 하지도 않았는데 조신희는 흔쾌하게 허락받은 사람처럼 손을 내밀었다. 휴대폰을 달라는 뜻이었다. 선은 내키지 않았지만 그런 티는 내지 않으면서 휴대폰을 주었다.

조신희가 자기 번호를 입력하고는 전화를 걸었다.

"초대할게요. 자주 얘기 나누어요."

"좋죠."

좋지 않았다. 요리만 배우러 왔을 뿐이었다. 원하지 않는 친목에 끼게 됐다는 것에 선은 불쾌해졌다. 생글생글 웃으며 리더 역을 자처하는 조신희도 싫어졌다. 전에는 별 감정 없던 사람이었는데.

강사에게 배운 대로 각자 음식을 손질하면서 회원들 사이에서 수다가 일었다. 이 타임의 수강생은 여덟 명이었는데, 20대 후반에서 40대 초반까지 나이가 다양해 보였다. 한 명은 남자여서 의외였다. 세상이 많이 바뀌고 있구나 싶었다.

그들의 잡담은 듣지 않으려고 해도 들렸다. 선은 대화에 끼지 않고 묵묵히 요리에 집중했다. 다른 생각에 빠져 있다 보니 어느 순간 사람들의 대화를 놓쳤다. 갑자기 다들 웃음을 터뜨렸다.

무슨 내용인지 선은 듣지 못했으므로 웃지 못했다. 그저 쳐다만 보았다. 그 중 둘이 웃으며 선을 쳐다보았다. 같이 웃자는 뜻인지, 아니면 네가 멍청이 같아서 웃고 있는 거라는 경멸의 눈빛인 건지 가늠이 되지 않았다.

수업이 끝날 때까지 끝내 선은 그들이 웃은 이유를 알지 못했다.

4

　지은지를 기다리면서도 연영은 실감이 나지 않았다. 거절 당할지도 모른다고 생각했는데, 약속이 생각보다 쉽게 잡혀 다행이었다.

　동생 죽음의 진실에 한 발짝 다가가게 해줄 인물을 곧 만난다. 수경이 사진을 꺼내서 조심스럽게 쓸어본 후 다시 넣었다.

　연영은 의자 대신 앉은 휠체어를 망연하게 내려다보았다. 서서 조금씩 걸을 수는 있었지만 힘을 써서 의자를 치우는 것은 직원의 도움을 받아야 했다.

　문이 열리고 여자 한 명이 들어섰다. 지은지일까 싶어 가슴이 두근거렸다.

　여자가 구석에 있는 연영을 발견하지 못하고 다른 곳만 둘러보자 연영이 몇 번 이름을 불렀다. 여자가 뒤늦게 이쪽을 보고는 다가왔다.

　연영은 자신보다 족히 열 살은 많아 보이는 그녀의 외모를 넋 놓고 바라보았다.

어깨를 조금 넘도록 깔끔하게 다듬은 머리카락에 세미 정장을 차려입은 여자는 세련돼 보였다. 영화 속 미래에서 온 사람을 보는 기분이었다. 여자를 뭐라고 불러야 할지 몰라 연영은 머뭇거리다 입을 열었다.

"지은지 씨?"

"네, 안녕하세요. 연영 언니…… 맞으시죠?"

언니라 불린 순간 연영은 위화감을 느끼며 고개를 끄덕였다.

여자가 의자를 빼내고는 자리에 앉았다. 눈썹이 날래고 턱이 뾰족한 여자는 날카로운 인상과 다르게 몹시 조심스럽게 움직였다. 여자가 가방 안에서 지갑을 꺼내들며 물었다.

"언니 뭐 드실래요?"

연영도 다급히 지갑을 꺼내들었다.

"제가 살게요."

"아니에요, 제가 살게요."

지은지의 태도가 강경했기에 연영은 더는 거부하지 못했다. 사실 휠체어에 앉은 자신이 이런 걸 자연스럽게 해내기는 아직 어려운 상태였다.

잠시 후 그녀가 음료 두 잔을 들고 자리로 돌아왔다. 지은지 앞에는 커피가 놓였고, 연영 앞에는 티가 놓였다. 지은지는 곧바로 본론으로 들어갔다.

"11년 만에 깨어나셨다고요?"

"네, 전화로 그렇게만 말씀드려서 당황하셨죠. 은지 씨도 알고 계시겠지만, 그때 사고로 제가 식물인간과 비슷한 상태가 됐대요."

지은지가 머그컵을 손에 쥐며 눈을 깜빡였다.

"그때 사고라면⋯⋯."

"졸업식 날 옥상에서 일어난 사고요."

"아⋯⋯."

지은지가 눈을 더 많이 깜빡였다. 그러나 시선은 미묘하게 틀어져 있었다. 지은지가 입을 열었다.

"그 사건이라면, 네, 알죠."

지은지의 목소리가 잘 들리지 않았다. 소리가 작기도 했지만 카페의 음악이 너무 큰 탓이었다. 연영은 손님도 별로 없는데 음악을 이렇게 크게 틀어놓을 필요가 있나, 짜증이 났다. 하마터면 지은지의 대답을 놓칠 뻔했지 않은가.

"범인이 아직 잡히지 않은 걸로 알고 있어요."

"범인이요?"

지은지가 되물었다.

"네, 범인이요. 절 밀어서 이렇게 만든 범인이 11년 동안 잡히지 않았다고 하더라고요. 그래서 그때 일을 좀 알아보려고 은지 씨를 뵙자고 한 거였어요. 이해가 잘 안 되시겠지만, 제가 옥상에서 떨어지기 전 한 달 동안의 기억이 없습니다."

지은지가 약간 눈살을 찌푸렸다. 역시나 저쪽에서도 음악 소리 때문에 잘 안 들리는 모양이었다. 연영은 목소리를 조금 더 키웠다.

"의사 말로는 제 기억이 사고 직전 한 달 전으로 돌아갔대요. 2009년 1월쯤으로요. 제가 사고 당한 날은 졸업식인 2월이었는데, 그 전 한 달 정도 기억이 비어 있는 거예요."

다행히 이번에는 들었는지 지은지의 표정에 변화가 있었다.

그녀는 숙연한 표정으로 시선을 떨구고 커피를 마셨다. 마치 죽음의 문턱까지 갔던 사람과 눈을 똑바로 마주치는 게 예의에 어긋나기라도 한 것처럼.

지은지가 시선을 떨군 채 커피만 마시는 걸 바라보던 연영은 사각지대마다 설치되어 있는 큰 스피커로 눈길을 돌렸다. 이대로는 안 되겠다 싶었다.

"언니, 음악 소리 커서 불편하신 거죠?"

지은지가 갑자기 물어와 연영은 움찔했다.

"네, 그래서 줄여달라고 말하려고요. 잠깐 다녀올게요."

"제가 하고 올게요."

벌떡 일어난 지은지가 카운터에 다녀오는 데는 아주 짧은 시간밖에 소요되지 않았다. 이 몸으로는 이런 것 하나 혼자 할 수 없구나, 하는 생각에 연영은 기운이 빠졌다. 잠시 후 음악 소리가 줄어들자 예민해졌던 신경도 풀어졌다.

문득 연영은 지은지의 눈치가 대단하다 싶었다. 커피만 마시는 줄 알았는데.

침묵이 흐를 때 음료를 마시면서 상대방을 쳐다보는 행동이 흔할까? 그것도 상대방의 마음을 읽을 수 있을 만큼 유심히.

"이제 좀 낫네요."

"그럼 언니 말씀을 제가 정리해볼게요. 그러니까, 11년 전 졸업식 날 저희 학교 옥상에서 누가 밀어서 떨어졌고, 그 때문에 계속 식물인간이었다가 최근에 기적처럼 깨어났다, 사고 전 한 달 동안의 기억이 없어서 범인을 기억하지 못하기 때문에 절 찾았다. 제가 제대로 이해한 거 맞나요?"

식물인간과는 엄연히 달랐지만 연영은 굳이 정정하지 않았다.

"완벽히 이해하셨어요. 그리고 저…… 말씀 놓으세요."

아까부터 불편했던 터라 부탁하는 어조로 말하고 말았다.

그러나 연영의 말에 오히려 지은지가 난처한 표정을 지었다.

"언니신데 제가 어떻게……. 언니도 말씀 편하게 하세요."

순간 뒤통수를 한 대 맞은 느낌에 연영은 멍하니 입을 벌렸다. 영혼이라고 해야 할까, 그런 성장이 스물셋에서 멈춰버렸다고 해도 실제로는 자신이 연장자라는 걸 잊고 있었다.

연영은 이런 이질감이 불편했다. 내 것이 아닌 껍데기를 두르고 있는 기분. 남의 것을 빌려서 나쁜 짓을 하고 있는 것 같은, 아주 이상한 기분.

"그럼 언니가 알고 싶으신 게 구체적으로 뭐예요?"

지은지가 물어서 연영은 황급히 정신을 수습했다.

"그때 사건에 대해서 떠돌던 소문 같은 거나, 저한테 악감정을 가지고 그런 짓을 할 만한 사람이 누가 있는지, 그 당시에 관한 거라면 아무거나 좋아요. 민서랑 친하셨다고 들었는데, 저와 수경이에 대해 아시는 게 없을까 싶은 것도 있고요."

지은지가 고개를 끄덕이더니 천천히 커피를 마셨다.

"민서랑 친했으면, 우리 수경이도 아시는 거죠?"

지은지가 또 고개를 끄덕였다.

"그런데 별로 대화는 안 해봤어요. 민서랑 친한 애다, 그 정도만 알아요."

"그래도 졸업한 학교에서 일어난 일이니까 모르진 않겠죠."

지은지가 다시 컵을 입에 가져갔다. 여러 모금을 삼키는 듯 꽤 오래였다. 연영은 이제 본론으로 들어갈 때가 되었다고 생각했다.

"혹시 졸업식 날 이상한 건 없었나요?"

"이상한 거요?"

"분위기가 평소랑 달랐다거나, 이상한 행동을 하는 친구가 있었다거나……."

"분위기는 당연히 평소랑 달랐겠죠. 졸업식이었으니까요. 그리고 이상한 행동을 하는 친구라는 게 뭘 말씀하시는 건지 잘 모르겠어요."

"어딘가 불안해 보이거나 뭔가에 신경을 쓰는 듯이 유난히 이상해 보였다거나, 흉흉한 소문이 돌았다거나, 뭐 그런 거요."

다시 커피를 들어 몇 모금 마신 지은지가 고개를 저었다.

"뭘 말씀하시는 건지 잘 모르겠어요. 언니, 그렇게 뭉뚱그려서 말씀하시면 제가 대답해드릴 수 있는 게 없어요. 11년이나 지난 일이 잖아요."

얻어 맞은 것처럼 연영은 멈칫했다. 자신에게는 불과 한 달 전에 일어난 것 같은 일이, 이 여자에게는 그렇지 않을 거란 사실이 새삼스럽게 가슴을 찔렀다.

"전 그날 졸업식에 갈 이유가 없었어요."

눈을 깜빡이면 눈물이 밀려나올까 봐 눈을 부릅뜬 채로 지은지를 응시했다. 너무 놀라서인지, 그녀도 눈을 깜빡이지 않고 연영을 바라보았다.

시선을 내린 지은지가 다시 머그컵 손잡이에 손가락을 끼웠다. 그리고 커피를 마셨다. 이번에도 꽤 오래였다.

이미 빈 컵이겠다 싶었지만 연영의 위치에서 컵 안까지 보이지는 않았다. 지은지가 컵을 내려놓고 입을 열었다.

"그렇죠. 오실 이유가 없었죠. 그래서 그때 수경이 친언니가 졸업

식에 왔고, 옥상에서 사고가 났다는 소문이 돌았을 때 다들 의아해
했던 게 기억나네요. 다들 같은 생각을 했겠죠. 수경이 친언니가 왜
여기 왔지?"

"혹시…… 우리 수경이가 죽은 이유, 아세요?"

"이유는 모르겠고, 자살…… 아니었나요?"

갈기갈기 찢긴 심장이 바닥으로 굴러 떨어졌다. 아니길 바랐는데.

"수경이도 없는 졸업식에 왜 갔는지, 전 그 이유도 기억하지 못해
요. 그 이유도 찾아야 하고, 거기서 절 민…… 범인이 누군지도 찾아
야 해요. 제 생각에 이 두 가지는 관련이 있어요."

지은지의 얼굴이 충격으로 물들었다.

"두 사건이 관련이 있다니…… 끔찍한 일이네요."

짧은 정적이 흐른 후 그녀가 말을 이었다.

"하지만 제가 도와드릴 일이 있을지 모르겠어요. 졸업식 날 이상
한 게 없었는지 아무거나 다 얘기해달라고 하셨죠? 말 그대로 평범
한 졸업식이었고, 친구들이랑 같이 있느라 정신이 없었어요. 그 와
중에 졸업 행사 스케줄대로 움직여야 했고, 반에 돌아가서 선생님
과도 인사하고, 그 후에는 친구들과 사진을 찍은 다음에 각자 가족
한테로 흩어졌죠. 정말 그냥 일반적인 졸업식이었어요. 옥상에서 일
어난 일을 들은 건 졸업식이 끝나고, 아…… 그날 저녁이 기억나네
요. 갑자기 친구 전화를 받고는 놀랐었죠. 그때 저는 가족 외식을 마
치고 돌아와서 씻고 소파에 앉아 있었거든요. 다들 저처럼 집에 가
고 학교에 남아 있는 사람은 얼마 없을 때였죠."

"굉장히 구체적으로 기억하고 계시네요?"

"워낙 놀랐던 일이었으니까요. 학교가 뒤집혔다고 들었어요. 그

런 전화를 기억 못 할 수가 없잖아요."

"혹시 현장에 가보셨었나요?"

"아뇨."

"소문이 돌았을 텐데, 혹시 친구 중에 현장에 갔던 분은 없었나요?"

"글쎄요, 그 친구가 현장에서 저한테 연락을 한 건지, 소식 듣고 한 건지는 모르겠어요. 기억이 안 나요. 지금 그 친구는 외국에 나가서 연락이 끊겼고요."

"그럼 혹시 그때가 몇 시쯤이었는지 기억하시나요?"

"기억 안 나죠."

지은지가 곤란하다는 듯 웃었다. 그러나 연영은 포기할 수 없었다. 뭐라도 더 알아내야 했다.

"그분 성함을 좀 알 수 있을까요?"

"그건 곤란해요. 그 친구랑 성인 돼서 사이가 갈라졌는데, 이런 걸로 꼬투리 잡히고 싶지 않아요. 그리고 아예 이민을 간 거라 연락도 끊겼고요."

목소리가 점점 더 떨렸지만 연영은 또 물었다.

"그럼 혹시…… 제가 떨어졌을 때 말고, 수경이가 떨어졌을 때요…… 그러니까, 1월 23일인데, 그 현장에는 가보셨나요?"

정적이 흘렀다.

하나의 옥상은 두 개의 현장으로 존재했다. 수경이가 떨어진 현장, 연영 자신이 떨어진 현장. 수경이는 제 발로 뛰어들었고, 자신은 살해 의도를 가진 누군가 밀었다.

지은지의 얼굴에 불쾌한 기색이 떠올랐다. 상황을 회상하는 걸까. 연영은 초조해졌다. 지은지의 머릿속에 떠올라 있을 현장을 알고 싶으면서도 알고 싶지 않은 두 극의 마음이 올라왔다.

결국 지은지는 고개를 저었다.

"전 안 가봤어요."

"수업시간이었던 만큼 학교가 난리가 났을 텐데, 보지 못하셨나요?"

"겁이 많은 편이라 이야기로만 들었어요. 현장이 어땠는지 듣고 싶으신 건가요? 그런데 거기까지는 기억이 안 나요. ……솔직히 너무 오래돼서."

지은지가 '솔직히'를 발음하면서 헛웃음을 흘렸다. 벌써 이렇게나 오래전 일이라는 데 통감한 표정이었다. 초조한 연영과 달리 지은지는 침착하게 중얼거렸다.

"세월이 어찌나 빠르지 모르겠어요. 나이 먹을수록 더해요."

날카로운 것이 연영의 가슴을 스쳐갔다. 눈시울이 뜨거워졌다.

수경이와 동갑이니 지은지도 서른하나일 것이다. 연영은 삼십대의 삶은 어떤지, 삼십대쯤 되면 생각이나 가치관이 얼마나 많이 달라져 있을지 문득 궁금해졌다. 아직 스물세 살인 자신은 알 수 없는 것이었다. 기회조차 주어지지 않은 시간이었다. 이대로라면 실제 몸의 나이가 마흔이 되어야 연영은 서른의 심정을 알 수 있게 될 것이다.

"민서가 수경이 얘기를 한 적은 없었나요?"

지은지가 입술을 오므리더니 팔짱을 끼고 생각에 잠겼다.

사실 연영은 생각했던 것보다 정보를 거의 얻을 수 없어서 당황하고 있었다. 십 년이 넘게 지난 일이라는 사실이 와 닿았다. 충실하게 시간의 흐름에 따라 살아온 사람들에겐 그저 빛바랜 일이었고, 그런 만큼 희미한 기억이었다.

"잘 기억이 안 나요. 무슨 얘기를 하다가 이름이 나오기는 했겠죠. 하지만 구체적인 건…… 글쎄요. 정말 죄송한데, 기억이 정말 가물가물해요, 언니."

어떤 느낌일까, 가늠해보다가 연영은 자신의 11년 전을 떠올려보았다. 스물셋의 11년 전이라면 열두 살이다. 초등학교 5학년. 까마득했다. 기억나는 장면이 손에 꼽을 정도로 적었다.

연영은 이제 무얼 물어야 할지 막막해졌다. 질문하는 쪽도, 대답하는 쪽도 기억하는 게 없으니 더 이상 나아갈 수 없었다.

겨우 떠올린 질문이라는 게 이런 거였다.

"실례되는 질문인 줄 알지만…… 민서와는 어떻게 친한 사이였어요?"

지은지가 연영을 빤히 쳐다보았다.

"집에도 같이 가고 그랬었죠."

"매일요?"

그러나 지은지는 이번에는 아무런 대답 없이 입으로만 살짝 웃었다.

그녀가 또다시 머그컵에 손가락을 끼웠을 때 연영이 입을 열었다.

연영이 말을 시작했지만 지은지는 시선을 내린 채 머그컵을 입으로 가져갔다.

"수경이에 대해서는 전혀 아는 게 없으신 건가요? 그냥 단순한 거라도요. 친구 관계는 어땠는지…… 반 아이들과 잘 어울렸는지 그런 거요. 문제는 없었는지…….”

지은지는 커피를 한참 동안 마셨다.

잠시 후 다시 컵을 내려놓고서 입을 열었다.

"언니, 자꾸 같은 대답만 드리는 것 같아 죄송하긴 한데요, 정말 모르겠어요. 제가 엊그제 졸업한 거면 뭐라도 쥐어짜내면 나왔을 것 같아요. 인상이 어땠는지, 복도에서 마주친 적이 있는지, 그때마다 혼자 있었는지, 뭐 이런 거요. 하지만 너무…… 너무 오래 지났어요."

눈앞이 캄캄해지는 것 같았다. 그렇다고 눈앞의 여자를 원망하는 것도 아니었다. 친한 친구와의 일들도 세월이 지나면 사라지는 것이 기억이란 것이다.

그때 지은지가 갑자기 뭔가 생각난 듯 아, 하고 입을 벌렸다.

그녀의 입에서 흘러나온 것은 전혀 예상 밖의 이야기였다.

"민서랑 수경이, 별로 친하지 않았어요."

"네?"

"제 기억엔요. 아마…… 사이가 안 좋아졌던 것 같은데요?"

자신의 귀를 의심하며 연영이 상체를 앞으로 당겼다.

"사이가 안 좋아졌다고요? 설마요! 아니…… 왜요? 아니…… 언제요?"

"글쎄요. 언젠가부터요."

믿기 어려운 얘기였다. 수경이와 민서는 중학생 때부터 가장 친했고, 고등학교에 올라가서도 마찬가지였다. 늘 함께 붙어 다녔다. 심지어는 집에서 밤새며 공부도 같이 할 때가 많았다.

"그럴 리가 없어요."

지은지가 약간 눈살을 찌푸렸다.

"그럴 리가 있든 없든, 사실이 그래요."

절박함이 뱀처럼 온몸을 휘감았다. 연영은 목소리가 떨리지 않도록 신경을 곤두세웠다.

"민서한테 뭐 들은 얘기가 있던 거예요? 사이가 안 좋았다고 생각하신 이유가 뭐죠?"

"아무 얘기 없었어요. 그냥 언젠가부터 둘이 다니는 걸 못 봤던 것만 기억해요. 아, 말하다 보니까 기억이 조금씩……. 수경이가 혼자 다니는 걸 자주 보게 됐었는데, 그즈음에 민서가 저랑 친해졌어요."

민서와 수경이가 같이 있는 걸 마지막으로 본 게 언제였더라? 기억을 더듬어보았다. 확실한 건, 고3 여름방학 이후부터는 보지 못했다는 것이다.

"그럼 적어도 민서랑 수경이가 고3 때는 같이 안 다녔다는 건가요?"

"아마도요. 사실 본 적이 없어요."

동생에 대해서 아무것도 몰랐다. 연영의 가슴 안에서 자책감이 기어 올라왔다.

"……그럼 민서는 은지 씨랑 다녔던 건가요?"

"네, 가끔이요."

"같은 반이었나요?"

"같은 반은 아니었어요. 수업 끝나고 청소하다가 친해진 거였어요. 우연히 같은 데를 청소하게 됐었거든요."

"어느 정도 친했던 건지 여쭤봐도 될까요?"

"쉬는 시간에 놀고, 점심 같이 먹는…… 뭐 그런 정도였어요."

"그럼 민서랑 친해진 건 고3 때부터……?"

지은지가 고민하는 듯 허공에 시선을 던지고는 미간을 찌푸렸다. 이윽고 그녀가 입을 열었다.

"아뇨, 그 전부터 아는 사이였어요. 그 전부터 집에도 같이 갈 때가 가끔 있었어요."

"그럼 우리 수경이는……."

"음, 그럼 고3 되기 전부터 두 사람이 갈라졌었나 본데요?"

그럼 우리 수경이는? 수경이에게 민서 말고 다른 친구가 있었던 가? 물론 있었을 것이다. 민서와는 1학년 때만 같이 반이었고 그 이후부터는 반이 갈라졌다고 들었다. 그래도 둘은 친했다. 동네가 달라 등교를 같이 할 수는 없었지만 어느 지점까지 하교는 항상 같이 했다.

그런데 생각해보니 언젠가부터 수경이 입에서 민서 이름이 나오지 않았던 것 같다.

연영은 눈을 질끈 감고 기억을 더듬었다. 칠흑 같은 어둠 속에서 바닥을 더듬는 기분이었다. 분명히 뭔가 있는데, 손에 닿지 않는 기분.

눈치채지 못했다.

그 순간 연영은 눈을 번쩍 떴다.

아니, 이게 아니다. 수경이 입에서 민서 이름이 나오지 않은 게 문제가 아니라, 수경이와 연영의 대화 자체가 줄어들었다. 야간 자율학습이 없는 날에는 저녁을 꼭 함께 먹으려 했지만 연영의 일이 바쁘거나 수경이 학원에 있거나 야자를 하고 오느라 지켜지지 않는 날이 더 많았다.

연영에게는 모든 게 한 달 전 일 같았으므로 그만큼 선명했다. 하지만 두 사람 사이에 대화가 줄어들었다는 것을 그때는 실감하지 못했다. 자연스러운 현상이라고 생각했으니까. 그런데 지금 돌이켜보면, 이상했다.

수경이와 대화가 줄어들기 시작한 게 언제부터였을까.

기억이 났다.

이유는 단순한 것이었다.

수경이가 말수가 줄었다. 언젠가부터.

지은지에게 뭔가를 물어보려다 연영은 그만두었다. 어차피 잘 모른다는 대답이 돌아올 게 뻔했다. 수경이에 관한 건 다른 사람에게 물어보거나, 아니면 직접 알아봐야 했다.

질문의 방향을 바꿔야 했다. 지은지가 대답할 수 있는 걸로. 적어도 기억이 안 날 리 없는 걸로.

"민서랑 아직 연락하세요?"

지금까지 친구로 지내왔다면 최근에 나눈 대화가 있을 것이다. 거기서라도 뭔가를 알아내는 수밖에 없었다.

그런데 지은지의 반응이 이상했다. 어김없이 손가락을 머그컵에 끼웠는데 이번에는 어설프게 걸쳐 있었다. 그녀는 눈도 깜빡이지 않고 연영을 응시했다.

연영은 당황스러웠지만 내색하지 않으려 애썼다. 심리전에서 밀려서는 아무것도 얻어낼 수 없기 때문이다.

연영은 그녀의 시선을 피하는 대신 질문을 던졌다.

"왜 그러세요?"

지은지는 말이 없었다. 연영은 다시 물었다.

"혹시…… 은지 씨랑 민서 사이에 무슨 일이 있었나요?"

만약 그런 거라면 상미는 그것에 대해서 모르고 있는 게 틀림없었다.

지은지는 더 이상 커피를 마시지 않았지만 손은 여전히 컵에 머물러 있었다. 어쩌면 컵을 잡은 후에야 이미 다 마시고 없다는 걸 알아챘는지도 모른다.

잠시 후 지은지의 입에서 나온 말은 뜻밖이었다.

"언니, 뭘 알고 싶으신 거예요?"

"네?"

"민서에 대해 뭘 알고 싶어서 저한테 이러시는 거냐고요."

연영은 당황스러웠다.

"전 은지 씨한테 도움을 구하러 온 거예요. 뭐 때문에 이렇게 놀라셨는지는 모르지만······."

"저 민서랑 연락 안 한 지 오래됐어요."

지은지는 그렇게 말해놓고 살피는 표정으로 연영을 똑바로 보았다.

"혹시 민서가 미국에 간 후부터 소원해진 건가요?"

지은지는 입술을 한 번 깨물고는 말했다.

"······아뇨. 그 전부터요."

그래도 졸업 후 몇 년간은 연락을 유지했다는 말이 된다. 연영은 여기에 희망을 걸고 다음 질문을 했다.

"무슨 일이 있었는지 여쭤봐도 돼요?"

대답이 없었다. 지은지는 다시 커피를 마셨다. 이번에도 한참이었다. 아주 조금씩, 새모이만큼 마시는 모양인지 이상하리만치 오래 걸렸다.

그 순간 지은지를 지켜보던 연영은 어떤 부조화를 느꼈지만 그게 무엇인지는 알지 못했다.

컵을 내려놓은 후에야 그녀가 입을 열었는데, 뭔가를 결심한 것 같았다.

"죄송하지만 제가 도와드릴 수 있는 건 여기까지인 것 같네요. 언니, 저는 더이상 할 말이 없어요. 어차피 뭐 아는 것도 없고요."

"민서랑 대체 무슨 일이······."

"그런 거 없어요. 그냥 서서히 멀어졌을 뿐이에요. 멀어진 친구 얘기를 나누는 건 좀 불편해서요. 이제 다른 동창한테 알아보세요."

연영은 멍해졌다. 지은지의 태도가 갑자기 변한 것도 당황스러웠지만 방금 들은 말은 더 그랬다.

연영이 뭐라고 입을 떼기도 전에 지은지가 자리에서 일어섰다. 이미 손에 가방까지 든 채였다.

"다른 동창들 연락처는 제가 따로 알아보고 문자로······ 집전화로 연락드릴게요. 그 전에 혹시라도 휴대폰 생기면 연락주세요. 그쪽으로 문자 넣어드릴게요."

갑자기 달라진 분위기에 연영이 당황하는 사이, 지은지가 다시 몸을 돌렸다. 싸늘하게 변한 얼굴로 연영을 내려다보았다.

"저도 한 가지 궁금한 게 있었는데요, 제 연락처 어떻게 아셨어요?"

연영은 당황스러워 얼른 대답했다.

"민서 어머니가 알려주셨어요. 연락받으셨을 때 민서 어머니라고 말씀하지 않았나요?"

지은지의 눈이 커졌다.

"민서 어머니라니, 언니 지금 무슨 말을 하는 거예요?"

"민서 어머니가 말씀 안 하셨어요?"

"······그냥 언니를 도와주고 있는 사람이라고만 했었어요."

"아, 맞아요. 민서 어머니랑 같이 지내고 있어요. 절 돌봐주신 분이거든요. 민서 어머니가 은지 씨 연락처를 알려주셨어요."

지은지가 굳은 얼굴로 어이없다는 듯 웃었다. 아니, 웃음이 아니었다. 지은지는 그대로 몸을 돌려 나가버렸다.

연영이 불러도 돌아보지 않았다. 황당했지만 휠체어에 앉은 채로는 쫓아갈 수도 없었다. 놀라 이름을 큰 소리로 부르는 바람에 다른 손님들이 힐끔거렸다.

이상한 일이었다. 수경이와 민서는 누구도 끼어들 수 없을 만큼 단짝이어서 둘이서만 붙어다녔다. 특히나 민서는 내성적인 성격이었다. 이런 성격일수록 친한 사람과 멀어지는 일이 더 어렵다.

3학년 때 자주 볼 수 없었던 건 수능을 앞둔 해기 때문이지, 사이가 틀어져서라고는 상상도 해본 적 없었다.

무슨 이유로, 언제 멀어졌을까.

수경이에게도 그런 내색이 없었다. 어쩌면 말수가 줄어들었던 게 그 신호였던 게 아니었을까. 만약 그렇다면 그 신호를 놓친 거다.

순간 어떤 것이 연영의 뇌리를 스치고 지나갔다.

상미였다.

그녀 역시 몰랐다고도 볼 수 있다. 하지만 집에 자주 놀러오던 친구가 언젠가부터 보이지 않으면 웬만하면 물어보게 되지 않을까? 수경이가 죽은 뒤라도 '사실은 사이가 멀어진 지 좀 됐어' 정도는 말했을지도 모른다. 그래도 수경이 장례식 때는 왔겠지?

그런데 멀어진 딸 친구의 언니를 11년 동안 간호하는 게 가능한 일일까?

기억나는 게 없으니 결론이 내려지는 것도 없었다. 머리는 아무리 두드려도 꿈쩍하지 않았다. 이만큼 시간이 지났으면 뭐라도 기억이 나야 하는 것 아니냔 말이다. 단 한 장면만이라도.

한 장면.

눈을 뜨고 나서 며칠 후 옥상에서의 장면이 사진처럼 번뜩였던 순간이 떠올랐다.

　그때 외에는 그런 식으로 뭔가가 떠오른 적이 없었다. 좀더 신중하게 들여다보았어야 했던 건지도 모른다. 지금 생각해보니 간과한 것이 있었다. 누군가 분명한 의도를 가지고 죽이려 했다는 건 '위험'이라는 단어와 연결된다. '위험한 의도'를 가진 누군가는 잡히지 않았다. 그럼 그 위험은 여전히 계속되고 있는 게 아닐까.

　범인은 내가 깨어난 걸 알고 있을까?

　"도와드릴까요?"

　흠칫 놀라 돌아보니 직원이 웃는 낯으로 연영을 내려다보고 있었다.

　일행이 갔으니 도와줄 때가 되었다 싶은 선의일 수도 있지만 한편으로는 빨리 가주었으면 싶은가 하는 생각도 들었다. 피해의식이었다.

　"의자만 원래대로 옮겨주세요. 감사합니다."

　"그럼 가시고 나면 정리할 테니 의자는 신경 쓰지 마세요."

　직원이 친절하게 웃고는 다시 카운터 쪽으로 갔다. 그래도 카페에 있으니 일시적으로 통증을 완화시켜주는 국소마취처럼 안도감 같은 게 느껴졌다. 하지만 이 안도감은 오래가지 않을 것이다.

　이제 집에 가서 생각을 정리해야 했다.

　연영은 핸드림을 굴려 테이블 안쪽에서 빠져나오려고 했다. 들어갈 땐 직원이 도와줘서 몰랐는데 나오려고 보니 틈이 넓지 않아 쉽지 않았다. 몇 번을 앞으로 갔다 뒤로 갔다 하면서 각도를 바꿔나가기 시작했다.

　몇 번을 시도한 끝에야 구석진 자리에서 빠져나왔다. 방금까지 지은지와 마주앉아 있던 테이블을 지나치는 순간이었다. 이제 이렇게 쭉 앞으로만 가면 되었다. 넓은 통로, 큰 문. 여닫이문이라 혼자 열 수 없다는 게 문제이긴 했지만 누군가 보면 도와줄 것이니 걱정할 건 아니었다.

그러나 움직일 수 없었다.

저 문처럼 멀리 있는 장애물은 그다지 문제가 되지 않는다. 관건은 코앞에 닥친 문제다. 언제나 그렇다.

연영은 고개를 돌려 테이블 위를 바라보았다. 맞은편 자리에 있을 때는 보이지 않았던 것이 보였다.

지은지의 컵에는 앉아 있던 방향으로 립스틱 자국이 남아 있었다. 그리고 그 컵 안에는 커피가 거의 다 남아 있었다.

그제야 연영은 커피를 마시는 지은지를 보면서 느꼈던 부조화가 무엇 때문이었는지를 깨달았다.

커피를 마실 때 지은지의 목울대는 조금도 움직이지 않았다.

5

연영은 집으로 돌아오자마자 거실 탁자의 노트북부터 켰다.

검색해봐야 할 것들이 많은데, 상황은 뜻한 대로 흘러가주지 않았다.

상미의 노트북에는 비밀번호가 걸려 있었다. 연영은 전화기 앞으로 다가갔다.

"아줌마, 연영이에요. 일하시는 데 죄송해요. 노트북을 좀 사용하려고 하는데 비밀번호가 걸려 있어서요."

수화기 너머로 사무실인 듯한 소음이 들려오자 죄송한 마음이 들었다.

—노트북?

"네."

상미가 깜빡하고 있었다는 듯 아, 하고 탄식하는 소리가 들렸다.

—노트북이 필요하겠구나. 비밀번호 '9210!' 이거야. 느낌표 꼭

붙이고. 숫자만으로 하면 해킹 당할 확률이 높다고 하더라고.

"감사합니다."

전화를 끊은 후 곧바로 다시 노트북 앞에 앉았다. 비밀번호를 넣자 노트북이 켜졌다. 생전 처음보는 화면에 연영은 잠시 멍해졌다. 윈도우는 윈도우인데 처음 보는 것이었다. 사실 노트북도 처음에는 너무 얇아서 노트북인지도 몰랐다. 핸드폰도 그렇고, 세상은 이렇게 점점 얇아지고 있는 모양이었다.

인터넷을 켜고서도 당황한 것은 마찬가지였다. 포털 사이트의 모습이 몰라보게 달라져 있었다. 눈이 어지러울 정도로 화려했다. 세련되어진 건 말할 것도 없고 정교하게 정돈되어 마치 누군가 종이에 그림을 그려놓은 것처럼 보였다. 그런 것들이 화면에 떠 있다니. 검색창, 글씨체 등 무엇 하나 그렇지 않은 게 없었다.

감탄하고 있을 때가 아니었다. 연영은 검색창에 '세문고등학교'를 검색했다.

기사는 최근 것들만 잔뜩 떠서 연관검색어부터 쳐다봤다.

'세문고등학교 자살'이라는 연관검색어가 눈에 들어왔다.

자살. 믿을 수 없다고, 그럴 리 없다고 주장해왔지만 결국 사실이었다.

또다시 밀려오는 충격을 견디며 그것을 클릭하자 관련 기사가 네 개쯤 떴다. 워낙 오래된 일이라 거의 지워지고 몇 개의 기사만 남은 것이었다. 그나마 기사들에 첨부되어 있던 이미지도 깨져 있었다.

지난 23일, 세문고등학교에서 졸업을 앞둔 3학년 김 양이 옥상에서 자살하는 사건이 발생했다. 수능까지 마친 학생이 봄방학을 앞두고 자살을 한 이 사건은 세간에 큰 충격을 주고 있다. 학교 측은 이런 일이 일어난 것에 유감을 밝히며 사건의 전말을 낱낱이 밝히겠다고 표명했다. 경찰은 김 양의 교복 주머니에서 유서로 볼 수 있는 물건이 나왔지만 유가족이 공개를 원하지 않기 때문에 언론에는 공개할 수 없다고 전했다.

수능을 앞두고 자살을 택하거나, 간신히 수능을 마쳤지만 성적을 비관하여 자살을 택하는 안타까운 일들이 많아지면서 교육제도에 대한 심각성이 다시 도마 위에 올랐다. 이 시기쯤 연례행사가 되어 벌어지는 '자살'은 이제 개인의 문제를 넘어 사회의 문제가 되고 있다.

경찰은 이번 사건을 통해 한국의 입시 경쟁 체제에 대해서 재고할 수 있는…….

여기까지 읽다가 다른 기사를 눌렀지만 다 똑같은 내용이었다.

단어를 바꾸어 몇 번을 다시 검색해도 나오는 기사는 비슷한 것들뿐이었다. 연영은 결국 노트북을 덮었다.

이게 아니라고 소리쳐주고 싶은 심정이었다. 성적 비관? 경찰은 수경이가 가진 배경에 대해서 제대로 조사를 하긴 한 건가? 어떻게 성적 비관이라는 말이 나올 수가 있나!

수경이는 성적에 목숨을 걸지도 않았지만 제 나름대로 받아낸 수능 결과에 만족했다. 이미 몇 군데 합격 연락도 받은 상태였다. 경찰은 수사를 제대로 했는데 기자가 기사를 이 따위로 쓴 걸까, 아니면 경찰이 수사 자체를 잘못했던 걸까.

'김 양의 교복 주머니에서 유서로 볼 수 있는 물건이 나왔지만 유가족이 공개를 원하지 않기 때문에…….'

방금 봤던 문장이 떠올라서 멍해졌다. 노트북을 열어 기사를 다시 읽었다.

교복에서 유서로 보이는 뭔가가 나왔다. 하지만 그 후 연영 역시도 학교 옥상에서 사고를 당하면서 물건들이 모두 어딘가로 사라지고 말았다.

유서. 끔찍한 기분이 들었다.

유서에는 뭐라고 써 있었을까. 상상조차 되지 않았다.

연영은 스스로가 왜 유서 공개를 거부했는지도 알지 못했다.

유서에 무슨 내용이 적혀 있었기에……?

정신을 차려 보니 주먹으로 머리를 때리고 있었다.

기억해 내, 기억해 내, 기억해 내란 말이야…….

연영은 자신 따위가 뭘 할 수 있을지 막막했다.

머리를 때리던 주먹을 내려 손가락을 펼쳤다. 정수리부터 시작해 머리카락을 매만졌다.

어깨에서 똑 잘린 머리 스타일도 생소하긴 마찬가지였다. 항상 긴 머리를 했었는데. 병원에서 주기적으로 잘라주었다고 들었다. 아래로 내려간 손은 이번엔 얼굴을 쓸었다. 낯선 피부의 느낌이 손끝에 감겨왔다. 자신의 피부는 이렇게 거칠지 않았다. 이런 느낌이 아니었다.

잠든 동안 11년이 흘렀다. 납골당, 유골함, 수경이…… 이 모든 것을 몸이 스물셋이던 자신이 처리했다.

수경이를 화장하는 것도, 유서를 공개하지 않겠다 한 것도, 모두 스물셋의 김연영이 내린 결정이다.

얼굴을 쓸던 손이 정지했다.

'넌 피부에 뭐가 난 거야?'

번뜩 눈을 떴다. 얼마 전, 아니 11년 전 어느 날 수경이와 나란히 텔레비전을 보고 있을 때 연영이 했던 말이었다. 수경이의 볼에 뾰루지가 잔뜩 나 있어서 손을 뻗어 만졌던 장면이었다. 그때 수경이는 어떻게 반응을 했었더라.

수경이는 생전 뾰루지가 난 적이 없었다. 그런데 그때는 있었다.

수경의 주변만 캐고 다닐 게 아니었다. 김수경이란 사람 자체에 대해서 알아봐야 한다는 생각이 머릿속을 스쳤다. 수경이가 싸이월드를 즐겨했던 게 떠올랐다. 얼른 싸이월드를 검색했지만 공식 사이트 주소가 뜨지 않았다. 어떻게 된 일이지?

게시글을 몇 번 타고 다니다 싸이월드가 서비스를 전면 중단했다는 사실을 알게 되었다. 이미 모든 기록이 사라져버린 상태. 싸이월드를 즐겨 하지는 않았지만 그래도 연영도 계정은 만들어두고 이따금씩 사용하긴 했다. 하지만 이미 모든 것이 폐쇄되어 아무것도 남아 있지 않았다.

연영은 자신의 이메일을 들어가 보았다. 청구서, 광고 메일 외에는 특별할 게 없었다.

이번에는 수경이의 아이디를 입력했다. 비밀번호를 기억해내야 했다. 연영도 그렇지만 특히 수경이는 한 번 정한 비밀번호는 사이트에서 강제로 바꾸게 하기 전까지 변경하지 않았다. 비밀번호를 왜 바꾸어야 하냐며 불평을 해대던 수경의 얼굴이 떠올랐다. 언젠가 억지로 비밀번호를 바꾸었다가 바꾼 번호를 잊어버렸다며 컴퓨터를 붙들고 한참을 씨름하기도 했다.

연영은 수경이가 적어도 몇 년 전부터 한 번도 바꾸지 않고 사용하던 비밀번호를 들은 적이 있었다. 약 2년 전이었고, 그 2년 동안

비밀번호의 원재료가 된 것들도 변함이 없었다. 바로 도어 록 비밀
번호와 수경이의 전화번호 뒷자리였다. 그걸 조합해서 치자…… 로
그인이 되었다.

휴면계정이라는 화면이 떴다. 휴면을 해제하겠냐고 묻기에 확인을
누른 후 다시 한 번 비밀번호를 입력하자 휴면 상태는 손쉽게 풀렸다.

떨리는 손으로 마우스를 움직여 수경이의 메일함을 뒤졌다. 휴면
상태가 되기 전까지만 메일이 와 있었다. 불법 광고 메일, 가입되어
있는 사이트에서 보낸 단체 메일 같은. 수경이가 죽은 후에도 이런
의미 없는 메일들은 빈도수만 줄었을 뿐 꾸준히 오고 있었던 것이
다. 페이지를 넘겨 2009년에 온 메일들을 찾았다.

별다른 게 없었다. 정말로 없었다. 예전에는 친구들과 이메일을
주고받는 일이 많아서 e카드라는 것도 있었지만, 이때쯤에는 휴대
폰이 워낙 보편적으로 사용되기 시작하면서 이메일을 주고받는 일
이 줄어들었을 때였다. 아마 친구들과는 문자 메시지로 대화를 나
누었을 것이다.

가입한 카페에서 온 단체 메일을 훑어보았다. 카페 이름 '드라마
를 애청하는 사람들의 모임'. 드라마에 대한 이야기를 나누는 친목
카페였다.

연영은 수경이가 가입한 카페 목록을 훑어보기 위해 카페 홈으로
들어갔다. 익숙하지 않은 UI 때문에 카페 홈을 찾는 데도 상당한 시
간이 걸렸지만 끝내 찾아냈다.

'가입한 카페 없음'

'드애사' 카페는 오래전에 폐쇄되었다.

어디에도 수경이가 죽음을 택한 이유를 짐작해볼 수 있는 단서는

없었다.

세월이 흐르면서 모든 게 사라져버렸다.

어디서부터 거슬러 올라가야 하는 걸까.

옥상에서 떨어져 의식불명이 되기 전의 상황부터 거슬러 올라가 보면 되지 않을까?

의사에게 말했듯이 그날 1월 17일이 연영이 가지고 있는 가장 최근 기억이었다.

그녀에게는 불과 한 달 전 같은 기억. 병원에서 몇 번이고 더듬어 보았지만 끊임없이 투입된 신경안정제의 영향으로 모두 겉핥기에 불과했다.

연영은 다시 한 번 기억 속으로 들어가 보기로 했다. 새로운 기억만 찾으려 하지 말고, 갖고 있는 것에서 뭔가를 건져내보자 싶었다.

눈을 감자 친숙한 장면이 머릿속에 펼쳐졌다.

그날은 여느 때와 다름없는 토요일이었다. 침대에 낙지처럼 붙어서 잠들어 있는 수경이를 깨우려다가 그냥 자게 두었다. 수능이 끝난 이후로 아침을 같이 먹은 적이 없었다. 인생의 목표처럼 매달려 왔던 수능이 끝나자 수경이는 나사 하나가 빠진 것처럼 지냈다.

그런데 이날은 웬일인지 수경이가 일찍 일어났다. 연영이 조촐하게 차린 아침을 먹고 있을 때였다.

'왜 이렇게 소박해?'

눈살을 찌푸리면서도 수경은 연영의 맞은편에 앉았다.

'불만은. 너도 먹을 거야?'

'고기 없어?'

'없는데…… 이따 장 보고 저녁에 해줄게.'

'지금 먹고 싶은데.'

'지금 사놓은 게 없어.'

연영으로서는 나름 신경 쓴다고 말한 건데 수경이의 표정이 굳어져 갔다.

오랜만에 보는 통통 부은 동생의 아침 얼굴이 연영은 조금 낯설었다. 대체 뭐가 불만이란 말인가? 연영이 당황스러운 이유는 수경이는 웬만하면 불평을 하거나 짜증을 내는 법이 없는 아이였기 때문이었다.

'고기가 그렇게 먹고 싶었어? 이따 저녁에 해줄게.'

'언니, 세상은 참 더러운 것 같아. 열심히 살 가치가 있나?'

'뭔 소리래. 고기 안 해준다고 시위하는 거야?'

여기서 수경이가 뭐라고 대답했더라. 별다른 대답이 아니었는지 기억이 나지 않았다.

연영은 번쩍 눈을 떴다. 왜 그때는 알아차리지 못했을까.

동생은 그날, 그녀답지 않은 말을 했다.

그날 저녁에는 고기를 해줬다. 수경이는 먹지 않았다.

그때도 지금도 연영은 그 이유를 알지 못했다.

그때는 수경이에게 굳이 물어보지 않았기 때문이고, 지금은 물어볼 수경이가 없기 때문이다.

조용한 토요일 주말이었고, 연영의 기억 속에 마지막으로 남은 그날은 그렇게 아무 일 없이, 평온하게, 여느 주말과 다를 바 없이 지나갔다.

연영은 팔뚝을 들어 올려 눈물을 훔쳐냈다.

그때 도어 록 소리가 들리는가 싶더니 상미가 들어섰다. 어느새 퇴근 시간이 훌쩍 넘은 시각이었는데 모르고 있었다.

상미가 신발을 벗다가 붉어진 연영의 얼굴을 보고는 눈을 휘둥그렇게 떴다.

"왜 울어?"

연영은 고개를 저었고, 상미도 더 묻지 않았다. 대신 가방 안에서 반으로 접힌 A4 용지를 꺼내 건넸다.

"민서한테서 온 메일이야."

생각지 못한 선물을 받은 기분이었다. 연영은 놀라서 눈물을 대충 훔치고 편지를 받아들었다. 메모장에 옮겨서 프린트했는지 조잡하게 늘어선 글자들이 눈에 들어왔다.

"인터넷 화면 그대로 뽑는 방법을 몰라서 복사 붙여넣기 했더니 그렇게 보기 안 좋게 됐더라."

상미가 무안한 듯 웃으며 설명했지만 연영은 이미 편지에 정신이 팔려 있었다.

언니! 나 민서야. 언니가 이 편지를 읽고 있을 거란 거, 진짜야? 정말인 거지? 믿기지가 않아…….

미국에 있느라 이렇게밖에 인사를 못 해서 너무 아쉽네. 언니 깨어났다는 소식 듣고 얼마나 놀랐는지 몰라! 정말 너무 놀랐어. 기쁘고, 눈물나고, 행복하고…… 하늘에서 기적을 내려줬다고밖에는 표현 못 하겠어.

바쁘게 지내느라 자주 보러가진 못했지만 항상 언니가 얼마나 그리웠는지 몰라.

수경이도 그렇고……. 내 인생에 큰 부분이었던 두 사람이 한꺼번에 그렇게 되고 나니까, 인생이 송두리째 뒤집힌 것 같았어. 그 해, 무슨 정신으로 살았는지 모르겠어.

몇 년이 지나도 언니는 안 깨어나고, 수경이는 돌아올 수 없는 강을 건넜고. 내 인생은 내 인생대로 안 풀리고. 그래서 도망치듯 미국에 왔어. 더 공부하고 싶은 마음도 있었지만 솔직히 말하면 도망치는 마음이 더 컸던 것 같아.

이렇게 말하고 있으니까 예전에 언니한테 고민 상담 자주 했던 거 생각난다. 언니, 정말 너무 그리웠어. 지금도 무척 보고 싶고. 언제쯤 볼 수 있을까? 박사과정이란 게 이렇게 힘든 건지 몰랐는데, 숨 쉴 틈 없이 바쁘다고 하면 될까. 전화하고 싶어도 언니가 아직 휴대폰이 없다고 하더라고. 시차 때문에 맞추기도 쉽지 않고. 언제 한번 꼭 통화하자.

엄마한테 언니가 요즘 수경이 사건…… 알아보러 다닌다고 들었어. 꼭, 꼭, 수경이가 그런 선택을 한 이유를 찾아줘. 꼭 알아내줘. 난 못 한 일이지만, 언니라면 반드시 알아내줄 거라고 믿어.

언니, 고마워. 조만간 또 연락할게! 건강 잘 챙기고, 아프지 말고, 기억도 꼭…… 돌아오길 바라. 기다릴게.

민서가.

편지를 든 손이 떨렸다. 이 편지를 쓴 민서는 연영이 알던 열아홉의 소녀가 아니라 어엿한 성인일 것이다. 못 견디게 민서가 보고 싶었다. 민서는 어떤 모습일까, 어떻게 컸을까. 집에서 셋이서 음식을 해먹던 기억이 주마등처럼 스쳐갔다.

상미가 다가와 연영의 손에서 종이를 가져갔다가 곧바로 다시 돌려주었다. 잠시 후 돌려준 종이에는 포스트잇이 붙어 있었다.

"답장 보낼 민서 이메일 주소 적어왔어. 그리고 네 가방 오늘 안에 어떻게든 찾아서 줄게. 아무것도 없이 지금 네 마음이 오죽하겠니."

차마 감사하다는 말도 나오지 않아 연영은 숨죽여 울기만 했다. 어쩔 줄 모르겠어서인지 상미는 다가오는 대신 연영을 지켜봤다. 서른넷의 여자는 지금껏 참아왔던 눈물을 오늘 밤 다 쏟아낼 기세였다.

편지를 품에 안았다. 비록 동생은 죽었지만, 동생이 누구보다 좋아하던 친구가 성인이 되어 보내온 편지는 보물 같았다.

상미가 가방을 찾겠다며 나가자 연영은 거실에 혼자 남겨졌다. 연영은 여전히 편지를 손에 꼭 쥐고 있었다. 포스트잇에 적힌 구글 이메일 주소가 눈에 들어왔다.

왜 이걸 생각 못 했지?

노트북을 열어 구글에 접속했다. 역시나 그녀가 알고 있는 것보다 훨씬 정돈된 사이트가 화면에 떴다.

잠시 망설이다, 검색창에 수경의 아이디를 쳤다.

폐쇄된 카페에 남겼을 게시글들은 당연히 뜨지 않았지만, 카페 외에 수경이가 가입한 다른 사이트에 올렸던 게시글 몇 개가 떴다.

위기청소년상담센터 - 온라인 고민상담 - 자유 게시판(익명)

가슴이 철렁 내려앉았다. 클릭하자 사이트가 열렸다.

폐쇄만 안 되었지 이미 사용자가 없는 사이트의 고민상담 게시판이었다.

2008년 12월에 올린 글이었기에, 게시판의 페이지를 한참 넘기자 수경이가 올린 글이 있었다. 수능이 끝난 어느 날에 올린 글이었다.

'친한 친구와의 이별은, 악마의 출현으로 모든 것을 빼앗긴 것과 같습니다.'

마우스를 쥔 손이 떨렸다.

분명 수경의 아이디였다. 평생을 수경이가 써 왔던 것이기에 같은 아이디를 가진 다른 사람의 것일 리는 없었다.

수경이가 이런 글을 썼다는 게 믿기지 않았다.

친한 친구와의 이별.

이 여덟 글자가 연영의 눈에 가시처럼 박혔다.

민서에게는 수경이 말고 지은지가 있었다. 지은지 말고 더 있었을지도 모른다.

이제 또 하나의 물음표가 떠올랐다.

……그럼 우리 수경이는?

수경이에 대해 아는 게 없었다.

더 끔찍한 건, 수경이에 대해 아는 게 없다는 사실조차도 몰랐다는 것이었다.

***

무슨 소리가 들려왔다.

연영은 눈살을 찌푸리며 실눈을 떴다. 앞에 사람 형상이 보였다.

침대 옆 스탠드만 켠 방에 서서 연영을 내려다보고 있었다. 연영은 순간 놀랐다.

어둠 속에서 호롱호롱한 불빛으로 봐서 그런 건지, 아니면 창고를 뒤지느라 힘들어서인지 상미는 잠깐 사이 다크서클이 잔뜩 내려오고 볼이 쑥 들어간 것처럼 보였다.

정신이 든 연영은 벌떡 일어나 앉았다. 그러고 보니 침대였다. 언제 잠이 들었는지도 모른 채 침대로 와 자고 있었던 것이다.

문득 병원에서 처방해준 약을 먹지 않은 게 떠올랐다.

아줌마, 하고 부르려는데 그녀가 손에 뭔가 들고 있는 게 보였다.

"네 가방 찾았다."

울어서 솜뭉텅이를 욱여넣은 것처럼 무거운 눈이 번쩍 뜨였다. 순식간에 몸이 뜨거워졌다.

"제가 사고 난 날 가지고 있던 가방인 거죠?"

반쪽은 어둠에 잠긴 얼굴이 고개를 끄덕이는 것이 보였다.

"감사합니다."

연영의 손에 그것을 건네준 상미는 어색하게 웃어 보이고는 방을 나갔다.

다시 혼자가 되었다. 잠기운은 순식간에 증발했고 정신은 어느 때보다 또렷했다.

분홍색 가방은 커다란 비닐팩에 들어 있었다. 병원에서 11년 동안 보관하느라 해놓은 조치인 듯했다.

연영은 가방 안에 항상 넣고 다니던 물건들을 기억했다. 납작한 파우치 안에 넣는 잡동사니들, 립스틱과 파우더팩트는 안쪽 작은 주머니에, 메모장과 지갑, 읽을 책. 그녀로서는 불과 한 달 전에 갖고 다니면서 읽던 책이니 모를 수 없었다. 하지만 책은 없었다.

책만 빼고 모든 것이 분홍색 가방 안에 그대로 있었다. 지갑을 열

었다. 은행 카드, 스무 살에 찍은 얼굴의 신분증, 지폐는 없음. 모든
것이 그대로였다.

그러나 중요한 건 그런 게 아니었다. 내용물의 역할들은 그대로
지만, 겉모습이 달랐다.

신분을 드러내주는 카드들만 빼고.

분홍색 가방은 자신의 것이 아니었다. 립스틱도, 파우더 팩트도
연영이 평소 사용하던 것이 아니었다. 모양새도, 브랜드도 달랐다.

낡고 허름한 지갑도 자신의 것이 아니었다.

정신없이 가방을 뒤지던 연영의 손이 나뭇가지가 부러지듯 축 처
졌다.

기억이 지워진 한 달 동안 가방을 비롯한 모든 물건을 새로 샀다
고는 생각할 수 없었다. 게다가 그사이에는 수경이의 죽음이 있었
다. 쇼핑을 할 여력이 있었을 리 없다.

온몸에 소름이 돋았다.

병원에서 보관하고 있는 물건에 손을 댈 수 있는 사람…… 누가
있지?

6

톡톡톡톡.

나무 도마에서 칼질을 할 때의 소리를 선은 늘 이렇게 표현했다.

남편은 '탁'이 아니냐고 우겼지만 선이 듣기에는 '톡'이었다. 플라스틱, 고무 등 다양한 원재료로 만들어진 도마가 많아도 선은 나무도마만을 고집했다. 특히나 수제로 만든 천연 캄포도마라면 사족을 못 썼다. 칼질을 할 때마다 도마에서 시작되어 코끝을 스치는 향은 언제나 선의 기분을 좋게 했다.

남편은 아내의 이런 취향을 달가워하지 않았다. 나무 도마를 대여섯 개씩 구입해서 부엌에 진열하듯 주르륵 세워두는 그녀의 습관을 이해하지 못했다. 도마에 그렇게 비싼 돈을 쓸 이유가 있느냐는 것이었다.

톡톡톡톡.

야채를 썰고 내려간 칼날이 도마에 부딪히는 소리를 음미하던 선은 문득 머릿속을 스치는 생각에 동작을 멈췄다. 이깟 도마 값은 아까우면서 매주 꽃은 사온다고? 결국은 남편도 제멋대로가 아닌가.

문득 이런 생각이 들었다. 남편이 정말 자신을 사랑한다면 이깟 도마 사는 돈을 아까워할까 싶은 것이다.

선은 눈살을 찌푸렸다.

날 사랑하는 게 맞긴 한 걸까? 아니, 남편은 과연 좋은 남자가 맞을까?

식탁 위에 올려둔 휴대폰이 울려서 선은 칼을 도마에 내려놓고 몸을 돌렸다. 조신희에게서 메시지가 와 있었다. 단체방을 놔두고 왜 개인 메시지를 보냈지, 생각하며 휴대폰을 집어 들었다.

〔혹시 메신저 안 쓰세요? 며칠 지나도 안 보셔서 따로 연락드려요. 회식 날짜 잡는 중이라 시간을 알려주셔야 확정을 하거든요.〕

지난 며칠 동안 단체방이 시끄럽다는 걸 알고 있었지만 선은 그 메시지들을 눌러보지 않았었다. 어느 쪽으로든 귀찮아질 것이기 때문이었다.

짜증으로 선의 얼굴이 일그러졌다. 잠시 고민하던 선이 '바빴어요. 곧 볼게요. 챙겨주셔서 감사해요'라고 답장을 보내자마자 화면이 바뀌더니 전화 발신자 이름이 떴다. 남편이었다.

남편은 회사에서도 점심이 지난 후에 틈을 내서 전화를 거는 습관이 있었다.

선은 생각했다. 이것은, 감시일까 관심일까.

한끗 차이가 아닐까.

전화를 받자 애써 발랄한 척하는 남편의 목소리가 들려왔다.

—뭐하고 있어?

"저녁 차리는 중."

—벌써? 나 퇴근해서 가려면 아직 네 시간이나 남았는데?

선은 대답 없이 미소만 지었다.

—점심은 맛있게 먹었어?

"먹었지."

무엇 때문인지 남편은 망설이는 것 같았다. 무엇을? 선은 가만히 기다렸다. 이윽고 남편의 목소리가 들려왔다.

—공기의 흐름이란 게 바뀌면 어때?

왜 갑자기 이런 걸?

남편은 한 번도 이런 걸 물은 적이 없었다. 휴대폰을 귀에 댄 채 몸을 돌려 다시 도마 앞에 섰다. 칼을 집어 들었다. 야채에서 배어나온 물기가 도마를 적시고 있었다. 수분을 빼앗긴 야채가 마치 피를 빼앗기고 도마 위에서 죽어가고 있는 것처럼 보였다. 끔찍하게도. 제멋대로 모습이 흐트러진 채 축 늘어져 있는 모습은 주검이 된 사람의 그것과 비슷했다.

"추워. 음산하고."

솔직하게 말했는데, 이런 걸 남편이 이해할 수 있을까?

이런 건 아무나 이해할 수 있는 게 아니라는 것이 선의 생각이었다.

남편은 당황한 것 같았다. 규칙적으로 들려오던 남편의 숨소리가 더 이상 들리지 않았다. 전화를 하고 있으니 선은 마치 이곳에 혼자가 아닌 것처럼 느꼈다. 하지만 그럼에도 공기의 흐름은 바뀌지 않았다. 선은 뭐가 문제인지 생각해보았다.

—오늘 빨리 갈게.

남편은 대답도 듣지 않고 말을 마치자마자 전화를 끊었다. 선은 서운하거나 언짢지 않았다. 이미 그녀도 다른 생각을 하고 있었기 때문이다.

저장되지 않은 번호로 전화가 걸려온 것은 어제였다. 화장실에 있다가 뒤늦게 알아차리고 받으러 왔지만 전화는 끊겨버렸고, 다시 걸었을 때는 상대 쪽에서 받지 않았다. 발신자가 누군지 모르지만 그 전화가 불러일으킨 기억이 있었다.

휴대폰을 식탁에 올려놓고 다시 도마 앞으로 갔다. 이미 물기가 많이 빠진 야채는 점점 더 생기를 잃어가고 있었다. 먹고 싶은 마음이 들지 않았다. 하지만 버릴 수는 없다. 선이 다시 도마칼을 움켜쥐었을 때, 휴대폰 진동 소리가 들렸다.

화면에는 어제 그 번호가 떠 있었다.

선은 도마칼을 떨어뜨리듯 내려놓고 휴대폰을 집어 들었다.

"여보세요? 누구세요?"

잠깐의 숨소리, 그리고 '나야' 하는 말소리가 들려왔다. 선은 목소리만으로도 상대가 누구인지 알아차렸다. 대답하지 않았다. 대신 상대의 말을 들었다.

상대는 이렇게 말했다.

만나자.

선은 자신이 예민해지고 있다는 사실도 깨닫지 못한 채 예민해지고 있었다. 텔레비전을 켜놓고 소파에 무릎을 세워 쪼그려 앉은 자세로 시간을 보냈다. 기력이 없었다.

그런 와중에 남편이 돌아왔다. 들어오자마자 아내의 모습을 본 남편은 놀라 한달음에 달려왔다. 무슨 일이냐는 질문이 쏟아져도 선은 고개를 저었다.

"아무것도 아니야. 밥 차려놨어."

검지를 뻗어 식탁을 가리켰는데 손끝이 떨렸다. 남편도 그것을 보았다.

"괜찮아? 어? 왜 이러는 건데?"

남편의 얼굴은 그녀의 손끝만큼이나 떨리고 있었다. 걱정을 해서 인지는 아직 알 수 없다. 사람마다 다르다. 분노를 하면 안면 근육이 떨리는 사람도 있다. 세상에는 자신의 본모습을 아주 잘 감추고 살아가는 사람이 많으니까. 선은 두려운 눈길로 남편을 보았다.

"전화가 왔어."

선은 토해내듯 간신히 말했다.

"무슨 전화? 누구한테?"

남편의 질문을 받고서야 선은 실수를 깨달았다. 남편과 공유할 수 있는 게 아니었고, 해서도 안 되는 것이었다.

남편은 선의 대답을 기다리고 있었다.

"……친구한테."

친구 누구? 초조한 질문이 웅웅대는 선의 귓속을 파고들었다.

남편이 고개를 갸웃거렸다. 선은 무슨 대답이든 해야 한다는 걸 알았다.

선은 의도치 않게 작게 몸을 떨며 말했다.

"예전 동창……."

"누구길래 이렇게 상태가 안 좋아진 거야? 누구길래?"

선은 후회했다. 왜 남편에게 쓸데없이 티를 냈을까. 피곤해져버렸다.

"……있어. 당신한테 말한 적 없어서 모를 거야. 별로 안 친했거든."

"그런데 왜 이렇게 떨고 있는 건데."

남편이 팔을 벌려 선의 양 어깨를 움켜잡고는 흔들었다. 선은 남편이 흔드는 대로 흔들렸다. 선은 남편의 눈을 바라보았다.

문득 남편과 자신의 체격 차이가 상당하다는 사실을 깨달았다.

남편이 입을 벌린 순간을 선이 가로챘다.

"여보, 화났어?"

남편의 표정이 이상해졌다.

"무슨 말이야?"

"당신…… 날 때릴 거야?"

"무슨 소릴 하는 거야, 대체!"

소리를 버럭 지르며 남편이 일어섰다.

갑자기 눈높이가 훅 높아지고 선의 머리 위로 그림자가 드리웠다.

선은 몸을 움츠렸다. 요즘 너무 제멋대로 굴었다. 남편이 화가 날 만하다는 생각이 드는 한편, 두려움이 엄습해왔다.

남편은 허리춤에 손을 올리고 숨을 몰아쉬면서 감정을 정리하는 듯했다. 남편이 허리춤에서 손을 내리고 다시 무릎을 꿇어서 눈높이를 맞춰왔다.

선은 소파에 앉은 채로, 남편은 그 앞에 무릎을 꿇고 시선을 맞춘 채로 한참 침묵이 흘렀다. 남편은 뭔가 중대한 할 말이 있는 게 분명했다. 남편의 입술이 떨리고 있었다.

"당신 혹시…… 다시 시작된 거야?"

선은 왜 이야기가 그런 쪽으로 흘러가는 건지 이해할 수 없었다. 올바른 방향이 아니었다. 분명 조금 전까지 다른 이야기를 하고 있었다. 남편이 허공 어딘가를 눈으로 훑으며 생각에 잠긴 표정으로 중얼거렸다.

"일단 좀 쉬자."

남편이 큼직한 손을 올려 자신의 얼굴을 한 번 쓸고는 일어섰다. 피곤해 보였다.

"맛있게 먹을게."

일단 저녁부터 먹어야겠다는 생각이 든 모양이었다.

선을 두고 식탁을 향해 걸어가는 남편의 말끝이 늘어졌다. 무언가에 홀린 사람처럼 걸음걸이가 늦춰졌다.

동창에게서 걸려 왔던 전화를 곱씹어보고 있던 선의 눈이 무심코 남편을 향했다. 식탁 앞에 서 있는 남편의 뒷모습이 망연해 보였다.

그 순간 선은 자신이 식사를 차린 적이 없다는 걸 깨달았다. 도마에서 칼질을 하던 그대로 중단했었다.

몸을 돌려 선을 바라보는 남편의 표정이 이상했다.

'다시 시작된 거야?'

남편의 말이 동창의 전화를 제치고 머릿속을 맴돈 순간 남편의 목소리가 날아왔다.

"저녁 안 차려져 있는데? 왜 차렸다고 했어……?"

"미안. 차린 줄 알았어. 깜빡했어."

"정신을 어디에 두고 있는 거야?"

남편의 목소리가 험악해졌다. 선은 본능적으로 몸을 움츠렸다.

이런 결혼 생활을 기대했던 게 아니었다. 이번엔 선의 착각이나 지레 짐작이 아니었다. 남편은 정말로 화가 나 있었다. 눈썹이 솟구치고 눈꼬리가 올라갔다. 양 볼은 죽어가는 잠자리가 날갯짓하듯 파르르 떨리고 있었다.

"대체 왜 이래!"

갑작스러운 고함소리에 선은 몸을 들썩일 정도로 놀랐다.

"정신 차리고 살아야 할 거 아냐! 아니면 뭐 때문에 그런 건지 나한테 얘기를 해주든가!"

남편이 큰 걸음으로 걸어오는 게 보였다. 정확히 선이 있는 방향이었다. 선은 도망칠 곳을 찾았다. 남편이 이곳까지 오는 데는 4초면 충분했다. 4초 안에 이곳에서 튕겨져 나가 몸을 피해야 한다는 생각이 머리를 지배했다.

남편이 식탁이 있는 부엌에서 소파가 있는 거실 가운데 지점까지 오는 데 2초가 소요됐다. 그 소중한 시간을 선은 멍하니 있느라 낭비했다.

남편이 한 발을 더 내딛어서 절반 지점을 넘는 데 0.5초가 소요됐다. 그즈음에 선은 소파에서 몸을 일으켰고 소파 위로 올라섰다. 조금이라도 남편과의 거리를 벌리기 위해서였다. 일촉즉발의 상황이었다.

남편이 소파 앞까지 와서 마지막 발을 내디뎠을 때, 선은 이미 현관문을 향해 달리기 시작했다.

선의 행동을 보고 곧바로 방향을 튼 남편이 믿을 수 없을 만큼 빠른 속도로 소파를 뛰어넘어 선을 붙잡았다.

선은 얼어붙은 채 남편을 바라보았다.

7

한 걸음 한 걸음을 내딛는 것이 쉽지는 않았지만 연영은 분명하게 걷고 있었다. 이제는 거실장이나 선반, 혹은 벽 같은 것들을 붙잡지 않고서도 걸을 수 있었다.

퇴원해 온 지 열흘, 지은지를 만나고 돌아온 지 일주일이 지났다. 그녀를 만나고 와서 연영이 분명하게 깨달은 게 있었다. 휠체어에 탄 채로는 정보를 제대로 끌어 모을 수 없다는 것이었다. 상대와 동등한 위치가 될 수 없다면 적어도 단단해 보여야 한다는 것이 연영이 그 만남을 통해 깨달은 것이었다.

그날 지은지는 명백하게 연영을 무시하고 있었다. 연영의 간절함을 제대로 받아들이지 못한 것이다. 상대에게 정보를 얻어내기 위해서 전달해야 할 것은 간절한 '감정'이 아니라 간절하다는 '위압감'이었다. 온화하고 매너 있지만 단단해 보여야 했다.

짧다면 짧은 3년 동안의 사회생활을 통해 연영이 깨달은 것이었다. 비굴하게 굴면 처음에는 동정을 살지 몰라도 조금 지나면 무시와 멸시가 돌아온다.

회사에서 연영과 업무상으로 가장 교류가 많은 건 30대 선배들이었다. 그들은 자신과 열 살 이상 차이 나는 만큼 영리했고 똑똑했고 일도 잘했지만, 그만큼 영악할 줄도 알았다. 아직 어린 연영에게는 없는 것이었다.

수경이의 죽음에 대한 정보가 간절해서 잠시 잊고 있었다. 그런 언니들에게 무시당하지 않으면서 얻을 것도 얻어낼 수 있었던 방법을.

금방 정상인처럼 걸을 수 있게 될 거란 감각이 있었다. 그래서 지은지의 연락을 기다리는 동안 죽어라 걷기 연습을 했다.

긴 세월 누워 있었다 해도 몸이 기억하는 감각 덕분에 성과는 금방 나타났다.

아직 뛰지 못할 뿐, 연영은 정상인과 다를 바 없이 걸을 수 있게 됐다. 속도를 낼 정도는 아니었지만 그 정도는 성격적인 것으로 보일 것이다.

연영은 전화기를 집어 들었다. 금방 상미의 목소리가 들려왔다. 가방을 받은 이후로 오랜만에 듣는 상미의 목소리였다. 상미는 주말에도 아침 일찍 나가 밤늦게 들어왔다. 대화를 나눌 기회가 없었다.

"저 오늘은 밖에 좀 나가보려고요. 혹시 아줌마 일찍 퇴근하시면 제가 없을 수도 있을 것 같아 미리 말씀드리려고 전화했어요."

연영의 말에 상미가 놀란 소리를 냈다.

─어딜 돌아다니려고? 위험해.

"괜찮아요. 이제 걸을 수 있어요. 아직 뛰진 못하지만……."

─어디 가는데?

"여기저기 들를 데가 좀 있어서요. 어떻게 될지 몰라 저녁은 돼야 올 것 같아요."

—어딜 들르려고?

연영은 머뭇거리며 대답했다.

"수경이 관련해서 여기저기요. 그리고 오늘 저녁이나 내일 아침에 아줌마랑 식사를 같이 했으면 좋겠는데……. 여기 온 뒤로 한 번도 같이 식사를 한 적이 없더라고요."

침묵이 흘렀다.

—그 이유뿐이니?

"네?"

연영은 당황했다. 상미는 다정한데, 어딘가 묘한 구석이 있었다. 그것은 종종 알아들을 수 없는 말을 한다는 데 있었다. 이해하기 어려운 반응이라는 쪽이 좀 더 맞는 표현일 것이다.

—한 번도 식사를 같이 한 적이 없는 게 식사를 꼭 같이 했으면 좋겠다는 이유냐는 뜻이야.

상미의 목소리는 친절한 건지 냉랭한 건지 애매했다. 연영은 왜 이런 걸 묻는지 이해할 수 없었다.

"……아뇨. 실은 아줌마한테 상의드릴 게 있어요."

—역시. 그래, 알겠다.

"아침, 저녁 중 언제가 편하세요?"

—오늘 저녁이 좋겠다.

"알겠어요. 감사합니다. 항상…… 감사하게 생각하고 있어요."

—그런 인사 됐다. 우리 사이에.

전화를 끊은 후 연영은 상미와 어떤 사이인지 생각했다.

수경이가 죽기 전에 상미와 몇 번을 만났는지 손으로 꼽아보았다.

수경이와 민서가 친해지고 나서…… 대략 일곱 번. 민서 집에 있는 수경이 때문에, 수경의 집에 와 있는 민서 때문에 번갈아 서로의 집에 찾아가 인사를 나눴다. 한 번은 수경이와 민서가 방에서 공부하게 두고 식탁에서 차를 마시며 이야기를 나누기도 했다. 주로 수경이와 민서의 장래와 학업에 대한 이야기였다.

연영은 그때 상미가 무슨 이야기를 했는지 기억을 더듬었다. 그래…… 이런 이야기를 했었다.

'어린 나이에 정말 대단해. 무슨 정말 부모 같아. 야무지고, 부지런하고, 예의바르고. 사회 초년생 때는 자기 몸 하나 건사하기도 힘들 텐데, 수경이까지 챙기고. 못 믿는 눈치네? 정말이야, 정말 대단하다고 생각해. 가장 역할도 충실히 해내고 있고. 집 깨끗한 것 좀 봐. 어쩜 이럴 수 있니? 우리 민서가 보고 좀 배웠으면 좋겠다. 애가 아직도 어린애 같아서. 민서는 숫기가 없는데 연영이랑 수경이 앞에서만은 다른 것 같아. 항상 고맙게 생각해. 내가 그리 다정한 엄마는 못 돼 줬거든. 엄하게 키웠지. 아빠 없이 키우다 보니까 더 엄해졌던 것 같아. 내 아이를 바른 길로 인도해야겠다, 그런 거? 공부를 하는 게 그중 하나였어. 공부를 열심히 하게 하는 게 가장 빨리 철이 들게 하는 길이라고 생각하니까. 난 그래. 넌 어떠니? 수경이를 저렇게 밝게 잘 키운 연영이 생각도 궁금해.'

속을 털어놓을 데가 없었는지 상미는 봇물 터뜨리듯 이야기를 쏟아냈다. 이 기억은 연영의 입장에서 불과 2년 정도밖에 지나지 않은 일이다.

이렇게 기억을 더듬어가다 보면 뭔가가 나올 줄 알았다. 그러나 아무리 머릿속을 뒤져도 수경에 대해서는 아는 게 없었다. 자살을 할 만한 이유는 더더욱 알 수 없었다. 자살이라는 단어를 생각할 때마다 위가 울렁거렸다.

몰랐던 사실, 눈치조차 채지 못했던 무언가가 수경이의 인생에 있었던 게 틀림없다.

얼마 전에 상미가 했던 의미심장한 말이 떠올랐다.

'수경이가 죽음을 택한 장소가 학교 옥상이라는 걸 가볍게 여기지 마.'

날카로운 지적이긴 했지만 상미가 왜 이런 말을 했는지도 여전히 의문이었다. 뭔가를 알아서 이런 말을 했다기엔, 상미는 실제로는 아는 게 없는 듯했다. 본인의 감을 말해준 것일 뿐이었는지도 모른다.

수경이는 왜 하필 학교 옥상에서 뛰어내렸을까. 장소가 학교인 건 단순히 익숙한 곳이라서? 아니면 무슨 의미가 있었을까. 만약 아줌마의 말대로 후자라면, 누군가에게 보여주기 위해? 그렇다면 대상은 학교 관계자일 것이다. 학교 선생님, 혹은 학교 친구들…….

민서랑 수경이 사이는 고3 혹은 고2때부터 달라지기 시작했다.

지은지를 만나서 확인한 사실이었다. 상미에게 말할 기회만을 노렸다. 그런 와중에 연영은 처방 약에 들어 있는 안정제와 진통제 때문에 아침에는 거의 정신을 차리기가 힘들었다. 그래서 어제부터 안정제를 먹지 않았다. 이제는 알게 된 사실을 상미에게 알려줄 때가 되었다. 그리고 물어볼 때가 되었다. 궁금한 게 많아 그런 것뿐이니, 상미가 취조당하는 것처럼 느끼지 않기를 바랄 뿐이었다.

학교가 어떻게 생겼더라. 연영은 학교에 가본 적이 있었다. 약 1년 전—실제로는 12년 전이겠지만—수경이가 3학년이 되면서 담임과

학부모 면담을 했다. 담임선생님의 얼굴도 또렷하게 기억하고 있다. 그 담임이라면 뭔가를 알고 있을지도 모른다.

담임의 연락처를 갖고 있었는데, 휴대폰이 없어지면서 연락처도 사라졌다. 연영은 방으로 가 침대 옆에 얌전히 놓인 가방을 쳐다보았다. 제 것이 아닌데 자기 것으로 되어 있는 가방. 저 안에는 신분을 알려줄 수 있는 신분증이나 신용카드를 제외하고 실제 연영의 것은 없다.

휴대폰도 없다. 이것이 시간이 지날수록 연영이 이상하게 생각하는 부분이었다.

당시에 사용하던 휴대폰은 어디로 사라진 걸까.

나갈 준비를 하려고 욕실에 들어간 연영은 거울 속 여자를 쳐다보았다. 그동안은 의식적으로 거울을 보지 않으려고 노력했다. 하지만 오늘은 그 여자를 정면으로 마주해야 하는 날이었다.

연영이 피하지 않자 거울 속 여자도 피하지 않고 연영을 똑바로 보았다.

피곤해 보이는데다 피부결도 좋지 않은 여자였다. 나를 나로서 느낄 수 없게 만드는 존재가 두려웠다. 여자를 바라보는 연영의 눈에 두려움이 서렸다.

11년 전에 누가 당신을 죽이려 했나요?

당신은 기억하죠?

가방은 비닐 팩에 그대로 둔 채 다용도실로 들어가 검은색 비닐 봉지를 찾아냈다. 거기에 상미가 매일 아침 식탁에 올려주는 현금과 신용카드를 넣었다. 비닐봉지가 아래로 축 처졌다.

신용카드는 대중교통을 이용하기 위한 것이었다. 카드를 가슴 앞에 모아 쥔 채 느리지만, 현관문을 향해 걸어갔다.

세문고등학교는 기억과 좀 달라져 있었다. 아마 10년에 걸쳐 차근차근 변해왔을 것이다.

운동장의 구조가 달라졌고, 낡은 기구들이 없어진 대신 운동장 스탠드가 생겼고, 건물을 하나 새로 세웠다. 구식 건물과 신축 건물이 나란히 있는 모습이 학교의 변천을 말해주고 있었다.

우리 수경이가 다니던 학교…….

수경이가 죽은 곳.

이 학교 사람들에게는 수경이의 죽음이 이미 당연한 사실, 지나간 과거일 것이라 생각하니 기분이 이상했다. 연영은 묘한 기분으로 운동장을 걸었다.

학부모 면담 때문에 딱 두 번 왔던 기억을 더듬어 건물 안으로 들어갔다. 빠르게 걷거나 급하게 방향을 틀면 다리에 무리가 오기에 천천히 움직였다. 그 때문에 겉으로는 여유로워 보일지 모르지만 연영의 가슴은 세차게 뛰고 있었다. 고요한 학교 복도를 걷는 발소리는 한 명의 것뿐이었다.

"실례합니다. 김은경 선생님을 뵈러 왔는데요."

1층에 바로 보이는 교무실에 얼굴을 들이밀고 물었다.

수업이 없는 서너 명의 교사만이 자리를 지키고 있다가 고개를 돌렸다. 모두가 어리둥절한 표정이었다.

"김은경 선생님이요? 잘……. 3학년 선생님이신가?"

그때도 김은경은 3학년 담임이었다. 경력이 있는 만큼 이번에도 3학년을 맡고 있을지도 모른다.

"3학년 교무실은 어디인가요?"

"3층이에요."

연영은 감사하다고 고개를 숙이고 천천히 몸을 틀었다.

"어떻게 오셨어요?"

경비복 차림의 남자가 다가오며 물었다. 아빠뻘 되는 사람이었다. 경계심이 비치는 얼굴로 느릿느릿 다가오고 있었다. 자식이 있다면 적어도 20대는 될 것이다. 연영은 부모를 대하는 심정으로 공손하게 두 손을 모았다.

"학부모인데요…… 선생님을 뵈러 왔어요."

"학부모요?"

관리인이 미심쩍다는 표정으로 연영을 위아래로 훑었다. 고등학생 자녀를 둘 나이로는 보이지 않은 것이다.

"아, 이모예요. 대신 왔거든요."

"학생 이름이 뭔데요?"

대체 자신의 어디가 그토록 수상쩍어 보였던 건지 연영은 궁금했다. 차려입진 않았지만 깔끔하고 단정하게 입었는데. 연영은 얼른 계단을 가리키며 말을 돌렸다.

"3학년 교무실을 찾던 중이었어요. 김은경 선생님을 뵈러 왔습니다."

관리인은 미심쩍다는 표정은 지우지 않았지만 가보라는 듯 손짓하고는 몸을 돌렸다. 등 뒤로 식은땀이 흐르는 느낌이 들었다. 여기를 다니고 있기는커녕, 여기서 자살을 했다. 이 생각이 목을 움켜쥐었다.

3층 교무실은 1층보다 분주해 보였다. 공간이 넓은 만큼 자리에 있는 교사들도 1층보다 더 많았다. 이방인이 들어온 것을 알아챈 한 교사가 알은체를 해왔다.

"어떻게 오셨어요?"

"김은경 선생님을 뵈러 왔는데요."

"김은경 선생님이요?"

먼저 말을 건 사람이 아니라 창가 쪽에 앉은 다른 교사가 불쑥 끼어들었다. 김은경이란 이름을 아는 눈치였다.

끼어들었던 교사가 김은경 선생의 자리를 알려주는 대신 교무실 입구로 걸어 나왔다.

입가에 수염이 덕지덕지 나고 덩치가 있어 다가오는 것만으로도 위압감이 느껴지는 남자였다. 연영은 이 중년 남자는 자신보다 나이가 족히 서른 살은 많을 것이라 짐작했다. 실제로는 스무 살쯤 차이일 것이다.

남자가 교무실을 나오더니 문을 완전히 닫아버렸다.

"무슨 일 때문에 그러시죠?"

오는 길에 수없이 시뮬레이션 했지만 막상 때가 되니 머릿속이 하얘졌다.

"저희 애 때문에 여쭤볼 게 있어서요. 그러니까, 저는 김은경 선생님을 만나면 됩니다."

"김은경 선생님은 지금 여기 안 계십니다. 전근 가신 지 오래됐어요."

역시……. 몸에서 힘이 빠져나갔다.

"어디로 가셨는지 혹시 알 수 있을까요?"

"교사 생활을 계속하고 있는지도 불확실합니다. 뭐 때문에 그러시죠?"

교사직을 그만뒀을 수도 있다는 것이다. 생각지 못한 상황이었다. 연영은 솔직해져야 할지 잠시 고민했다. 김은경 선생을 알고 있다면 이 남자도 수경이 사건 당시 이곳에 있었을지 모른다는 데까지 생각이 미쳤다.

"사실 전 11년 전 이 학교에 다녔던 김수경이라는 학생의 친언니입니다. 그때 일이 좀 있었는데…… 그 사건에 대해 알아보는 중이에요."

순식간에 남자의 얼굴에서 핏기가 사라졌다. 남자가 분노인지 모를 반응을 보이며 입가를 실룩거렸다.

"낯이 익다 했더니…… 이제 선명하게 기억이 납니다. 김수경 학생 언니 김연영 씨…… 맞으시죠?"

연영은 놀랐다. 이름까지 기억하고 있다니.

"절 아세요?"

"……알죠. 그때 사건으로 학교에 계속 오셨었으니까요."

그녀는 모르는 자신의 모습이었다. 눈앞의 남자도 원래는 기억 어딘가에 있었을 것이다. 다중인격을 가지면 이런 기분일까.

그리고, 하고 말을 이으려던 남자가 연영과 눈이 마주치자 고개를 흔들었다.

"아닙니다."

남자가 돌연 입을 다물더니 다른 말을 했다.

"그런데 그 사건에 대해 뭘 알아본다는 거죠? 끝난 사건인데."

"믿기 어려우시겠지만, 제가 사고로 기억에 문제가 좀 생겼습니다. 그래서 수경이가 죽은 당시 기억이 없어요. 자살을 했다는

데…… 도무지 이해가 안 돼서요."

수업중이라 교무실 앞 복도는 사람 한 명 없었고, 저 멀리 교실들에서 간간이 수업을 하는 소리가 들려왔다. 아이들이 일제히 반응을 하는 소리도 섞여 있었다. 그리운 시절이었다. 이 시절에만 가질 수 있는, 소중한 시간들. 어딜 가서도 다시는 느낄 수 없는 시절.

잠시 감상에 젖어 있던 연영은 남자의 표정이 좋지 않다는 걸 알아차렸다. 잠시 후 남자의 입에서 나온 말은 뜻밖이었다.

"저희는 드릴 말씀이 없습니다."

"예?"

"김은경 선생님이 어디로 가셨는지도 모를 뿐더러, 저희가 도와드릴 수 있는 게 없다는 말씀입니다."

"선생님께서도 사건 당시 계셨던 거 아닌가요? 몇 가지 여쭤볼게 있는데 잠시만 시간을……."

"죄송합니다."

눈앞에서 교무실 문이 닫혔다.

교무실 문을 다시 열었지만 안쪽에서 버티고 서 있던 건지 남자교사의 손에 의해서 다시 닫혔다. 믿을 수 없는 대우였다. 헛웃음이 나왔지만 이대로 돌아설 수는 없었다. 반드시 물어봐야 하는 것이 있었다.

연영은 교무실 벽에 기댔다.

잠시 후 수업종이 울리고 교실 문이 하나둘 열리기 시작했다. 똑같은 교복을 입은 아이들이 쏟아져 나왔다. 수경이를 떠올리며 멍하니 그 모습을 바라보았다. 모든 아이들이 슬로 모션이 되어 연영의 눈앞을 지나갔다.

이렇게 뭔가가 절박했던 적이 있었던가.

수경이도 저 사이에 끼어서 웃던 때가 있었을 것이다. 친구들 사이에서 웃고 있었겠지? 아니, 돌연 연영은 고개를 흔들었다.

십대 여학생이라고 하면 대부분 아주 뻔하고 틀에 박힌 그림을 떠올린다. 그것은 연영도 마찬가지였다. 서너 명의 여학생들이 작은 일에도 깔깔대고 웃으며 시끄럽게 소리를 질러대는 모습 같은 것 말이다. 하지만 분명 그렇게 지내지 못한 아이도 있을 것이고, 그렇게 지낼 때도 있겠지만 그렇지 않은 순간이 더 많을 수도 있다. 이런 불편한 진실은 보통 쉽게 간과한다. 흔히들 꽃을 떠올려보라고 하면 활짝 핀 아름다운 꽃만 떠올리고, 꽃이 시들었을 때나 건강하지 못할 때의 모습은 떠올리지 못하듯이.

우리 수경이도 저렇게 웃으며 지냈을까?

학부모 면담을 갔을 때 어땠는지 떠올려봐도 말 그대로 면담이었기에 수경이가 생활하는 모습을 보지는 못했다.

쉬는 시간 종이 울렸다. 벌컥 문이 열리더니 남자 교사가 나왔다. 연영이 그에게 달려들듯이 다가서자 남자가 움찔 놀라며 뒤로 물러섰다.

"안 가셨어요?"

"하나만 여쭤볼게요. 제발 부탁드립니다."

남자는 내키지 않는다는 티를 내더니 체념한 표정으로 고개를 끄덕였다.

"나가서 말씀하시죠."

남자의 시선을 따라가 보니 학생들이 호기심 어린 시선으로 이쪽을 주시하고 있었다.

연영은 홀린 듯 그들을 바라보았다.

저 사이 어딘가에서 교복을 입은 수경이가 보고 있을 것만 같았다.

남자가 연영을 데려간 곳은 운동장으로 이어지는 건물의 뒤쪽 길이었다. 외진 곳이라 학생들은 다니지 못하게 통제해놓은 곳인 듯했다.

"딱 5분만입니다. 그 이상은 안 돼요."

남자의 이런 오만한 태도가 이해되지 않았지만 어쩔 수 없었다. 5분이라는 시간을 효율적으로 사용해야 한다는 생각에 연영은 머리를 빠르게 굴렸다.

"제 동생 수경이 사건이요. 그때 조사를 했을 거잖아요. 자살한 이유가 뭔지, 혹시 아실 수 있겠다 싶어서요."

"아마 친구 문제였을 건데. 그때 현장에 같이 있던 분한테 이런 설명을 하는 게 좀 이상하네요."

"친구 문제가 확실한 건가요?"

"전 그렇게 기억하는데요."

"유서가 나왔다던데, 그 내용이 알려지지는 않았나요?"

"그 유서를 통해 경찰들이 내린 결론이었어요."

"결론을 내리면서 내용은 알려주지 않았던 건가요?"

"네, 유가족이 공개를 거부한다고 했어요."

남자가 비난의 눈초리로 연영을 똑바로 보았다.

"언론에는 공개하지 않았더라도 관계자에게는 알리지 않았을까요. 혹시 들은 게 없으세요?"

"없습니다. 정말로 알려주지 않았어요. 제가 이걸 뭐하러 숨기겠습니까?"

남자는 성가시다는 표정을 감추지 못하고 받아쳤다.

"그럼 교우관계라고 결론짓고 사건을 정리했던 건데, 교우관계에 대한 조사는 없었나요?"

결국 남자의 입에서 한숨이 터져 나왔다.

"별로요. 졸업식을 앞두고 있었고, 학교를 떠나고 나면 끝인 애들이었어요. 학교 측에서 그렇게까지 할 이유가 없죠. 그리고 사실 수경이란 애가 성격적으로 아이들과 어울리지 못했던, 그런 문제였을 거예요. 그러니 더더욱 조사할 필요가 없죠."

수경이의 성격을 운운하는 남자의 말이 연영의 가슴을 할퀴고 지나갔다.

"그게 무슨 말씀이시죠? 그러니 더욱 조사할 필요가 없다는 게……."

"나 참…… 불미스러운 일을 두고 제가 이런 얘기를 왜 하고 있어야 하는지 모르겠는데 말이죠, 자꾸 이러시니 그 당시 퍼져 있던 인식을 말씀드리죠. 단순히 본인이 어울리지 못한 케이스였어요. 현실과 이상과의 괴리나 사회 부적응으로 인해 택한 어떤 것까지 사회가 전부 책임져줄 수는 없습니다. 그래서 적당히 정리된 거였어요."

할 말을 잃고 남자의 넙대대한 얼굴만 뚫어져라 쳐다보았다. 뭔가 대답을 해야 하는데 말이 나오지 않아서였다.

적당히 정리…….

온갖 생각이 머릿속을 돌아다녔지만 입으로는 아무 말도 나오지 않았다. 충격에 턱이 떨렸다. 이제는 상황에 대해서 물어야 했다.

"그럼…… 수경이가 옥상에 있던 시간이 무슨 수업 시간이었는지 기억하세요?"

수능과 겨울방학이 끝나고 나서 일주일 정도 학교에 나갔을 때 일어난 사고였다. 졸업식 전 봄방학을 앞두고 교실에서 시간을 보내는 형식적인 기간.

"수능 끝난 후 졸업식 전이었으니까, 봄방학 앞둔 때였겠네요. 교실에서 수업은 하되 무의미하게 보내는 때죠. 한 가지만 묻는다 하시고 벌써 세 개가 넘었는데요. 이만 해도 되겠죠?"

갑자기 질문의 방향이 틀어지자 남자는 물러섰다.

오래 지난 일이라 남자 교사의 기억도 선명하지 않은 듯했다. 어쩌면 모른 척하고 있거나.

"저, 혹시 그 일에 대해 아실 만한 다른 분이 없을까요?"

"없어요. 저밖에 안 남았습니다."

남자가 불쾌한 표정으로 한숨을 쉬었다. 연영은 남자가 왜 이렇게 방어적으로 구는지 이해할 수 없었다.

"김은경 선생님은 거의 전근을 권고 당했고, 나머지 분들도 그랬어요. 직간접적으로 책임이 있는 분들 모두 사직하거나 전근 갔습니다. 죄책감, 비난 같은 것들을 견디지 못한 거죠. 은퇴하신 분들 빼고는 저만 버텨냈습니다. 그, 보니까 단짝이었던 둘이 싸워서 둘이 각각 찢어졌는데 어울릴 친구도 없어서 혼자 다니고 그랬던 것 같던데, 그럴 거면 둘이 다시 붙지 왜 그런 상처를 스스로 후벼 파다가 그런 선택을 하는지 참……."

혼자.

이 말이 왜 이렇게 가슴에 사무칠까.

혼자. 홀로. 김수경. 혼자. 홀로.

그때 연영의 뇌리에 박힌 것이 있었다.

"그런데 교우관계로 인한 걸로 판명났다면서 무슨 책임이요?"

남자의 날카로운 시선이 다시 연영에게 꽂혔다.

"비난을 잠재울 처분이 어떤 형태로든 필요하니까요. 여기서 이럴 게 아니라 병원에 가서 물어보시는 게 빠를 것 같은데요. 이해가 안 되네요."

마지막으로 질문을 덧붙인 남자는 더 이상은 한 마디도 입을 열고 싶지 않다는 듯 몸을 돌렸다. 날파리를 쫓듯 손까지 내저으며.

아이들의 웃음소리를 지나쳐 학교를 빠져나오면서 연영은 남자가 마지막 물었던 말을 떠올렸다.

'그런데 기억 문제면, 기다리면 되지 않아요? 이럴 필요가 없는 거잖아요. 이미 11년 전에 다 하셨던 행동일 텐데.'

연영은 깨달았다. 자신은 11년 전 수경이가 죽었을 때 했던 행동을 반복하는 중일 뿐이었다.

남자에게 해줄 수 있는 대답은 간단했다.

기억이 돌아오지 않을지도 모르니까.

버스의 모양도, 신호등의 생김새도 변해 있었다. 세련되어지지 않은 게 없는 것 같았다. 거리를 돌아다니는 버스의 외관과 색감이 달라진 건 사소한 것에 불과했다. 버스가 언제 오는지, 현재 버스에 승객은 얼마나 있는지를 알려주는 디지털 팻말이 있었다. 팻말이라고 불러도 될지 모르겠다. 어떻게 저런 게 가능한지 놀라운 발견이었다. 의자 하나만 달랑 있던 예전과 달리 칸막이까지 생긴 버스정류장에서 스마트폰이라는 것을 보느라 고개를 들고 있는 사람이 없었다. 낯선 풍경이었다.

하지만 연영은 그 모든 것들을 무감정한 눈길로 바라보았다.

세상이 아무리 좋아졌대도 수경이 없이는 연영에게는 모두 무의미했고 세상은 퇴보한 것이나 다름없었다.

연영은 달라진 세상을 이방인이 된 채 멍한 눈으로 바라보았다.

길거리의 간판들도 연영이 알고 있는 것보다 훨씬 세련된 형태로 바뀌어서 가만히 서 있는 것만도 어지러울 지경이었다. 모든 것이 촌스러운 자신과는 달랐다.

연영은 앙상하게 마르기만 한 제 몸을 내려다보았다.

건강한 슬림함과는 거리가 멀었고, 기력도 없었다. 갑자기 가방 대신 든 비닐봉지가 부끄러워졌다. 절대 오지 않을 것 같던, 로봇이 길에 돌아다닐 것만 같던 2020년이 시간을 건너뛰어 눈앞에 있다는 것이, 그 땅을 밟고 있다는 것이 믿기지 않았다.

가족이, 수경이가 없다는 게 가장 초라하게 느껴졌다. 곁에 아무도 없다는 것.

어쩌다 인생이 이렇게 꼬여버렸을까. 대단하지도 화려하지도 않지만, 그래도 입에 풀칠은 하면서 살아갈 만한 인생이었는데.

더 살아있을 이유가 없는 것 같았다.

'단순히 본인이 어울리지 못한 케이스였어요.'

'사실 수경이란 애가 성격적으로 아이들과 어울리지 못했던.'

귓가를 맴돌고선 심장을 파고드는 목소리에 머리는 더욱 멍해졌다.

끝없이 바닥으로 내려가던 연영의 눈에 은색이 아닌 노란색 택시가 눈에 들어왔다. 10년이면 강산도 변한다는 옛말을 떠올리던 연영의 눈이 어느 한 곳에서 멈췄다. 휴대폰 대리점이었다.

자기연민에 빠져 있던 정신이 번쩍 깨어났다. 아무래도 이제는 필요하겠다 싶었다. 하지만 오랫동안 사용하지 않았기 때문에 그 전에 은행에 들러 계좌를 확인해야 했다.

'모르겠으면 길가는 사람들한테 물어봐. 친절한 사람 만나면 지도앱 검색 정도는 해줄 거야.'

상미가 전화로 덧붙였던 말이 떠올랐다. 지도앱…… 이란 게 뭘까. 지도겠지? 고민하던 연영은 길 가던 행인 한 명을 붙잡고 은행 지점의 위치를 물었다.

네 번째 물었을 때 만난 착한 행인이 그 자리에서 직접 휴대폰으로 보이는 뭔가로 검색해 위치를 알려주었다. 번화가 주변이라 다행히 은행은 멀지 않은 곳에 있었다.

연영은 살면서 은행에 갈 일이 많지 않았다. 그런데 지금 같은 세상은 은행 갈 일이 더 적어진 모양이었다. 항상 사람으로 북적이는 곳이 은행인데, 지금은 손님이 겨우 서너 명뿐이었다.

"어서 오세요."

번호표를 어색하게 움켜쥔 채 창구로 다가갔다.

은행 직원이 환하게 웃는 얼굴로 맞아주었다. 남자가 중저음의 목소리를 저렇게 높게 올려 말할 수 있다니. 그 친절이 고마웠다.

연영은 쭈뼛거리며 의자에 앉았다.

"무엇을 도와드릴까요?"

"계좌를 사용하지 않은 지 너무 오래돼서요. 확인 좀 하려고요."

"신분증과 카드 올려주시겠습니까?"

연영은 비닐봉지에서 카드를 꺼내 작은 바구니에 놓았다. 직원이 가져가서 정보를 조회하는 동안 연영은 생각에 빠져들었다.

이 신분증과 카드마저 없었다면 한동안 아무것도 못 할 뻔했겠다 싶으니 아찔했다. 생각할수록 이상했다. 카드 같은 것들만 빼고 모두 바꿔놓을 이유란 뭐가 있을까. 사라진 것들. 가방, 파우치, 립스틱, 파우더 팩트. 이것들에 범인의 흔적이라도 남았나? 괴기한 행위였다.

뭔가 흔적이 남아서라면 그냥 다 가져가버리기만 하면 되지, 교체해놓는 건 뭐란 말인가.

모든 게 이상하지만 가방만 새 거라는 건 특히 이상한 지점이었다. 때가 타거나 모서리가 벗겨진 흔적 같은 것도 전혀 없었다. 사이코 기질이 다분한 놈인 게 분명했다. 뭘 숨기려고 이렇게까지 하나…….

상념에 빠져 있던 연영은 직원이 부르는 소리에 고개를 들었다. 직원이 환하게 웃고 있었다.

"고객님, 그렇게 오래되지 않았는데요."

순간 귀를 의심했다.

"네?"

"약 석 달 전인 10월 16일에 현금 100만 원을 인출해 가신 기록이 있습니다."

네, 하고 또 한 번 묻고 말았다. 멍하니 연영을 쳐다보던 직원이 이내 다시 웃음을 지으며 설명했다.

"석 달 전에 다른 지점을 방문하셔서 휴면상태 해제하시고 현금 수령해가셨다고 되어 있습니다. 잔액은 여기, 확인해보시겠어요?"

직원이 바로 프린트한 내역을 건네주었다.

3년 직장 생활에 가장으로 생활을 꾸려 가면서 악착같이 모은 천만 원 가량의 돈이 그대로 있었다. 평범 이하로 살아온 아버지의 생명보험금은 집값을 갚는 데 다 들어가 버렸다.

"100만 원…… 인출을 누가 해갔는데요?"

직원이 그림처럼 정지했다. 당황한 표정이었다.

정적이 흐르고, 직원이 표정을 수습하고는 웃는 낯으로 말했다.

"고객님께서 직접 해가셨겠지요? 본인이어야만 가능하니까요."

"그럴 리 없어요."

당황한 직원의 표정은 더 이상 연영의 안중에 없었다.

"본인 확인 제대로 하고 처리해주신 거 확실해요?"

그럴 리가 없다는 걸 알고 있다.

"그, 그럼요. 저희 은행은 신분증 확인과 얼굴 확인 모두 하고서 처리해드리고 있습니다. 강동구 지점에서 처리된 걸로 나와 있고요."

그럴 리가 없다.

연영은 생각했다.

내가 아니다. 다른 누군가다.

온몸에 소름이 돋았다.

"담당자가 누구였는지 알 수 있나요?"

목소리가 떨리기 시작했다.

"가능은 하지만, 타당한 이유가 필요합니다. 무슨 문제인 건지 여쭤봐도 되겠습니까?"

직원은 서서히 미소를 잃어가고 있었다. 반달 웃음을 짓던 그의 눈은 이제 연영이 어떤 사람인가를 살피느라 분주하게 움직였다.

"전 그 돈을 찾지 않았어요. 제가 아닌 누군가가 저인 척하고 가져간 거예요."

직원이 연영보다 더 놀란 표정으로 입을 벌린 채 굳었다. 정신을 차린 직원은 변명을 늘어놓기에 바빴다.

"그럴 리가요, 고객님. 뭔가 착오가 있으실 겁니다. 저희 은행은 항상 철저하게 본인 확인을 하고……."

"100만 원이나 현금으로 찾아가 놓고 제가 착각을 하다뇨!"

은행 안에 몇 안 되는 사람들의 시선이 일제히 이쪽으로 쏠렸다. 옆 창구의 직원들은 여차하면 도와주러 달려올 눈빛이었다.

"그때 담당자가 누구죠?"

"자, 잠시만요……. 아, 정말 그럴 리가……."

그럴 리가 없는 일들이 버젓이 일어나고야 마는 것이 세상이라는 곳이다. 눈동자를 바쁘게 움직이며 전화를 거느라 코를 박은 직원을 바라보다 연영은 몸을 떨었다. 누군가 자신을 사칭해서 현금 100만 원을 찾아갔다. 그것도 연영 가족이 살던 집 주변 은행에서…….

이 범인의 목적은 돈이 아니다. 범인이 원하는 것은 연영에 관련된 무언가다.

"전화 받아보세요."

직원이 수화기를 건네주자마자 연영은 낚아채듯 전화를 받았다. 방금 남자 직원에게 했던 설명을 수화기 너머 직원에게 다시 했다. 담당자였다는 직원의 목소리가 안쓰러울 정도로 떨리기 시작했다. 그러나 결국 남자 직원과 같은 말을 했다.

─그럴 리가요. 저희는 본인 확인을…….

답답해 속이 터질 것 같았다.

"그럴 리가 없는 일이 일어났잖아요! 아니라고만 하지 마시고 대책을 말해주셔야 하는 거 아닌가요? 전 여기 올 수 없었다고요. 전 외…… 외국에 있었거든요."

—정말이십니까?

"2009년 이후 지금까지 다른 기록은요?"

—……없습니다.

"한 건도요?"

—네, 2009년 1월 30일에 적금 통장에 급여 넣으시고, 생활비 통장으로 보이는 이 통장에 금액을 나눠 넣은 기록…… 그 다음 지난 해 10월 16일 인출 기록이 전부예요.

"11년 동안 그럼 그 한 건 말고는 아무 기록이 없다고요?"

—네, 없습니다. 지금 계신 지점에서 보실 수 있도록 조치해두겠습니다.

가슴이 세차게 뛰었다. 피가 거꾸로 쏠리고 현기증이 일었다. 연영은 눈을 질끈 감았다 떴다. 견디기 힘든 두려움이 몰려오고 있었다.

"거기 CCTV 있죠? 석 달 전에 찍은 영상 좀 볼 수 있을까요?"

—죄송하지만, CCTV는 3개월이 지나면 자동 폐기됩니다. 남아 있지 않을 거예요.

"그 사람 찾을 방법이 없는 거예요? 경찰에 신고하면 되는 건가요?"

—……저기 고객님, 그건……. 우선 저희가 고개 숙여 사과드립니다. 저희 부주의가 맞습니다. 우선 이 일에 대해서는 저희 내부적으로 해결을 했으면 하는데요, 우선 저희가 회의를 거칠 시간을 주실 수 있으실까요?

수화기 너머 직원은 거의 애원하고 있었다. 이제 창구 직원들 모두가 아예 일어서서 대놓고 이쪽을 보고 있었다. 연영은 주저앉아 버리고 싶은 심정이었다. 아직 할 수 있는 게 별로 없는데, 해야 할 일은 늘어만 갔다.

이런 일은 처음이라 어찌해야 할지 몰랐다. 무엇보다 정신을 장악한 두려움이 가장 큰 문제였다. 은행 처리를 끝내면 병원에 가서 가방에 대해 물어볼 생각이었다. 은행 처리 따위보다 중요한 일이었다. 그런데 완전히 뒤바뀌어버렸다.

남자 직원은 통화하는 연영의 눈치를 보며 공손히 두 손을 모으고 있었다. 연영은 그쪽을 쳐다보며 말했다.

"회의는 하세요. 다른 건 제가 알아서 할 거고요. 기록 좀 출력해주시겠어요?"

직원은 울기 직전의 얼굴로 고개를 끄덕이고는 어디론가 사라졌다. 저쪽에서는 다른 직원이 휴대폰을 귀에 대고 '지점장님'을 부르짖는 소리가 들렸다. 연영이 전화를 끊고 기다린 지 얼마 지나지 않아 다시 남자 직원이 나타나 출력물을 건네주었다. 증거가 될지도 모르는 귀한 종이. 연영은 그것을 곱게 두 번 접어 비닐봉지에 넣었다.

어쨌든 휴면상태가 아니니 계좌 사용은 가능하다는 뜻이다. 연영은 지체 없이 은행을 나왔다. 호들갑 떠는 은행 사람들을 상대하고 있을 정신이 못 되었다. 게다가 그들은 어떻게든 이 일을 자기네 선안에서 조용히 해결하고 은폐하고 싶어 할 것이다. 정말로 그러길 원한다면 직원들은 방금 그렇게 해서는 안 되었다. 피해 고객이 자신들에게 의존하도록 교묘하게 설득했어야 했다. 아무도 교묘하지 못했고, 설득하지도 못했다. 속내를 고스란히 보여주었다. 그 투명함이 불신을 이끌어냈다.

연영의 머릿속에 자신인 척 창구에 앉았을 범인의 모습이 상상되었다. 옥상에서의 그 범인의 윤곽과 똑같았다.

'둘은 연결되어 있다.'

누구야. 누구야, 대체 누구야, 너!

범인이 노리는 게 무엇일지 감이 안 잡혔다. 단순히 현금이 필요해서 그랬다면, 고작 100만 원을? 발각될지도 모르는 그 위험을 무릅쓰고? 하필 석 달 전인 데는 어떤 이유가 있는 건지도 알 수 없었다.

마음과 다르게 다리를 빨리 움직이지 못해서 속이 터졌다. 흥분 상태라 헐떡대면서도 연영은 아주 느리게 길을 걸었다. 점점 힘에 부쳤고, 등줄기에서 땀이 흘러내렸다.

가만!

연영은 인도 한복판에서 멈춰 섰다. 다리가 욱신거렸다. 기력이 바닥났지만 버티고 서 있었다. 뭔가가 뇌리를 스치면서 생각할 시간이 필요했기 때문이었다.

세문고등학교는 분반체계의 남녀공학이다. 옥상에 있던 사람은 자신과 체격이 비슷했다. 체격이 비슷했으니 은연중에 여자일 거라 생각했는데, 은행에서의 일로 확실해지니 작은 충격이 느껴졌다.

아무리 들여다보아도 여전히 얼굴은 보이지 않았다.

도대체 무엇 때문에 범인이 자신의 주위를 맴도는지 이해할 수 없었다. 석 달 전 범인이 돈을 찾아갈 때까지만 해도 깨어날 것은 알지 못했을 것이다. 그 누구도 알 수 없었다.

그렇다면 지금은 알고 있을까?

누가, 누가, 왜, 도대체 왜!

이를 악 문 채 다시 걷기 시작했다.

수경이는 뭔가를 알고 있었던 걸까? 어떤 식으로든 수경이의 죽음과 옥상에서의 사고가 연결되어 있다는 느낌을 지울 수 없었다. 추락한 곳이 수경이의 학교였다는 것만으로도 이미 두 사건은 무관할 수 없다는 것이 연영의 생각이었다.

범인이 자신을 노리고 있었다.

연영은 기력 없는 다리를 재촉했다. 경찰서에 가야 했다. 직접 가서 이 증거를 보여주고 신고해야 했다. 범인에 조금이라도 가까워질 수 있다면 무엇이든 해야 했다.

먼저 연영은 무작정 보이는 휴대폰 대리점에 들어갔다. 복잡한 절차를 거치고 나서 휴대폰을 손에 든 채 대리점을 나섰다. 휴대폰 가격이 까무러칠 정도로 비싸다는 것도 연영의 주의를 끌지는 못했다.

연영은 정류장 의자에 앉아 휴대폰을 만지작거렸다. 생소한 물건이었지만 아무렇게나 해보니 문자 정도는 보낼 수 있을 것 같아, 외워두고 있던 지은지 번호를 눌렀다. 이쪽으로 연락주면 된다고 문자를 보냈다.

빠른 전송에 감탄하는 것도 잠시, 자리에서 일어서려던 연영의 시야에 검은 물체가 잡혔다.

옷부터 모자, 바지까지 온통 검은색인 남자가 있었다. 이 날씨에 검은색 머플러를 코 밑까지 두른 장신의 아저씨였다.

남자가 저기, 길 건너편에 서 있다는 건 아무런 문제가 없었다. 문제는 그 남자가 정확히 연영을 응시하고 있다는 것이었다.

남자는 눈이 큰 편이었다. 그래서 멀리서도 연영을 보고 있는 것이 또렷이 보였다. 남자의 눈동자에는 흔들림이 없었다. 다른 건 안중에 없고 오직 연영만을 보고 있었다.

신호등이 켜졌다. 연영은 자리에서 일어섰다. 연영은 저 신호등을 건널 필요가 없었지만 도망을 쳐야 할 것 같았다. 하지만 그렇게 하면 남자가 그 방향으로 따라올 것 같았다. 걷는 것도 힘든 마당에 뛰는 건 더더욱 불가능했다.

연영은 회사 사람들과 수다를 떨 때 들었던 이야기를 떠올렸다. 수상한 사람이라는 낌새를 느꼈을 땐 냅다 도망갈 게 아니라 태연하게 행동해야 한다고 했다. 아무것도 알아채지 못한 척. 그러면서 휴대폰을 꺼내 통화를 시도하거나 누군가와 접촉해서 다가오지 못하게 해야 했다.

남자가 건너오기 시작했다. 이쪽으로 가까워지는 남자의 걸음은 점점 더 빨라졌다. 짧은 횡단보도 끄트머리에서 남자는 거의 달리고 있었다. 아니, 남자는 전속력으로 달렸다. 연영의 방향이었다.

연영은 남자에게 시선을 고정한 채 뒷걸음질 쳤다. 숨이 가빠오기 시작했다.

남자가 코앞까지 왔다. 연영은 두 손으로 머리를 감싸며 비명을 내질렀다.

날카로운 소리에 주위 사람들이 놀라며 이쪽을 쳐다보았고, 남자는 이미 연영을 지나쳐 저 멀리 달려가 버린 뒤였다.

눈을 질끈 감고 있던 연영이 아무 일도 일어나지 않자 천천히 돌아보았다. 남자는 비명을 지른 연영을 이상하다는 듯 힐긋 쳐다보고는 맥도날드 앞에서 기다리고 있던 친구를 향해 웃었다.

연영은 그 자리에 주저앉았다.

가장 먼저 보인 파출소에 들어갔을 때 연영은 이미 얼굴까지 땀범벅이었다.

경찰복을 입은 젊은 남자가 절뚝이는 연영을 보고 놀란 표정으로 일어섰다.

"무슨 일로 오셨습니까?"

"신고 좀 하러 왔는데요."

연영은 순경에게 상황 설명을 하고 은행에서 받아온 문서를 보여주었다.

순경은 곧바로 업무 태세로 돌입했다. 진위서를 작성해야 한다며 자리에 앉아 자판을 두드리며 연영의 말을 받아 적었다. 연영의 정보도 가져갔다.

연영이 횡설수설했지만 순경은 차분하게 받아 적었다. 주소는 현재 얹혀살고 있다고 말했다.

잠시 후 신원조회를 해봤는지 순경의 얼굴이 굳는 게 보였다. 11년 전 사고 기록이 어떤 형태로든 적혀 있던 것이다.

"작성 마쳤고요, 뭔가 나오면 연락드리겠습니다."

순경이 문서를 복사한 후 원본을 건네주며 말했다. 순경은 처음과 다르게 경직되어 있었다. 더 정중해졌다고 표현하는 게 맞을 것 같았다. 병원에서 11년 동안이나 잠자고 있던 사람에 대한 대우는 이렇구나, 정상인과 같게 보지 않는구나, 하는 걸 깨달았다. 자신의 처지를 다시금 실감한 연영은 기운이 빠졌다.

"저…… 이거 신고해도 될 만한 일인 거 맞죠?"

"네, 맞습니다. 상습범이라면 더 큰 문제고요. 꼭 잡아야죠."

순경의 눈치가 보인 탓에 혹시나 너무 사소한 일인가 싶어 물은 것이었다. 그러나 눈치 본 것이 허무할 정도로 돌아온 대답은 흔쾌했다.

파출소를 나섰을 때는 이미 해가 진 뒤였다. 어두운 거리를 도시의 불빛이 휘황찬란하게 메우고 있었다. 비틀비틀 걸었다. 가슴이 진정되지 않았다.

범인은 여자다. 신분증도 위조하고 김연영인 척 연기를 했다.

연영은 이제 다리를 거의 질질 끌다시피 움직이며 걸었다. 상미의 집을 향해.

의논할 것이 또 늘었다. 이메일이 휴면 상태였던 건 수경이의 것뿐이었다.

더 빨리 알아챘어야 했다.

8

텔레비전에서 나오는 프로그램들은 도무지 재미가 없었다. 그럼에도 상미는 텔레비전을 끄지 않았다. 텔레비전도 켜지 않고 앉아 있는 모습은 자칫 의뭉스럽게 보일지도 모르기 때문이었다. 소리만 음소거로 해두었다.

째깍째깍째깍⋯⋯.

시계 초침 소리가 귀에 거슬렸다.

째깍째깍째깍째깍.

신경질이 솟구쳤다. 그러나 참아야 했다. 그 규칙적인 소리를 들으며 상미는 텔레비전에 눈을 고정하고 있었지만 정신은 여기 있지 않았다.

벌써 열 시가 넘은 것을 보고 상미는 눈을 의심했다. 무슨 일이라도 생긴 건 아니겠지?

그 몸으로는 도망도 제대로 칠 수 없을 것이다. 의식 없이 지낸 빼

빼 마른 몸이 무슨 힘이 있어 반격은 고사하고 발버둥이나 치겠는가. 대체 어딜 다녀올 데가 많다는 건지 이해할 수 없었지만 묻지는 않았다. 20대 초반이라고는 해도 성인이니 그 정도 의사결정은 스스로 하게 두어야지.

마치 딸을 하나 더 키우는 기분이 들어서 그녀는 허공에 대고 웃었다. 내가 지금 이럴 때인가?

기다림이 길어질수록 더 초조해지는 법이다.

상미는 자꾸 시계를 보았다. 안 되겠다 싶어서 일어나 부엌으로 향했다. 커피를 타서 자리에 앉았지만 이게 진정에 도움이 되지 않을 거란 건 알고 있었다.

정말 무슨 일이 난 건 아니겠지. 어딜 가는지 좀 더 자세히 물을 걸 그랬다는 후회가 약간 들었다. 다시 소파에 앉자마자 휴대폰을 들어 메일함을 열었지만 최근 김민서 이름의 메일은 없었다.

하지만 곧 생길 것이다. 상미는 얼마 전에 온 메일을 다시 한 번 읽어보았다.

왜 이렇게 기다려야 하는 것 투성이인지.

커피가 바닥을 보이기 시작했다. 초조함은 짜증과 분노로 바뀌어 가고 있었다. 그 아이에게 무슨 일이 생겼다고 해도 화가 날 것 같았고, 무사히 돌아와도 화가 날 것 같았다.

동생이 자살했다는 진실을 이야기해줘도 믿지 않고 그럴 리가 없다며 쏘아붙이던 건방진 모습이 머릿속에서 다시 재생됐다. 생생하게 기억하고 있었다. 그 아이는 자신에게 대적할 입장이 아니었다.

자기가 다 잊어버려놓고 모든 상황을 지켜본 사람 앞에서 사실을 부정하는 모습은 우습기 짝이 없었다. 그런 태도를 생각하면 어디

118

가서 된통 당하고 온다고 해도 괜찮을 것 같았다. 하지만 한편으로는 그 아이가 아주 안전하게 돌아오길 바랐다.

상미는 다 마신 커피 잔을 내려놓다가 하마터면 집어던질 뻔했다.

시간이 얼마나 더 흘렀을까. 냉장고 돌아가는 웅웅거림 말고는 시계 초침 소리밖에 들리지 않는 고요한 집 안에 도어 록을 누르는 소리가 들려왔다. 상미의 눈썹이 솟아올랐다.

드디어 김연영이 온 것이다.

상미는 리모컨을 집어 들어 음소거를 해제시키고 다시 원래 자리에 내려놓았다. 텔레비전에서 적절한 볼륨의 소리가 새어나와 집 안을 메웠다.

한눈에 봐도 녹초가 된 김연영이 신발을 벗으며 인사를 건넸다.

"좀 늦었죠. 이렇게 늦을 줄은 몰랐는데……."

상미는 일어섰다. 화가 났지만, 화를 낼 수는 없었다. 솔직히 한편으로는 반가운 마음도 들었다.

"안 그래도 걱정하고 있었어."

얼굴에 걱정과 분노가 적절히 뒤섞였다.

"저 때문에 괜히 신경 쓰셨네요…… 죄송해요. 걸음이 느리다 보니까 짧은 길을 가도 한참 걸리더라고요."

오늘 할 말이 있으니 저녁을 같이 먹자는 연락을 받았다. 그래서 8시쯤 퇴근해 저녁도 먹지 않고 기다렸다. 드디어 때가 온 건가? 남몰래 가슴이 희망으로 부풀어 올랐다.

지난 번 지은지를 만나고 온 뒤로 김연영은 아무런 이야기도 하지 않았다. 상미가 말할 기회를 주지 않은 건지도 모른다. 상미는 둘 다라고 생각했다. 김연영도 굳이 말하지 않았고, 그녀도 기회를 주지 않았다.

다가가서 부축해주자 고맙다는 인사가 들려왔다.

"대체 어딜 갔다 왔는데?"

이렇게 묻자 김연영이 마치 준비한 것처럼 깔끔하게 설명을 하기 시작했다.

이야기를 다 듣고 상미는 놀라 입을 벌렸다.

"누가 너인 척하고 은행에서 돈을 빼가고, 이메일도 열어봤다고?"

이걸 어떻게 해석해야 할지 알지 못했다. 솔직히 놀랐다. 어떻게 그런 일이 가능할 수 있지? 누가 그런 짓을 했지?

짚이는 게 있기는 했지만 당황스러운 건 사실이었다.

기력이 다 빠진 것처럼 흐물거리던 김연영이 갑자기 허리를 펴고 말했다.

"드릴 말씀이 있어요."

오늘 하루 종일 기다려온 시간이었다.

연영이 아침에 찌개를 끓여놨었다며 냉장고에서 뚝배기를 꺼냈다.

파김치가 된 얼굴로 '제가 해드릴 게 이것밖에 없어서요'라고 말하는 연영을 보고 상미는 잠시나마 안쓰러움을 느낄 뻔했다.

맛있다, 찌개를 한 수저 입에 넣은 후 상미가 이 한 마디를 했을 뿐인데, 이것이 마치 신호탄이라도 되는 듯 연영이 이야기를 쏟아내기 시작했다.

생각지도 못한 이야기들이었다. 살던 집과 고등학교에 가봤다는 건 그렇다 쳐도 은행에서의 일을 들었을 때는 상당히 놀랐다.

왜 하필 100만 원일까. 김연영의 말대로 범인이 마음만 먹었다면 훨씬 많은 돈을 빼 갈 수 있었을 것이다. 그런데 딱 100만 원. 여기에 무슨 의미가 있는 걸까?

아무리 생각해도 말이 되는 가설은 없었다. 뒤늦게 생각난 딱 한 가지만 빼고. 하지만 그 가설을 연영에게 말해줄 수는 없었다. 아직은.

상미가 생각한 또 하나의 의문점은 '이메일을 뒤져볼 이유가 있느냐'였다.

이걸 듣고 고개를 갸우뚱거리는 연영을 보자 상미는 어이가 없었다. 이 아이는 대체 생각이란 걸 하긴 하는 건가?

앙상하다고 할 만큼 비쩍 마르고 건강한 기운이라고는 하나도 없는 연영의 어깨를 바라보며 상미는 '얇다'고 생각했다. 저 몸을 해가지고는 한 점의 바람도 견뎌내지 못할 것이다.

"아마 범인은 네가 의식이 없다는 걸 알고 있었을 거야. 그런 사람의 이메일을 뒤져봐서 뭐를 얻을 수 있어? 난 그게 이해가 안 된다는 거야."

"그 범인한테 중요한 메일을 누군가 저한테 보낼 거라고 생각해서가 아닐까요?"

상미는 잠시 숨을 멈추고 머릿속을 정리했다.

상미는 연영을 앞에 두고 꽤 신중한 태도를 유지하고 있었다. 누군가 저 아이를 노리고 있다고? 떠오르는 사람이 없었다. 김연영은 옥상에서의 범인이라고 생각하고 있었다.

과연 그럴까?

"넌 11년을 의식 불명으로 있었어. 누가 너한테 범인이 뒤져볼 만큼 중요한 메일을 보내겠어?"

"제가 모르는 뭔가 있을 수도 있죠. 저는 그 사건 당시를 기억하지 못하니까요."

"글쎄, 난 네 의견에 회의적이야."

"그럼 범인이 제 이메일을 뒤져볼 이유가 도저히 없는데요?"

"의미 없는 절차였을지도 모르지. 누군가의 주변을 맴돌 때 SNS를 우선 염탐하잖아. 아, 넌 잘 모르겠지만 지난 십 년 사이 많은 게 바뀌었다. SNS라는 건 소셜 네트워크 서비스의 약자고, 네가 모르는 많은 사이트들이 생겨났어. 스마트폰 하나로 다 들어가 볼 수 있지."

"그게 뭔데요……?"

어떻게 제대로 이해시킬까 고민하던 상미는 '미니홈피'를 예로 들었다. 사생활을 오픈하고 공유하는 정도가 심해졌고, 그걸 통해 정보를 캐내기도 한다는 설명도 덧붙였다.

연영이 황당하다는 듯 뭔가 말하려 했지만 상미가 막았다.

"넌 이해가 안 되겠지만 세상이 그렇게 변했어. 그러니 나한테 반박해봐야 소용없어. 그 세월에 편승하지 못한 건 너야."

냉정한 말에 충격이라도 받은 것일까. 김연영은 한참 동안 입을 다물고 있었다.

"아줌마 말씀이 맞아요. 제가 지금 그런 걸 신경 쓸 때는 아니죠. 사실, 이상한 일이 더 있어요."

연영이 가방 이야기를 꺼냈을 때 상미는 놀라움을 감추지 못했다.

"저한테 주셨던 그 가방, 언제 찾아오신 거예요?"

상미는 식탁에 기대 있던 몸을 떼고 가슴 앞으로 팔짱을 꼈다. 저걸 언제 가져왔는지가 헷갈리는 건 아니었다. 생각할 게 있을 뿐이었다.

"한…… 3년 정도 된 것 같은데? 계속 병원에서 보관하고 있었는데 이쯤 되니 병원에서도 더 이상 보관할 수 없다고 판단한 모양이더라고. 그래서 내가 가져왔지."

상미는 가방을 처음 그대로의 상태로 건네주었던 기억을 떠올렸다. 열어보지도 않았다. 그럴 이유가 없으니까.

"처음 가져오셨을 때도 그렇게 생긴 가방이었던 거죠?"

"당연하지."

"정말 제 가방이 아니에요."

상미는 또다시 할 말을 잃은 채 마주앉은 연영을 쳐다보았다. 당황한 건 아니었다. 이러한 사실을 김연영이 어떻게 받아들이고 있는지 궁금했다.

"그게 말이 돼? 사고 때부터 병원에서 보관하고 있던 건데?"

상미는 병원에서 연영의 가방을 건네받던 순간을 떠올렸다. 그때 상미는 무척이나 지쳐 있었다. 머리는 오랫동안 손질하지 않았고 차림새는 추레했다. 지금과는 달랐다. 뜻한 일과 뜻하지 않은 일이 동시에 벌어지던 때였고, 앞으로 어떻게 살아가야 할지 막막하던 때였다.

돌이켜보면 지난 십 몇 년간 상미의 인생은 늘 막막했다. 답 없는 길을 홀로 걷는 기분은 이 험난한 세상을 살아가는 사람이라면 누구나에게나 마찬가지겠지만 상미에게는 조금 더 그랬다.

가방은, 분명 처음 그대로였다. 다른 가능성은 없다.

김연영이 고개를 저었다.

"안에 신분증이나 은행 카드는 제 게 맞아요. 그런데 가방, 파우치, 화장품…… 제 게 아니에요. 심지어 가방은 새 거예요. 대체 이게 어떻게 된 일일까요."

연영과 다르게 멀쩡한 정신으로 지난 11년을 살아왔기 때문에 상미는 자신이 모든 것을 알고 있다고 생각해왔다.

그런데 대체 저 아이가 하는 말들은 다 뭘까.

상미는 식탁 아래서 손등을 긁어댔다. 가려운 건 아닌데 뭔가 할 것이 필요했기 때문이다. 나이가 드니 손등의 살갗이 탱탱한 감각 없이 흐물거리며 그대로 꼬집혔다.

자신이 나이를 먹은 만큼 성숙해졌을 딸의 모습을 생각하니 상미의 가슴이 벅차올랐다. 어쩌면 다른 감정인지도 모르겠다 생각하며 상미는 궁금한 것을 물었다.

"그게 무슨 말이야? 신분증이나 은행 카드는 네 것이 맞는데, 가방이나 파우치, 지갑은 다른 사람 거란 말이야?"

"적어도 제 건 아니에요."

맞는 말이었다. 상미가 보기에도 비닐팩 안에 든 가방은 상태가 매우 좋았다. 하지만 몇 달을 사용했다고 해도 물건을 깨끗하게 쓰는 성향의 사람이라면 불가능한 일도 아니었다.

"그래, 내 생각에도 새것처럼 보이긴 했어. 그런데 어떻게 그게 가능하지?"

"누군가 제 신분을 드러낼 수 있는 것들만 빼고 다 바꿔치기 해간 거예요. 병원에서 보관하고 있을 때 누군가 손을 댄 거라고요."

곧바로 상미가 고개를 끄덕였다.

"어떻게 이런 일이……?"

미친 짓이었다. 어떤 의도가 분명하다고 생각할 수밖에 없었다. 상미는 불현듯 또 다른 가능성을 생각해냈다.

"사고 전에 네가 구입했을 가능성은?"

원래 알던 모습보다 훨씬 말라버린 김연영의 몸은 툭 치면 부러질 나뭇가지처럼 보였다. 생기 없는 피부색도 비슷해서 재미있었다. 어깨까지 잘린 머리카락을 하나로 단정히 묶은 것도 원래 알던 김연영과는 달랐다.

문득 상미는 자신이 연영을 낯설게 느끼는 만큼 연영도 자신이 낯설겠구나, 하는 생각을 했다. 그럼에도 경계하지 않는다니, 신기했다. 상미는 천성적으로 의심 없는 타입은 아니기에 더욱 그랬다.

아니면 경계하지 않는 척하고 있는 건가? 지금 저 아이에게 그런 연기를 할 만한 정신 여력이 있다고?

기억을 잃어버린 한 달 사이에 산 것일 수도 있지 않냐 말해봤지만, 역시나 김연영은 고개를 저었다.

"수경이가 죽었는데 쇼핑을요? 가방뿐만 아니라 파우치, 화장품까지 모조리 바꾸고요? 게다가 지갑이나 파우치는 누가 쓰다 버린 것 같던데요."

"그 전에 샀을 가능성은?"

상미는 머릿속을 정리해보았다. 김연영의 기억은 1월 17일까지 존재한다. 그리고 김수경은 1월 23일에 옥상에서 몸을 날렸다.

"가방 산 적 없어요. 2년째 들고 다니던 가방이 있었어요. 안에 지갑이나 파우치도 마찬가지고요."

"그러니까 네 말은, 실제 옥상 사고 당시에 갖고 있던 건 저 가방이 아닌데 누군가 바꿔치기를 해서 저게 대신 보관되어 있었다는 거지?"

"그런 거 같아요."

상미는 고개를 끄덕였다.

"그래…… 옥상에서의 가방은 기억나니?"

기억을 더듬는 듯 김연영의 눈이 허공을 향했다. 순간 상미는 궁금했다.

저 아이의 머릿속 옥상은 어떤 모습일지.

김연영이 고개를 저었다.

"있었겠지만 기억은 안 나요. 이후에 누군가 바꿔간 거예요. 확실해요."

김연영의 입술이 파르르 떨리는 걸 상미는 그저 지켜보았다. 침묵이 흐르는데, 상미가 입을 열었다.

"샀는데 네가 기억하지 못하는 게 아닐까? 오히려 수경이를 잃고 정신을 잃은 채로 산 걸 수도 있잖아."

이것밖에는 다른 가설이 없었다. 상미는 지금 어떻게든 가능성 있는 가설을 찾아내기 위해 노력하고 있었다. 그게 김연영에게 그리고 자신에게 도움이 될 테니까.

그러나 상미를 바라보는 연영의 눈빛이 이상해졌다.

"……정말로 그게 가능하다고 생각하세요?"

화가 난 걸까? 고개를 들고 자신을 똑바로 보는 김연영의 시선이 날카로웠다. 두려움을 달래주기 위해 이렇게 말하고는 있었지만 사실 상미도 연영과 같은 생각이었다. 그런 건 가능하지가 않다.

상미는 입을 다물고 고개를 끄덕였다. 절로 눈살이 찌푸려졌다.

연영도 더 이상 아무 말하지 않았다.

"범인이 그랬다 치자. 그런 짓을 할 이유가 뭐가 있지?"

상미가 묻자 연영이 고개를 저었다.

"제 휴대폰도 없어요. 사고를 당했어도 휴대폰은 있어야 하는 거잖아요."

"그래? 열어보지 않아서 몰랐네."

정말 몰랐다. 가방을 받자마자 열어볼 걸 그랬나.

상미는 진짜 범인에 대해 생각하고 있었다. 그러면서도 자신이 지금 이러고 있는 게 잘하는 짓인지 회의가 들었다.

여전히 그녀의 인생은 암흑기에서 벗어나지 못하고 있었다. 어느새 이렇게나 나이 들어버렸다. 수십 년 지켜온 그녀의 인생이 몽땅 곤두박질치거나, 그녀의 인생을 구제해주거나 결론이 나는 아주 중요한 시기에 놓여 있었다. 그런 와중에도 이런 참견이라…… 어쩌면 이 모든 게 시간낭비가 아닐까, 하는 의구심도 잠시 들었지만 이내 접었다. 어느 길로 가든 목적지에 도착만 하면 되는 거니까.

무엇이 옳은지에 대한 판단은 이미 오래전에 끝났다. 자신은 선택을 했고, 이제는 어떻게 해도 멈출 수 없다. 지금 버거워졌다고 해도, 오래전에 이 아이를 맡겠다고 결심한 것도 자신의 선택이었다.

앞으로 나아가는 사람이라면 반드시 기억해야 할 사항이 있다.

갈팡질팡할 때는 이미 지났다는 것.

연영은 더 할 말이 남은 듯했지만 상미는 이제 이만 일어날 생각이었다. 오늘은 이만 해줬으면.

"사고가 있었는데 경찰에서 제 가방을 조사하지 않았나요?"

상미는 한숨을 삼켰다. 이 짓거리를 언제까지 해야 되는 거지?

"조사했다가 금방 병원으로 돌려줬겠지. 그런 다음 나한테 오게 된 거고, 3년 전에."

상미는 3년 전을 강조했다.

"정말 이해할 수 없는 일이네."

진심으로 중얼거리며 눈치를 살폈지만 김연영은 자기 생각에 빠져 있었다.

"그때 경찰들이 유서에 대해 얘기해준 건 없었나요?"

상미는 자신도 모르게 한숨을 내쉬었다. 상미는 김연영이 이럴 때마다 답답했다.

"넌 내가 모든 걸 알고 있을 거라 생각하는 모양인데, 난 아는 게 별로 없어. 그나마 민서한테 들은 얘기들뿐이지. 네가 지금 다 알고 있는 것들 정도. 내가 아니라 네가 모든 걸 들었겠지."

흐리멍텅한 눈을 보고서 상미는 부연설명을 덧붙였다.

"난 네가 사고가 난 뒤 민서 부탁으로 맡은 거지, 그 전에는 조금도 관여하지 않았어."

연영은 말이 없었다. 유리알 같이 쉽게 깨지는 성격이라 이 정도 말에도 상처를 받은 건가 싶어 헛웃음이 나오려는데, 연영이 중얼거렸다.

"민서 보고 싶어요."

상미는 민서도 널 보고 싶어 할 거야, 말하려다가 그만두었다.

"그럼 처음엔 민서가 절 돌봤던 거예요?"

궁금해할 만한 이야기니까 이런 것 정도는 대답해줘도 되겠지.

상미는 고개를 저었다.

"민서는 학생이었잖아. 미성년자였고. 내가 도맡아했지. 고백하자면 나도 자주 찾아오진 못했어. 주로 간병인이 돌봐줬지."

상미는 연영이 고개를 끄덕이는 모습을 뚫어져라 바라보았다. 그래, 저 아이에게도 가족이 소중하겠지. 그러니까 비록 죽고 없는 사람일지라도 지키고 싶어 저렇게 고군분투 하고 있는 거겠지. 사람이라면 누구나 갖고 있는 마음이고, 그게 가족이라면, 그게 부모라면 더 절박한 본능이겠지. 특히 연영이 동생에게 품었던 마음이 마치

부모와 자식 같은 거라는 것도 상미는 어느 정도 이해하고 있었다.

또 고개를 끄덕이는 김연영의 눈빛에서 자신을 향한 고마움과 빚진 마음을 읽을 수 있었다.

"민서한테 메일을 보냈는데 아직 답장이 없어요."

"그래? 곧 오지 않을까? 애가 워낙 바빠서 나랑도 연락을 자주 못 해."

상미는 텅 비어 있던 메일함을 떠올렸다.

"수경이랑 민서 사이가 안 좋아졌던 모양이에요."

상미가 아무 반응 없자, 서서히 김연영의 눈이 커졌다. 최근 들어 처음 본 생기다운 생기인 듯했다. 놀란 걸 그렇게 말할 수 있다면 말이다.

"알고 계셨어요?"

당연한 거 아닌가. 상미는 속으로 헛웃음을 내뱉었다.

"모를 수가 없지. 민서도 참고인으로 불려 갔었으니까. 나도 그때 알았어."

상미는 뺨이라도 한 대 맞은 얼굴을 한 연영을 보고 어이가 없었다. 엄마인데 이 정도도 모를 거라고 생각했나? 저 멍청한 표정을 한 대 쳐주고 싶은 충동이 들었다.

"은지한테 들은 거니?"

고개를 끄덕이는 연영의 모습을 보면서 상미는 느낄 수 있었다. 왜 진작 말해주지 않았는지 원망하는 표정이었다.

연영은 금방이라도 울음을 터뜨릴 것 같은 얼굴이었다. 하지만 멀어진 둘 사이와 수경이의 죽음이 무슨 상관이 있다는 건지.

'설마 너, 김수경이 우리 민서 때문에 죽었다고 생각하는 건 아니지?'

상미는 묻고 싶은 걸 간신히 참았다.

"이유가 친구 문제였대요. 오늘 세문고등학교 가서 어떤 선생님을 만나서 얘기를 들었는데요, 우리 수경이가 성격적으로 친구들하고 잘 어울리지 못했대요."

우리 수경이 우리 수경이 우리 수경이…….

우리 수경이!

"혹시 민서한테 수경이에 대해서 들은 거 없으세요?"

"청소년 딸이 엄마한테 모든 걸 얘기하는 건 아니야."

"아무리 민서랑 멀어졌다고 해도…… 이 부분에 대해서는 어떻게 생각하세요?"

상미는 일어나서 다 먹은 그릇들을 모아 싱크대로 가져갔다.

"그게 다야?"

"네?"

"선생한테 들은 얘기가 그것뿐이냐고."

보지 않아도 연영이 어떤 표정일지 알 것 같았다.

"네."

"은지 만났을 때 들은 얘기는?"

상미는 그제야 몸을 돌려 싱크대에 기댄 채로 연영의 동그란 눈을 뚫어져라 바라보았다.

"그럼 됐다. 나도 수경이 일이 대체 어떻게 된 건지 궁금해서 물어본 거야. 자세히 물어보는 게 좀 조심스러웠지만. 그리고 유서에 대한 건, 네 말을 듣고 보니 충분히 이상해. 게다가 들킬 위험을 무릅쓰고 왜 하필 너희 집 주변 은행이었을까…… 하는 것도. 더 알아볼 필요가 있겠다."

연영은 충격 받은 얼굴로 고개를 끄덕이기만 했다.

"은지 외에 다른 친구들은 더 안 만나보는 거야?"

"은지 씨가 연락처 알아봐서 알려주기로 했어요."

상미는 진심으로 안도했다.

"고마운 일이네."

연영이 일어나는 걸 보고 상미가 다가섰다. 연영은 한 발짝 떼기도 힘에 부치는 듯 보였다. 상미는 피곤했지만 꾹 참고 손을 내밀었다.

"도와줄까?"

도와주어야 할까?

고개를 든 연영이 상미의 눈을 바라보았다. 할 말이 더 남았나 싶어서 상미도 그 눈을 들여다보았다.

"힘들어 보이는데, 도와줄게. 잡아."

다시 한 번 미소를 지어 보였다. 혹시나 손이 떨리지 않기를 바랐다. 정신을 차리기 위해 술을 줄였더니 요즘 들어 더 심해졌다. 민서가 알게 되면 싫어하겠다는 걱정이 들었다.

"괜찮아요."

연영이 상미의 손을 부드럽게 붙잡아 밀어냈다.

상미의 얼굴에서 웃음이 사라졌다.

"아줌마도 힘드실 텐데, 저도 이 정도는 혼자 해야죠."

정말로 나를 배려하고 싶은 건지, 아님 내가 붙잡아주는 게 싫은 건지.

생명의 은인한테 이렇게 무례해도 되는 거야?

설거지를 하겠다는 연영을 들어가게 한 후 상미도 방으로 들어갔다.

침대에 걸터앉아 메일을 확인했다.

여전히 김민서 이름의 메일은 없었다.

텅 빈 메일함을 허전하게 바라보았다.

하지만 내일쯤이면 되지 않을까, 기대감으로 가슴이 부풀었다.

9

연영은 이불로 몸을 꽁꽁 두른 채 머리를 감싸 안았다. 눈을 질끈 감았다. 긴 하루였다. 수경이가 친구들과 어울리지 못했다는 사실을 알았고, 누군가 자신을 지켜보고 있다는 걸 알았다.

온 신경이 예민해지고 있었다. 안정제를 끊은 뒤부터 몸 여기저기에서 통증이 느껴졌다. 무엇보다 심적으로 불안해졌다. 그게 안정제를 끊어서인지, 오늘 정신적 타격이 커서인지 알 수 없었다.

돌이켜보면 지금까지 제대로 대답해주는 사람이 없었다. 모두가 하나 같이 하는 말은 '너무 오래전 일이다'였다. 연영만 2009년에 머물러 있었다. 수경이의 죽음과 함께 그날에 발이 묶여 있는 건 자신뿐이었다.

상미가 수경이와 민서 사이를 알고 있던 것도 놀라웠다. 그보다 더 충격이었던 건, 모르고 있는 게 당연하다고 생각했던 자신의 무지함이었다. 11년 동안 모든 일들을 지켜봤을 사람들인데.

대화가 길어질수록 상미의 태도도 변해갔다. 어쩌면 오랜 세월 자신의 존재가 상미에게도 족쇄 같았을지 모른다는 생각이 들었다. 이렇게 길어질지 모르고 도와주기 시작했는데 길어졌고, 한번 관여한 이상 빠져나올 수 없었는지도 모른다.

수경아…… 도대체 너한테 무슨 일이 있었던 거니?

동생을 붙잡고 묻고 싶었다. 실마리라도 잡고 싶었다. 그나마 가능성이 있는 건 친구 관계다. 하지만 졸업을 코앞에 둔 애가 자살을 택할 가능성이 얼마나 될까. 뭔가 다른 게 있었던 거다. 3학년, 1년 내내 수경이의 표정이 어두웠다. 수험 스트레스 때문이라고만 생각하고 그 이유를 물어본 적은 없었다.

그러고 보니 수능이 끝난 후에도 수경이의 표정은 달라지지 않았다. 수능 결과에 대한 걱정 때문이라고만 생각했는데……. 수능이 끝나고서는 집밖으로 거의 한 발짝도 나가지 않았다.

수경이의 마음을 괴롭히던 뭔가가 있었던 거다.

덜덜 떨리는 두 손을 맞잡았다.

수경이를 죽게 만든 무언가가 그리고 자신을 노리는 존재가 두려웠다. 이미 마귀의 손에 있는 것 같았다. 마귀가 언제 손을 움켜쥐어 몸을 박살낼지 알 수 없었다. 연영에게는 힘이 없었다. 가진 것도 없었다. 중요한 기억도 잃었다. 11년이란 세월은 텅 비었다. 유일한 피붙이 수경이는 죽고 없다. 수경이의 죽음을 파헤치고 나면? 그 다음엔?

그때 무슨 소리가 들려 연영이 바짝 긴장했다.

발을 직직 끄는 이상한 소리였다. 설거지를 하러 상미가 방에서 나온 건지도 모른다. 아니, 상미밖에는 가능성이 없다.

그런데 방문을 여는 소리가 들리지 않았다. 이 좁고 고요한 집에서 들리지 않을 리 없는 소리였다. 아까 상미가 방에 들어갈 때 문을 닫는 소리가 들렸는지 떠올려보지만 기억이 나지 않았다.

직직 소리가 점점 더 가까워지고 있었다. 연영은 이불 속으로 몸을 완전히 움츠렸다. 튀어나갈 기력이 없었다.

소리가 방문 앞에서 멈췄다.

귀를 기울여보았지만 아무 소리도 들리지 않았다. 등줄기로 식은 땀이 흘렀다. 방문이 열린다면 벌떡 일어날 태세를 갖추었다.

멈췄던 소리가 다시 나기 시작했다. 희미했지만 분명했다. 그 소리는 방문에서 멀어지고 있었다.

곧이어 부엌에서 물을 틀고 설거지를 시작하는 소리가 들렸다.

잘 쉬고 있나, 상미가 살펴보러 왔던 모양이었다. 신경이 너무 예민해져 있었다. 연영은 안심하고 긴장을 풀었다.

연영이 다시 눈을 번쩍 떴다. 어쩌면 잃어버린 한 달의 기억 동안 자신이 뭔가를 알고 있었을 거라는 생각이 들었다. 가족이 스스로 목숨을 끊으려는데 아무것도 느끼지 못했을 리가 없다. 뭔가 있는데, 기억을 못 하고 있는 것이다. 그걸 찾아야 했다.

어쩌면 누군가 나를 죽이려 한 이유도 거기에 있을지 모른다. 내가 뭔가를 알고 있기 때문에 내 목숨을 노렸던 거라면?

확실한 건 무언가가, 아니 누군가가 수경이가 자살을 하게 '만들었다'는 것이다.

두려워해서는 안 된다는 생각이 고개를 들었다.

맞서 싸워야 했다.

깜박 잠이 들었던 모양이었다.

연영은 휴대폰에 메시지가 수신된 소리에 번쩍 눈을 떴다. 심장이 펄떡대고 있었다. 베개 밑을 더듬어 휴대폰을 찾았다.

지은지에게서 문자가 와 있었다.

〔두 명 번호 알았어요. 이름은 선우현, 민진희. 연락처를 알아낼 수 있는 동창은 이 정도였어요. 시간 정해서 내일쯤 연락한다고 하니까 기다려보세요.〕

***

세월을 먹은 집의 풍경은 연영의 기억과 같으면서도 달랐다. 수경이가 죽은 걸 안 순간부터 달려오고 싶었던 곳. 더 낡고 못생겨진 다가구 주택이 눈앞에 있었다.

덧바른 시멘트는 군데군데 상처처럼 벗겨져 있었고, 당장이라도 재개발에 들어간다 해도 늦었다는 말이 나올 정도로 보기 흉한 몰골이었다. 타임머신이란 게 정말로 생긴다면 시간을 건너뛴 기분이 이렇지 않을까 싶었다.

2층에서 가운데 집. 여기가 아버지와 연영, 수경 셋이 살다가 나중엔 연영과 수경만 남아서 살아온 집이었다. 두 자매가 모두 희생된 비극적인 사고가 일어나기 전까지 말이다.

생소한 기분으로 주택을 바라보았다. 저 안에서 자신과 수경이의 목소리가 들려오는 것 같은 착각이 들었다.

한 시간 가량 앞에서 서성였지만 주택에서 나오는 사람은 없었다. 간간이 안에서 사람들의 대화 소리가 들리는 듯했지만 어느 집인지는 알 수 없었다. 결국 연영은 가까이 다가가보기로 마음먹었다.

평소 잠가놓지 않는 녹슨 대문은 원래 무슨 색이었는지도 짐작할 수 없을 지경이었다. 11년이 지난 지금도 여전히 잠겨 있지 않았다. 대문을 조심스럽게 지나 계단을 올랐다. 폭이 좁고 가파른 계단이었지만 익숙하게 올랐다.

말소리가 들려오는 곳은 2층 끝에 있는 집이었다. 한 번 치기만 해도 부서질 것 같은 창문이 살짝 열려 있었다.

"어머나, 깜짝이야!"

창문 틈으로 연영이 보였는지 안에서 놀라는 소리가 들려왔다.

"죄, 죄송합니다. 전에 이 옆집에 살던 사람인데요, 여쭤볼 게 있어서요."

탁! 하고 창문이 닫히더니 체인을 건 상태에서 문이 열렸다. 50대쯤으로 보이는 여자의 눈빛에 경계심이 어렸다.

"누구신데요?"

"오른쪽 집에 사시는 분들은 안 계신가요?"

체인이 걸린 문틈에서 여자가 옆을 힐금 보고는 고개를 저었다.

"글쎄요. 낮에는 거의 사람이 없는 것 같긴 하던데, 왕래가 없어서요."

아파트가 아닌 이런 다세대 주택에서도 왕래가 전혀 없다는 사실에 연영은 좀 놀랐다. 연영이 전에 살 때만 해도 이 정도는 아니었다.

"혹시 2009년까지 이 집에 살던 사람들에 대해서 좀 아시나요?"

집주인의 얼굴에 더욱 의혹의 빛이 서렸다. 갑자기 찾아온 침입자를 날카로운 눈으로 훑어보았다.

"저희도 여기 작년에 이사 와서 잘 몰라요. 다른 데 가서 물어보세요."

문이 닫혔다.

연영의 어깨가 내려앉았다. 막다른 골목에 갇힌 것 같았다. 수경이는 없고 그 그림자를 쫓기에도 세월의 장벽이 너무 높았다.

고작 이런 내가 언니라고 해서 뭘 할 수 있을까.

유일한 피붙이에게 해줄 수 있는 게 아무것도 없다니.

"부동산 가서 물어보시든가요!"

안에서 버럭 들려온 소리에 연영은 화들짝 놀랐다. 앞에서 서성이는 게 싫어서 해준 말일 터였지만 연영에게는 적절한 조언이었다.

연영이 살던 집은 문도, 창문도 모두 그대로였다. 너무 낡았으니 바꿔도 됐을 텐데, 아직까지 그대로 달려 있다는 게 놀라워 그 앞에서 좀 더 망설이다가 주택을 나왔다. 오는 길에 봤던 부동산 중개소를 찾아가볼 생각이었다.

"2009년을 묻는 사람은 또 처음 봤네……. 여기 인수한 지 3년밖에 안 됐어요."

이마에 주름이 가득한 부동산 중개소 주인은 60대쯤으로, 이곳 토박이일 것처럼 보였는데 예상이 빗나갔다. 중개소 주인은 손님이 아니라 실망한 듯 고개를 젓기만 했다.

"사람을 찾는 거예요? 그렇다고 뭐 그렇게 옛날을……."

"사람보다도…… 그때 그 집에 있던 물건들이 어떻게 됐나 해서요."

"물건?"

중개소 주인이 더욱 눈살을 찌푸렸다.

"네, 그때 사정상 제대로 처분을 못하고 집을 비우게 돼서요."

"같이 살던 사람 있었다며?"

"그렇긴 한데…… 아무튼 살던 사람이 말없이 집을 비우고 사라지면 그 집에 있던 물건들은 어떻게 되나요?"

"뭐, 임대인이 정리를 하지요. 아무래도 거의 다 버리겠죠?"

혹시나 했던 마음이 바람 빠진 풍선처럼 쪼그라들었다. 허탈하고 막막했다. 아무것도 찾지 못할 거라는 무력감이 몰려왔다. 형사를 찾아가보기 전에 뭐든지 가지고 가고 싶었는데, 어쩌면 애초부터 불가능한 거였는지도 모른다.

"버리는 것밖에는 방법이 없는 건가요? 다른 방식으로…… 어디 보관을 한다거나…….."

그때 문에 걸어놓은 요란한 종소리와 함께 문이 열리고 손님 둘이 들어섰다.

"어서 오세요! 아, 좀 가요, 아가씨! 난 모른다니까. 누가 남의 물건을 보관까지 해줘요. 그것도 말도 없이 사라진 사람들 거를. 아가씨 같으면 해주겠어요?"

중개소 주인이 귀찮다는 듯 세차게 손을 내젓고는 손님들을 향해 다가갔다.

"방 보러 왔어요?"

손님을 맞는 주인의 목소리를 들으며 연영은 밖으로 나왔다.

쨍쨍한 햇빛 아래 망연자실 서 있었다. 그러다 안에서 주인의 따가운 눈총과 마주치고는 서둘러 자리를 떴다.

한참을 돌아다녔지만 이 동네의 부동산 중개소는 이곳 하나뿐이었다.

이제 갈 곳은 경찰서, 한 곳뿐이었다. 기억하는 것도 가진 것도 없는 만큼 무작정 부딪혀보는 수밖에 없었다. 슬슬 다리에 무리가 오고 있어, 도로로 나가 택시를 잡고 있을 때였다. 택시 한 대가 그녀

앞에 멈춰 섰을 때 연영의 발길을 돌린 것이 있었다.

상미에게서 온 전화였다.

─그때 수경이 사건을 맡았던 담당 형사 연락처를 알아냈어.

생각지도 못한 말에 연영은 깜짝 놀랐다.

연영이 타지 않고 죄송하다는 고갯짓을 해보이자 택시 기사가 기분 나쁘게 쳐다보다가 떠났다. 연영은 상미의 목소리를 더 잘 듣기 위해 한쪽 귀를 막았다.

─장형주 형사라고, 내가 직접 상황 설명하고 약속 잡았어.

"장형주……."

연영은 수경이를 알고 있을 그 이름을 발음해보았다.

─오늘 저녁 6시. 종로경찰서에서 자기를 찾으라고 하더라.

"감사합니다! 항상 신세만 지네요. 제가 언제 이 빚을 다 갚을 수 있을지……."

─그런 걱정은 마.

친절한 목소리를 끝으로 통화를 끝냈다. 다음 순간 연영이 궁금한 것은 하나였다.

상미는 이 정보를 어디서 얻었을까 하는 것.

정보의 출처를 묻기 위해 다시 전화를 걸었지만 전화는 연결되지 않았다.

시간이 네 시간이나 넘게 비었다.

병원에 가는 건 뒤로 미루기로 한 참이었다. 몇 년 동안 보관하고 있던 장기 환자의 물품에 손댈 수 있는 사람은 병원 관계자이거나, 적어도 병원 사람과 친분이 있는 사람일 가능성이 크다. 가서 잘못 입을 놀렸다가 수확도 없이 위험에 빠질 수도 있다는 생각이 들었다. 형사를 만나는 게 먼저였다.

어디로 가야 할까 고민하던 연영은 마음의 결정을 내렸다. 지금이야말로 가장 필요한 순간인지도 모른다.

수경이를 다시 보러 가는 것.

혹시나 하는 마음에 전화를 걸어 방문이 가능한지 물어보자, 관리인인 듯한 사람이 방문 시간을 기록해두겠다고 대답했다.

두 번째는 역시 처음과 달랐다. 2주 전에 왔을 때보다 납골당이 친숙하게 느껴졌다. 어쩌면 수경이가 잠들어 있는 곳이라서 그런 것일지도 몰랐다.

연영은 수경이가 있는 자리를 향해 천천히 걸었다. 다른 사람들이 본다면 마치 산책이라도 나온 사람처럼 느긋하고 여유로워 보일 걸음이었다. 하지만 온전하지 않은 다리로는 이렇게 걷는 수밖에는 방법이 없었다.

대충 봐도 세련되고 아름다운 곳이었다. 이런 곳이라면 세상을 떠난 사람들이 마음 편히 쉴 수 있겠다고 믿을 수 있을 것 같았다. 고작 스물셋이었던 자신이 왜 이곳을 택했는지 이제는 알 것도 같았다.

수경이를 만나러 가기 전에 화장실에 들른 연영은 더러운 무언가를 씻어내려는 것처럼 빡빡 손을 씻었다. 전에는 상미를 따라서 그냥 왔지만, 오늘은 다르니까. 수경이를 만나기 전에 손이라도 최대한 깨끗이 하고 싶었다.

고개를 드니 여전히 거울 속에 그 여자가 있었다. 성하지 않은 몸으로 햇볕이 쨍쨍한 곳을 걸어 다녔더니 얼굴이 땀으로 번들거려

흉했다. 휴지로 대충 얼굴을 닦은 후 거울 속 여자와 마주보았다. 나이 들고, 생기 없는 여자.

연영은 생각했다. 이 여자는 알고 있었을 것이다. 수경이가 왜 자살했는지.

누가 '나'를 밀었는지.

다시 봐도 충격이 느껴지는 건 어쩔 수 없었다.

수경이는 전에 봤던 모습 그대로 있었다. 어쩌면 언니가 또 찾아와주길 기다리고 있었는지도 모른다고 연영은 생각했다. 두 개의 액자 속 수경이는 아무것도 모른 채 활짝 웃고 있었다.

사진을 바라보고 있을수록 연영은, 수경이가 죽음을 택할 만큼 고통스러운 무언가를 털어놓지 못할 정도로 자매 사이가 틀어졌다는 걸 믿을 수 없었다. 자매끼리 흔히 그러하듯 은근한 신경전이 있었나? 연영은 고개를 흔들었다. 수경이와 자신은 그런 사이가 아니다. 게다가 이 사진을 찍은 수능 당일 이후에도 아무 일도 없었다.

고기를 더 일찍 안 해줘서?

여기까지 생각이 미치자 이런 얼토당토 않는 생각을 한 스스로가 어이가 없어 웃음이 나왔다.

연영은 울면서 웃고 있었다. 무능력한 언니일 뿐이었다. 그 당시에도 무능력했을 것이다.

그 순간 연영의 얼굴에서 웃음이 사라졌다.

아까부터 느껴졌던 불편한 감정, 그 이유를 이제야 알아챘다.

수경이의 유골함 뒤쪽에 뭔가가 있었다.

하얀 국화꽃 한 송이였다.

등줄기로 소름이 훑고 갔다.

손을 뻗어 꽃잎을 만지자 촉촉하고 싱그러운 감각이 강하게 느껴졌다.

기일도 아닌 날에, 누군가 다녀갔다.

……바로 오늘.

연영은 튕기듯 뛰쳐나가 관리소를 찾았다.

아까 전화를 할 때만 해도 관리인은 누군가 '김수경'이라는 사람을 보고 갔다는 말을 하지 않았다.

"김수경? 잠시만요."

관리인이 출입대장을 뒤적였다. 초조함에 연영의 손이 움츠러들었다.

"아무도 안 왔는데요?"

"그럴 리가요. 분명 국화꽃이 놓여 있었는데요?"

싱싱한 생화였다. 다른 날에 놓였을 가능성은 희박했다.

"글쎄요. 방명록을 남기는 분들도 있지만 굳이 남기지 않는 분들도 많거든요. 강제사항이 아니라서."

"그럼 누가 오는 거 못 보셨어요?"

"여러 사람 드나들죠. 일일이 다 기억하진 못해요. 사람이 왔다고 해도 어느 자리로 가는지를 지켜보는 것도 아니고."

"그럼 CCTV라도 확인할 수 없을까요?"

연영의 목소리가 떨리고 있었다.

관리인이 인상을 찌푸렸다.

"그건 곤란해요. 추모하러 오신 방문객들 사생활도 있고, 무슨 사

건이 난 게 아닌 이상 경찰을 대동하고 오셔야만 가능해요. 미리 말
씀드리는데, 경찰도 웬만해선 같이 안 와줍니다."

누군가 제 동생한테 국화꽃을 놓고 갔다고요! 기일도 아닌 날에
올 사람이 없는데 말이에요!

이 말이 목구멍까지 차올랐지만 차마 내뱉을 수는 없었다. 이런
사정은 규정에 따르는 사람에게 조금도 영향력이 없을 것이기 때문
이다.

"정말 방법이 없을까요?"

"네."

관리인은 이미 연영에게서 눈을 돌리고 신문을 펴들었다.

연영은 건물을 뛰쳐나왔다. 넓은 부지의 주차장에는 실내와 다르
게 햇빛이 쏟아지고 있어서 눈살이 찌푸려졌다.

숨을 헐떡이며 가늘게 뜬 눈으로 주위를 둘러보았다. 차도, 사람
도, 아무리 둘러보아도 움직이는 것은 없었다.

납골당 건물을 빠져나와 큰 길로 나오는 데 시간이 꽤 걸렸다. 가
슴은 여전히 펄떡대고 있었다.

수경이에게 국화꽃을 가져다줄 만큼 가까운 사람이 누가 있지?
민서는 아직 미국에 있다. 수경이에게는 그 정도로 친한 사람은 민
서밖에 없는데.

번뜩 휴대폰을 켜서 시간을 확인하니 아직 장형주 형사와의 약속
시간까지 한 시간이 남아 있었다. 이대로만 간다면 제 시간에 도착
할 수 있을 터였다. 연영은 떨리는 손으로 휴대폰을 가방에 넣었다.

머리가 어지러웠다. 눈앞에 보이는 휑하고 넓은 도로가 끝없는

벌판처럼 눈으로 들이쳤다. 연영은 가늘게 뜬 눈으로 허공을 바라보았다. 그때 방금 집어넣은 휴대폰이 진동했다.

화면을 확인한 연영의 가슴이 내려앉았다. 어제 지은지가 알려줬던 번호가 떠 있었다.

떨리는 마음을 가다듬고 전화를 받자 낯선 여자 목소리가 들려왔다.

─수경이 언니…… 김연영 언니 맞으세요?

가느다란 목소리의 여자는 자신이 선우현이라고 소개했다. 조심스러운 목소리에 연영의 심장이 더욱 빠르게 뛰기 시작했다.

목소리는 오늘 일곱 시에 만나고 싶다고 했다. 지금으로부터 불과 두 시간 뒤였다.

선우현은 민진희와도 그때로 잡았다며 반드시 오늘 그 시간이어야만 한다고 했다. 연영은 거절할 수 없었다.

급한 마음에 일단 알겠다고 대답한 후 상미에게 전화를 걸었지만 받지 않았다. 어쩔 수 없이 문자로 상황을 설명한 다음 장형주 형사의 연락처를 알려달라고, 직접 약속 날짜를 바꾸겠다고 했다. 그리고 연영은 곧장 버스에 올라 납골당 부지를 떠났다.

지도 어플이라는 걸 통해서 선우현이 말한 장소를 입력했다. 도와주는 사람이 없었기에 이 모든 것을 인터넷 검색을 통해 혼자 배워야 했다. 2009년에도 그렇긴 했지만 지금은 정말로 인터넷에는 없는 게 없는 세상이 되어 있었다. 적응하느라 힘들지만 도움이 되는 점이기도 했다.

연영은 창밖을 바라보았다.

국화꽃이 떠올라 속이 울렁거렸지만 일단 밀어냈다.

선우현과 민진희. 어떤 사람일까.

수경이와 민서는 외향적인 성격이 아니라서 같은 반이 아니었다면 잘 모를 가능성이 컸다. 그래서 사건에 대한 것만 기대하기로 했다. 오래된 일인데도 나와 준다는 게 어디인가.

　휴대폰이 다시 울렸다. 이번엔 문자였다.

　〔장형주 형사입니다. 연락처 전해 받고 연락드립니다. 내일 오후 3시 가능하십니까?〕

　가슴이 다시 뛰어대기 시작했다. 상미가 문자를 확인하고 일처리를 해준 걸 보니 곧 상미의 연락이 올 거라고 생각했지만 휴대폰은 조용했다.

　의아했지만 일단은 두 사람을 만나는 것에 집중하기로 했다.

　뭘 물어봐야 하지?

　지은지를 만났을 때보단 더 잘해내야 했다.

　이들은 뭔가를 알고 있을까?

　적어도 자신보다는 많이 알고 있을 것이다.

10

선우현이 말한 한식집은 폐쇄형 룸으로 이루어진 고급 식당이었다.

이런 곳에 와볼 기회가 없었던 연영은 낯선 기분으로 안으로 들어섰다. 예약을 했느냐고 묻는 직원의 친절한 말투에 괜스레 몸이 경직됐다.

"선우현 이름으로 되어 있을 거예요."

직원이 안내하겠다고 말하며 연영을 데려갔다.

구불구불 좁은 통로가 부적절한 공간에 온 것 같은 답답함을 주었다. 감출 게 많은 곳 같은 느낌. 아니, 감출 게 많은 사람들이 은밀히 이야기를 나누기 위해 오는 곳 같았다.

연영을 안내한 곳은 카운터에서 가까운 곳에 위치한 방이었다.

직원이 문을 열자 3평 정도 되는 공간이 나타났다. 널찍한 좌식 테이블에 앉아 연영은 심호흡을 하며 생각을 가다듬었다.

시간은 더디게 흘렀다.

일곱 시를 앞두고 있을 때, 카운터에서 누군가가 예약을 확인하는 듯한 목소리가 들려왔다.

연영은 문 앞으로 가 미닫이문을 조심스럽게 밀었다.

약간 열린 틈으로 카운터가 보였다. 카운터에 직원이 서 있고 두 명의 여자가 직원의 질문에 고개를 끄덕이고 있었다. 한 명은 머리가 길고 한 명은 어깨에 닿지 않을 정도로 단발이다.

연영은 문틈으로 두 여자를 유심히 보았다. 직장인 분위기를 풍기는 깔끔한 정장 차림에 상냥한 미소로 직원을 대하는 모습이 사무적인 상황에 익숙해 보였다.

직원이 차트를 보며 뭔가를 또 물었고, 단발머리 여자가 긴 머리 여자를 돌아보았다. 긴 머리 여자가 대신 직원을 향해 고개를 끄덕였다. 이제 단발머리 여자도 고개를 끄덕였다.

확인이 끝났는지 직원이 이쪽 통로를 향해 팔을 뻗으며 따라오라는 제스처를 취했다.

여자 둘이 마주보고 고개를 끄덕이더니 직원을 따라 걸음을 옮기기 시작했다.

연영은 문을 닫고 자리로 돌아와 앉았다.

저들이 선우현과 민진희라면 좋겠다. 휴대폰을 꺼내 녹음을 누르면서, 양해를 구해야 할까 잠깐 고민했지만 이내 그러지 않기로 했다. 자신의 기억력을 믿을 수 없어서라고 해도 상대방이 알아서 괜히 좋을 건 없겠다 싶어서였다.

두 여자의 좋은 인상, 상냥한 미소에 마음이 놓였다. 11년이나 지난 일을 도와준다는 것도 그들의 심성이 큰 몫을 했을 것이란 생각이 들었다.

짐작대로 똑똑 노크 소리 다음으로 문이 열렸고, 미소를 짓고 있는 직원 뒤에 두 여자가 서 있었다.

두 여자가 나란히 들어섰을 때 연영은 머릿속이 정지되는 것 같았다. 지금까지 머릿속을 뱅뱅 돌던 질문거리들이 사라져버렸다.

세련된 모습의 두 사람을 막상 가까이서 마주하자 티셔츠 한 장 달랑 입은 자신이 의식되어 왠지 주눅이 들었다. 연영은 저보다 훨씬 연장자 같은 두 사람을 멍한 눈길로 보다가 그들이 들어와 맞은편 자리로 왔을 때야 벌떡 일어섰다.

그들은 차분했다. 초조하고 어쩔 줄 모르는 것은 연영뿐이었다. 서른하나의 나이인 그들은 몸에 밴 습관부터가 달랐다.

어색한 인사가 오갔다. 아니, 연영 혼자만 어색한 인사였다.

나란히 앉은 두 여자는 누군가를 처음 만나는 것도, 이렇게 불편하게 마주앉는 것도 모두 느긋해 보였다. 자연스러운 시선 처리, 차분한 동작. 하긴 생각해보면 이 일은 연영에게만 중요하다. 큰 의미가 없는 자리에 나가는 사람이 긴장할 이유는 없다.

문이 다시 열리고 직원이 들어와 주문을 받았다. 아직 세 사람이 '안녕하세요' 외에 다른 말을 나누기도 전이었다. 둘 중 누가 민진희이고, 누가 선우현일까. 긴 머리 여자가 주도적으로 메뉴를 주문했다.

직원이 나가면서 문을 닫자 다시 공간이 폐쇄되었다.

"장소 괜찮으시죠? 막힌 데가 편하실 것 같아서 여기로 했는데."

머리가 긴 여자가 조심스럽게 물어왔다.

"네, 신경 써주셔서 감사합니다."

"몸이 안 좋으시다고 들었는데, 이렇게 나오셔도 괜찮으신 거예요?"

"많이 좋아져서 괜찮아요."

그녀가 연영을 향해 다행이라는 듯 웃어 보였다. 고마울 정도로 친절한 미소였다. 상대를 편안하게 해줄 줄 아는 사람이라는 인상을 받았다.

"아, 저희 소개를 안 했네요. 처음 뵙겠습니다. 저는 민진희, 이쪽 은……."

머리 긴 여자가 민진희였다. 민진희가 선우현을 손바닥으로 가리키고는 그녀가 직접 자신을 소개하기를 기다렸다.

선우현이 고개를 움직이자 어깨 바로 위까지 오는 단발머리가 흔들렸다.

"안녕하세요, 선우현이라고 해요."

"수경이 언니 김연영이라고 해요. 이렇게 나와주셔서 감사합니다."

입사 면접을 보는 기분이 들었다. 네 개의 눈동자가 연영을 바라보고 있었다. 면접처럼 연영은 자신의 이야기를 해야 했다. 왜 그들을 불렀는지, 왜 몸이 좋지 않은지, 어쩌다가 이렇게 됐는지, 지금 뭘 원하는지.

해야 할 말 투성이였고, 어떤 대답이 돌아올지도 알 수 없었다.

지은지에게 얼마나 자세히 들었는지 알 수 없으므로 연영은 우선 최대한 짧게 설명했다.

11년 전 세문고등학교 옥상에서 떨어졌고, 깨어나 보니 사고 직전 한 달 가량의 기억이 없으며, 그사이에 동생 수경이가 자살한 이유를 찾아다니고 있다는 것 그리고 자신을 옥상에서 민 범인이 아직까지 잡히지 않았다는 것.

연영이 말하는 동안 두 사람은 보채거나 되묻지 않고 고개만 끄덕이며 신중하게 들었다.

말을 끝내자마자 연영은 나직하게 숨을 내뱉었다. 고개 하나를 넘은 기분이었다.

마침 문이 열리고 주문한 요리가 줄줄이 나왔다.

"언니, 지금 이런 음식, 그러니까, 아무거나 드셔도 괜찮으신 거예요?"

선우현이 조심스러운 말투로 물었다.

"네, 괜찮아요. 몸에 근육이 좀 약할 뿐 다른 건 다 정상이니까 편하게 대하셔도 돼요. 감사합니다."

선우현은 민진희보다 목소리가 좀 더 낮고 작았다. 그래서인지 발랄한 느낌은 없어도 묘하게 편하게 느껴졌다.

민진희가 물었다.

"저희가 일 때문에 시간 맞추기가 힘들어서 오늘 급히 연락드렸는데, 놀라셨죠?"

"아뇨, 감사했어요."

음식을 다 나른 직원들이 나가고 다시 문이 닫혔다.

사실 연영은 입맛도 없었고 마주앉아 이런 음식을 먹을 상황도 아니었지만 수저를 들었다. 일단은 음식을 입안에 넣는 게 분위기상 좋을 것 같았다.

세 사람의 젓가락이 몇 번 테이블 위를 오갔을 때 민진희가 침묵을 깼다.

"사실은요, 은지가 저희를 찾았다는 연락 받고 좀 놀랐어요."

"왜요?"

"잘 아는 사이가 아니거든요. 동창이긴 한데, 졸업한 지 이렇게 오래 지나서 연락할 만한 사이는 아니었어요. 은지가 인맥을 총 동원해서 건너건너 저희 연락처를 알아낸 것 같던데, 놀랐죠."

"그러셨군요."

잘 아는 사이가 아닌데도 연락처를 알아봐준 지은지에게 고마운 마음이 들었다.

"그러니까, 수경이에 대해서 듣고 싶으신 거죠?"

이번에는 선우현이 물었다. 연영은 숟가락을 내려놓고 고개를 끄덕였다.

"전 제가 당한 사고와 우리 수경이 죽음이 관련 있다고 생각하고 있어요."

그들은 잠자코 고개를 끄덕였다. 분위기가 엄숙해졌다.

민진희가 젓가락을 내려놓고 연영을 바라보았다. 눈빛이 조심스럽고, 정중했다.

"실은 저희가 연락을 받고 이 자리에 나오기는 했지만요, 음, 도움이 될 거란 자신은 없어요. 정말 말 그대로 '같은 학교를 다녔다' 정도뿐이거든요. 그래도 기억을 잃은 분께는 아주 작은 것도 단서가 될 수 있겠다 싶어서 나왔어요. 혹시 도움이 전혀 안 되더라도 이해해주세요. 너무 오래 지난 일인데다, 수경이란 애랑 저희는 그다지 인연이 없었거든요. 민서라는 애도 그렇고요."

연영은 고개를 끄덕였다.

막막한 기분이 드는 건 어쩔 수 없었다. 잃어버린 기억이 돌아온다 해도 변할 게 없을지도 모른다.

그때도 알아내지 못한 걸 지금이라고 알아낼 수 있을까.

"괜찮아요. 아시는 대로만, 기억나시는 대로만 말씀해주시면 돼요. 그것만도 감사하죠."

무거운 침묵 사이로 밖에서 손님들이 내는 소음이 희미하게 들려왔다. 직원들이 분주히 음식을 나르며 식기들이 부딪치는 소리 같은 것도.

연영은 결심한 대로 첫 번째 질문을 했다.

"민서랑 수경이는 단짝이었어요. 항상 둘이 붙어 다녔는데, 혹시 아시나요?"

민진희와 선우현이 동시에 고개를 끄덕였다. 입을 연 건 민진희였다.

"어렴풋하게요. 붙어 다녔던 건 기억나요. 동창들끼리 누가 누구랑 다니는지 돌아다니다 보면 보이는 그런 거 있잖아요. 그 정도만요."

"그런데 언젠가부터 갈라진 모양이에요. 혹시 갑자기 둘이 같이 안 다녀서 이상하게 생각됐다거나 그런 건 없었나요?"

두 사람이 동시에 고개를 갸웃거렸다.

"그래요? 글쎄요…… 오래전이라."

길을 잃은 기분이었다. 각오는 했지만 눈앞이 꽉 막힌 것 같았다. 그저 동창일 뿐이었을 이들에게 수경이와 민서에 대한 걸 묻는 건 의미 없겠다는 생각이 들었다. 그때 민진희가 뭔가가 생각난 듯 손뼉을 쳤다.

"둘이 따로 다니는 걸 본 적이 있어요!"

연영은 바짝 긴장했다.

"한두 번이 아니라 계속 그래서 이상하게 생각했었어요. 그래요, 맞아요. 기억이 나네요. 둘이 갈라졌나 했었어요."

"언제부터 그랬는지 기억하세요?"

"아뇨, 그것까지는……. 아무튼 확실해요. 둘 사이에 뭔가 변화가 있었던 게 분명해요. 넌 기억 안 나?"

민진희가 선우현을 돌아보며 동의를 구했다. 연영은 절박한 심정으로 선우현을 응시했다.

선우현이 느리게 고개를 주억거렸다. 소심한 성격인 듯했다. 그러나 대답하는 목소리는 확신에 차 있었다.

"네, 맞아요. 듣고 보니 저도 지금 생각나네요."

"그럼 그 뒤로 둘이 계속 따로 다녔나요?"

"네, 아마도요. 그게 맞을 거예요. 수경이란 애는 민서한테 다가가는 것 같은데 민서가 피했던 것 같아요."

생각지도 못한 얘기라 연영은 할 말을 잃었다. 사실이 아니길 바라며 되물었다. 어떻게 자신은 조금도 낌새를 느끼지 못했던 걸까 자책하며.

"잘 모르는 사이라고 하셨는데 자세히 기억하고 계시네요?"

"그럴 수밖에 없었죠."

"왜죠?"

"식당에서 혼자 밥을 먹는 애가 거의 없거든요. 없었죠. 그 둘 말고는."

전교생이 보는 식당에서 혼자 밥을 먹는다는 건 그 나이 때 아이들에게는 민감한 문제. 밥을 혼자 먹으면서까지 두 사람이 갈라졌다는 건, 뭔가가 있는 거다.

그 둘이 어쩌다 그렇게까지 되었을까. 둘이 그 지경이 될 때까지 왜 나는 아무 눈치도 채지 못했나.

연영은 목소리가 떨리지 않도록 애쓰며 물었다.

"언제부터 그랬는지 아세요?"

"글쎄요, 그것까지는……."

"그럼 언제까지 그랬는지는요?"

민진희와 선우현이 망설이는 기색을 보였다. 연영은 듣지 않아도 대답을 알 것 같았다.

"······끝까지 그랬던 것 같은데요."

끝까지. 이것은 수경이가 학교 옥상에서 몸을 날린 날까지를 의미한다. 둘 사이는 그렇게까지 틀어졌던 것이다.

"둘한테 다른 친구는 혹시 없었나요? 둘이 단짝이라고 해도 같은 반에서 친하게 지내는 애들도 있었을 텐데."

"그것까지는 모르겠어요. 아무튼 둘이 붙어 다니는 모습 말고 다른 건 기억 안 나요. 친구가 있긴 했겠지만 그냥 가벼운 관계였을 수도 있죠."

수경이에게 다른 친구 얘기를 들은 적은 없었다. 수경이에게 민서 외에는 모두 그저 '반 친구들'일 뿐이었을 것이다.

연영은 이 정도에 휘청거려서는 안 된다고 자신을 다잡았다. 눈앞의 음식들을 잊은 지는 한참 되었다.

"수경이가 어떤 애로 보였는지 혹시 기억나세요? 잘은 모르셔도 활발해 보였다거나, 소심해 보였다거나 그런 거라도요."

잠깐 침묵이 흘렀다. 두 사람은 약속이라도 한 듯 기억을 더듬는 표정으로 다른 곳에 시선을 던져놓고 있었다.

이번에도 민진희가 대답했다.

"음······ 글쎄요. 그냥, 평범했어요."

"평범했다는 게 어떤 건지······."

연영은 말끝을 흐리며 되물었다.

"보통 그 나이 때 여자애들 같았다는 뜻이죠. 특별할 것 없이 평범한 거요."

"성격 같은 게 궁금해요. 어두워 보였다거나, 활발했다거나. 그 일이…… 제가 아는 수경이가 아닌 것 같아서요."

"그냥 그랬어요. 말 그대로 평범. 그 애를 잘 모르다 보니 이렇게 밖에 말씀드릴 수가 없네요."

연영은 그렇군요, 하고 중얼거리며 이번에는 선우현을 보았다.

선우현은 아무 말도 하고 있지 않았지만 민진희의 말에 동조하고 있다는 걸 알 수 있었다.

가까운 사이도 아니었던데다 11년이나 지났다. 수경이에 대한 건 더 물어봐야 '모른다'는 대답이 전부일 것 같았다. 그래서 연영은 이번엔 사건에 대해서 묻기로 했다.

"우리 수경이가 잘못됐던 사건…… 그때 상황을 좀 들을 수 있을까요?"

"물어보세요."

"수경이가 뛰어내렸던 날이 1월 23일 금요일이었대요. 그때 잠깐 개학을 해서 일주일 정도 등교를 할 때였고요. 어떤 상황이었는지 혹시 기억하시나요?"

그때 당시가 떠오르는지 민진희가 창백해진 얼굴로 고개를 저었다.

"그냥, 난리였죠. 당연한 거 아닌가요?"

"특이한 점은 없었는지……."

"글쎄요, 디테일한 것까지는 기억이 안 나네요. 아무튼 학교가 뒤집힐 정도로 난리가 난 건 당연했겠죠. 언니도 짐작하시겠지만요."

"수경이 죽은 걸 보고 민서 반응은 어땠나요?"

둘 다 고개를 저었다.

"전교생이 몇 명인데 그런 난리통에 그걸 어떻게 봤겠어요."

어린 시절에 겪은 끔찍한 사건을 떠올려야 하기 때문인지 두 사람의 안색은 처음과는 좀 달라져 있었다.

불현듯 어쩌면 누구보다도 민서를 만나봐야 하는 건지도 모른다는 생각이 들었다.

연영은 다른 질문을 했다.

"그때 학교는 수업시간이었던 거예요?"

"네, 수업시간이었는데, 사실 말이 수업이지 수능도 끝나고 할 거 없을 때잖아요. 그래도 마음대로 돌아다닐 수 있는 건 아니었어요. 교실마다 영화 틀어놓고 그럴 때였거든요."

연영은 제대로 숨도 쉬지 못한 채 민진희의 말에 빨려 들어갔다.

마음대로 돌아다닐 수 없을 때라면, 교실을 이탈했을 경우 들킬 가능성이 크다. 역시 자살이 아닐 수는 없는 걸까. 수경이는 정말로 옥상에 혼자 있었던 걸까.

민진희가 기억을 더듬는 듯 눈을 가늘게 떴고, 선우현은 옆에서 그 내용의 진실 여부를 감시하려는 것처럼 민진희를 보고 있었다.

"그럼 옥상에서 사람이 뛰어내렸다는 걸 어떻게 알았는지, 그때 상황을 들을 수 있을까요? 무슨 소리가 들렸다거나……."

"그것도 잘……. 아, 쿵 소리가 났겠죠. 조금 뒤에 누군가 발견하고서 소문을 내고 다녔겠죠."

가슴에서 피가 터지는 것 같은 통증이 덮쳐왔다.

"그럼 수업 시간에 일이 일어났다는 거네요? 방금 마음대로 돌아다닐 수 없는 시간이라고 말씀하셨잖아요. 그런데 어떻게 우리 수경이는 옥상에 있었을까요……?"

"그건 저도 모르죠. 뭐, 화장실을 갔거나 잠깐 나가지 않았을까요?"

"아무리 그래도 교실을 잠깐 나간 사이에 자살을 택한다는 게…… 뭔가 좀 부자연스럽다는 생각이 드는데요. 그때 소문이나 경찰들 말로 들으신 건 없나요? 수경이가 얼마나 교실에 없었다든지, 언제 나가서 어딜 들렀다가 옥상으로 간 거였는지, 같이 있던 사람은 없었는지……."

연영은 스스로가 말해놓고 놀라서 소름이 돋았다. 같이 있던 사람이 없었냐니. 자살을 한 사람한테. 자살을 도와준 사람이라도 있었을 거라고 생각하는 거야? 아니면 자살이란 거를 믿지 않기라도 하는 거야?

민진희와 선우현이 동시에 고개를 저었다. 입을 연 것은 이번에도 민진희였다.

"자살이 확실했어요. 그건 의심의 여지가 없다고 했어요. 그때 옥상에 올라갔던 사람도 없었고, 수경이가 떨어지자마자 누군가 발견하고 비명을 지른 건 짧은 찰나였어요. 만약 수경이 외에 누군가 있었다면 도망갈 수 있는 시간이 아니었어요. 그리고 아무리 난리가 났다고 해도 외부인이나 다른 누군가가 있었다면 눈에 안 띄었을 리가 없죠. 저도 너무 놀라서 또렷이 기억이 나네요. 수경이가 언제부터 나가 있었는지 이런 건 솔직히 잘 모르겠어요."

계속해서 기억을 더듬던 민진희가 피로하다는 듯 인상을 썼다. 선우현은 민진희의 말에 천천히 고개를 끄덕일 뿐이었다.

연영은 이제 가장 하기 싫은 질문을 해야 했다.

"……자살 이유는 뭐라고 알려졌었나요?"

"모두 쉬쉬했어요. 잘 모르지만, 친구 문제라고 들었어요."

또다시 하늘이 무너져 내리는 것 같았다.

수경이 일에 대해서는 더 물어봐야 나오는 게 없었다. 결국 연영은 이번에는 자신이 떨어졌던 사건을 물었다. 옥상에서 일어난 두 번째 사고.

역시나 졸업식 후 가족들과 바로 돌아가서 소문으로만 들었다는 대답이 전부였다.

이 이후로 몇 마디 더 이야기를 나누었지만 특별한 수확은 없었다. 지금까지 세문고등학교 교사에게서, 상미에게서, 지은지에게서 들은 이야기와 비슷했다. 결국 이 만남에 지루함을 느낀 상대쪽에서 '저희가 드릴 수 있는 도움은 여기까지인 것 같네요'라는 말이 나올 때야 연영도 남은 미련을 놓았다.

대화가 끝나고 식사만 하게 되자 민진희와 선우현은 일상적인 화제를 던지기도 했다. 사건에 대한 이야기는 이제 그만하고 싶어 하는 듯, 요즘 회사 생활이 어떻다는 둥 자기들이 성형을 좀 했는데 그게 어떻다는 둥, 하는 일상적인 이야기를 해나갔다.

연영은 천진난만해 보이는 그들의 이야기를 들으며, 잃어버린 세월을 실감했다.

만약 그런 일들을 겪지 않았다면, 나도 저런 평범한 수다와 어울리는 사람이 될 수 있었을까.

자리를 파하기로 합의했을 때 민진희가 조심스럽게 말했다.

"아까 부탁하신 대로 다른 동창 연락처를 찾게 되면 알려드릴 수는 있는데, 음, 사실 언니, 전 좀 회의적이에요."

"무슨 말씀이세요?"

"이렇게 알아보러 다니시는 것보다 기억이 돌아오길 기다리시는 게 어쩌세요? 기억 잃기 전에는 다 알고 계시던 일일 텐데 굳이 수고스럽게 이렇게…….”

연영은 애써 웃음 지었다.

“조언 고마워요. 생각해볼게요.”

이것이 연영의 선에서 최대한으로 예의를 지킬 수 있는 대답이었다.

“그럼 학교 때 두 분도 단짝이셨던 건가요?”

나란히 앉아 있는 두 사람을 보고 있으니 둘도 없는 단짝이었던 수경이와 민서의 모습이 떠올라서 물었다.

잠시 침묵이 흘렀다. 갑작스러운 질문에 당황한 모양이었다. 민진희가 먼저 고개를 끄덕였다.

“그렇죠. 몇몇 더 친한 애들이 있었는데, 그냥 적당한 정도였어요. 아시잖아요. 여자들 무리지어 다녀도 그 안에서 절친 따로 있는 거.”

연영은 자신의 학창 시절을 떠올렸다.

“그럼 두 분은 지금까지도 연락하며 지내오신 거예요?”

선우현이 민진희를 바라보았고, 민진희가 미소를 지으며 대답했다. 고개를 끄덕이지도 가로젓지도 않은 채.

“간혹이요. 우리 나이쯤 되면 그렇잖아요.”

한때 가장 친했을 두 소녀가 성인이 되어 나란히 선 모습은 생각보다 이질적으로 느껴졌다.

세 사람이 헤어지는 데는 조금의 지체도 없었다. 세 사람은 정중한 인사를 끝으로 서로에게서 몸을 돌렸다. 아마 다시는 만날 일이 없는 사람들일 터였다.

연영으로서는 불과 두 달 전에 수경이와 함께 학교를 다니던 아이들이 시간을 건너뛰어서 자신 앞에 있는 듯한 기분이었다. 수경이와 한때 같은 공간에 머물렀던 사람들.

동시간을 살던 누군가의 시간은 멈췄고, 누군가의 삶은 계속되고 있다.

연영은 두 사람을 등지고 걸어가면서 하늘을 바라보았다. 수경이를 향해 무릎이라도 꿇고 싶은 심정이었다.

도대체 너에 대한 걸 어딜 가면, 어떻게 하면 알 수 있는 거니.

한 집에 살면서, 부모 대신 부모 노릇을 하면서도 이렇게나 모르는 사이였다는 걸 믿을 수 없었다. 아니, 믿고 싶지 않은 건지도 몰랐다.

기억을 잃지만 않았어도 이렇게 헤매지 않았을 텐데.

이제 희망을 걸어볼 데는 장형주 형사와 민서밖에 없었다.

11

민진희는 선우현의 뒤를 몰래 따라붙었다. 김연영이라는 여자와 헤어진 직후였다.

낌새가 이상했기 때문에 이렇게 할 수밖에 없었다. 선택의 여지가 없었을 뿐, 자신이 못되거나 예민한 사람이라서가 아니라고 자위했다. 선우현이 자신을 왜 그렇게 불편해하는지 이해할 수 없었다.

선우현에게 따로 커피 한잔하자고 제안했지만 거절당했다.

선우현의 동태가 이상했다. 휴대폰을 봤다가, 앞을 봤다가 하면서 길을 걷고, 지하철을 탔다.

그녀는 선우현이 눈치채지 못하도록 조심하며 같은 칸에 올라 몸을 숨겼다.

어딜 가는 걸까? 집으로 가는 걸까? 사는 곳이 어디일까.

너무 오랜만에 만난 게 문제였는지도 모른다. 수경이 언니를 만나기 전에 겨우 한 시간 먼저 만날 게 아니라 따로 날을 잡았어야 했다. 어쩌면 자신도 선우현과 다시 연결될 것을 은연중에 꺼렸기 때문에 그랬던 건지 모른다는 생각도 들었다.

선우현은 내내 똥마려운 강아지처럼 굴었다. 그 때문에 민진희는 김연영의 질문에 거의 혼자 다 대답하느라 진이 빠졌다.

선우현과는 성인이 된 뒤에 정기적인 연락을 하지 않았다. 간간이 연락이 닿긴 해도 의미 없는 안부 인사가 전부였다. 그렇게 세월에 파묻혀 자연스럽게 멀어진 관계였다.

그런데 며칠 전 지은지의 연락을 받았을 때는 선우현을 다시 만나야 한다는 걸 알았다. 싸운 건 아니어도 한 번 관계가 끊긴 사람을 거의 십 년 만에 다시 만나는 건 생각보다 불편한 일이었다. 차라리 생판 모르는 사람이 낫지.

지은지에게 김연영이라는 사람의 상태를 듣고 나서 선우현에게 곧장 전화를 걸었다. 전화번호가 바뀌어서 수소문을 해야 했다. 아무에게도 연락처를 알려주지 않은 모양인데 이럴 때 페이스북은 참으로 유용했다. 본인이 흘린지도 모르는 정보들이 줄줄 새고 있는 공간.

그곳에서도 선우현이 어떻게 살아가고 있는지는 알아낼 수 없었다. 무슨 일을 하는지, 결혼은 했는지, 어디에 사는지.

선우현은 SNS 계정은 있었지만 놀라울 정도로 정보를 남기지 않았다. 보통은 직업이나 사는 지역 정도는 입력해두는데 말이다. 거기에서 전화번호를 건질 수 있었던 건 순전히 본인이 연락처가 오픈된 지 모르고 있었던 덕분일 것이다.

김연영이란 사람을 만나러 가자는 말에 선우현은 순순히 응했다. 그리고 무사히 잘 넘겼다. 오늘부로 김연영과는 다시 만날 일이 없었다. 그러니 이제 그녀가 해야 할 일은 김연영을 신경 쓰는 게 아니라 선우현과 화해하는 일이었다. 해묵은 감정들을, 찌든 것들을 청산해야 했다.

선우현이 지하철에서 내렸다. 갈아타지 않고 곧장 나갈 생각인지 카드를 찍고 개찰구를 지나 출구로 향했다. 이 동네에 사나?

밖으로 나간 선우현은 계속 걸었다. 민진희도 멈추지 않았다. 선우현은 돌아볼 생각 같은 건 없는 듯했다.

어느 주택가에 다다랐을 때 그녀가 옆길로 샜다. 가까운 곳에 있는 아파트 단지 내 놀이터였다. 선우현은 아무도 없는 놀이터 벤치에 몸을 앉혔다. 누굴 만나기로 했는지도 모른다.

나무 뒤에 몸을 숨겼는데 나무줄기가 턱없이 가늘었다. 하는 수 없이 놀이터 끝 쪽에 있는 환풍기 뒤로 몸을 숨기고 얼굴만 내밀었다.

선우현의 옆얼굴이 보였는데 그녀는 이쪽을 전혀 신경 쓰지 않았다. 이 어둡고 고요한 놀이터에 자기 혼자 있다고 믿고 있는 게 분명했다. 아니면 주위를 신경 쓰지도 못할 만큼 무언가에 정신이 나가 있거나.

선우현의 손에 뭔가 있었다. 고개를 숙이고 그걸 뚫어져라 쳐다보았다. 그게 뭔가 하고 고개를 빼고 쳐다보는 동안 선우현에게 발각될지도 모른다는 생각조차 하지 못했다.

그녀가 손에 들고 있는 것은 다름 아닌 휴대폰이었다. 마치 누군가의 연락을 애타게 기다리는 십대 소녀 같은 모습이었다.

아니면 연락을 할까 말까 망설이고 있거나.

갈 데가 있다고 하더니 겨우 동네로 와서 휴대폰이나 만지작거리는 거라니. 이것으로 선우현이 자신을 고의적으로 피했다는 짐작이 사실로 드러났다.

그녀는 기다렸다. 선우현이 다음 행동을 하기를. 다시 가까워지는 게 껄끄러운 건 이쪽도 마찬가지였다. 일단은 지켜보기로 했다.

선우현이 휴대폰을 들었다. 휴대폰을 귀에다 가져다대고 가만히 있는 걸 보니 누군가에게 전화를 걸고 있는 것 같았다.

갑자기 누구에게?

애인하고 싸웠는데 나랑 있느라 연락을 못 해서 초조해하고 있었나? 냉전을 깨고 먼저 용기를 내서 연락을 하는 뭐 그런 상황인 건가?

선우현이 뭐라고 말을 하기 시작했다. 거리가 멀어서 내용은 들리지 않았다. 드문드문 가로등 불빛이 있다고 해도 주위는 어두웠고 입 모양만으로는 알 수 없었다. 선선하게 부는 밤바람도 선우현의 목소리를 가렸다.

그러나 멀리여도 알 수 있는 게 있었다.

선우현은 그 전화에 무서울 정도로 집중하고 있었다.

민진희는 더 자세히 보기 위해 눈을 가늘게 했다.

선우현의 얼굴에서 두려움이 보이는 것 같았다.

***

연영이 버스에서 내렸을 때는 어느새 시간이 밤 아홉 시를 넘어가고 있었다.

원래도 한적한데 시간이 늦으니 주택가는 평소보다 더 음산했다. 몇 개 없는 가로등 주변이 아니고서는 사위가 온통 어두워서 한시라도 빨리 집에 들어가고 싶었다.

제 집이 아니라 편하지 않았지만 그래도 이럴 때는 간절하기만 했다. 아침 일찍부터 돌아다닌데다 정신을 빼앗길 상황들만 맞닥뜨려 온몸이 녹초였다.

민진희, 선우현과 헤어지고 나서야 그 자리가 얼마나 불편했는지 깨달았다. 무슨 음식을 먹었는지도 기억이 안 났다. 게다가 그들이 들려준 놀라운 이야기들.

수경이와 민서는 식당에서 밥을 따로, 그것도 혼자 먹으면서도 화해를 하지 않았다.

민서가 수경이를 끝끝내 밀어냈다.

수경이는 다가갔다.

둘은 서로가 아니고서는 밥을 같이 먹을 친구조차 없었다.

이해되지 않는 바는 아니었다. 2학년도 아니고 수능을 앞둔 고3인 아이들이다. 이미 돈독한 무리가 형성된 다른 아이들에게 끼는 것은 쉽지 않았을 것이다.

그럼 둘은 대체 어떤 학교 생활을 했던 걸까.

어떻게든 민서와 당시 담임선생님을 만나야 했다.

가로등 아래 멈춰 섰다. 휴대폰을 꺼내 메일 어플을 켰다. 길을 가면서 메일 확인을 할 수 있다니 감탄하면서.

민서에게 온 답장은 없었다. 보낸 메일함에 들어가 수신 확인을 해보니 메일을 보냈던 그날 읽었다. 그런데 왜 아직까지 답장이 없는 걸까. 많이 바쁜가. 민서에게는 이 일이 인생에서 그리 중요한 일이 아닐지도 모른다는 생각이 처음으로 들었다.

다시 걸음을 옮기기 시작했을 때였다. 어딘가에서 인기척이 들려왔다.

발소리였다. 돌아보았다.

검은색 잠바에 검은색 모자를 쓴 남자가 바지 주머니에 손을 찔러 넣고 이쪽으로 걸어오고 있었다. 연영이 있는 오르막길을 오르면서도 남자는 고개를 숙이고 있었다.

연영은 순간 소름이 돋아 그 자리에 얼어붙었다. 눈을 의심했다. 남자의 얼굴이 보이지 않았지만 누구인지 알 것 같았다. 본 적이 있는 남자였다.

바로 어제.

휴대폰을 개통하고 파출소로 가는 길에 횡단보도를 건너왔던 남자. 방향도, 시선도 모두 연영을 향하고 있었는데 결국 연영을 스쳐 지나가 친구로 보이는 사람에게 달려간 남자. 저 사람이 왜 여기에? 거기와 여기는 완전히 다른 동네인데.

남자가 고개를 들었다. 눈이 마주친 순간 연영은 짐작한 그 남자가 맞다고 확신했다.

남자가 마음먹고 뛴다면 십중팔구 붙잡힐 것이다.

연영은 의식도 하지 못한 상태에서 자신도 모르게 비명을 지르려고 입을 벌렸다. 그 순간, 남자가 놀라운 행동을 했다.

연영을 향해 한 손바닥을 들어 올린 것이다. 연영의 비명을 제지시키는 제스처였다. 터지려던 비명이 벌어진 입안에서 맴돌았다. 연영은 굳은 채로 남자에게 시선을 고정시켰다.

주위가 어둡고 모자의 그림자에 가려져 있었지만 남자의 눈이 무엇을 말하는지 알 것 같았다. 그냥 가겠다는 뜻이었다.

그 뜻을 좀더 정확히 전하듯, 남자가 다른 쪽 손 검지를 입술 앞에 가져다댔다.

쉿…….

아니나 다를까, 남자가 몸을 돌려 왔던 길을 되돌아가기 시작했다. 느리지도 빠르지도 않은 걸음으로 유유히 멀어져 갔다.

무슨 일인지 판단이 서지 않아 어지러웠다.

분명히 남자는 연영을 따라왔다. 그런데 무슨 이유인지 연영의 비명을 막고 돌아서 가버렸다. 위협하지 않겠다는 의도라고는 여겨지지 않았다. 이미 이런 상황 자체가 위협이니까. 남자가 의도하는 건 뭘까. 쭉 찢어진 남자의 눈동자는 빛없이 음침했다. 안전한 사람은 아니다.

혹시 수경이와 무슨 관련이 있는 걸까? 관련이 있다면 어떤 관련……?

연영은 남자가 완전히 사라진 것을 본 후에야 몸을 돌렸다.

그러고는 집을 향해 미친 듯이 달리기 시작했다.

숨을 헐떡이며 들어오자마자 연영은 현관문을 체인까지 걸어 잠그고 싶었지만 참았다. 상미가 와 있는지부터 확인하는 게 먼저였기 때문이다.

신발장에 상미의 신발이 있었다. 상미는 안방이 아닌 욕실에 있었다. 다시 문 앞으로 가 체인까지 걸어 잠그고 나서야 신발을 벗고 안으로 들어섰다.

연영은 방으로 들어가자마자 침대 위로 쓰러졌다. 샤워기에서 물 쏟아지는 소리가 방 안까지 선명하게 들려왔다. 그것이 마치 자장가처럼 느껴질 정도로 몸도 마음도 지쳐 있었다.

그 남자는 누구지?

왜 내 주변을 맴도는 거야?

몸이 녹아내리는 것 같았다. 아직 온전하지 않은 상태라 이 정도를 견디기에는 무리였던 모양이었다.

씻지도 않은 채 잠에 빠지려는 연영을 깨운 것은 진동 소리였다. 바닥에 놓인 가방 안에서 휴대폰이 울리고 있었다. 물에 젖은 솜 같은 몸을 일으키자 않는 소리가 흘러나왔다.

휴대폰을 꺼내 전화를 건 상대를 확인하고 연영은 잠시 멍한 상태가 되었다.

선우현이었다.

······이 시간에 왜?

시간을 보니 열 시가 가까운 시간이었다. 그것은 연영이 단 2분도 잠들지 않았다는 것을 의미하기도 했다. 샤워기 소리도 여전히 들려오고 있었다.

연영은 긴장된 마음으로 전화를 받았다. 조심스러운 목소리가 들려왔다.

—선우현이에요. 드릴 말씀이 있어서 전화했어요.

"네, 말씀하세요."

수경이 혹은 민서 이야기일 것이라는 생각에 가슴이 떨렸다.

—언니, 정말 아무것도 모르시는 거죠?

지나치다 싶을 만큼 조심스러운 말투였다. 연영도 목소리를 낮췄다. 안 그래도 힘없는 목소리라 거의 속삭이는 것처럼 들렸다.

"무슨 말씀이세요?"

—민서 어머니랑 같이 지내고 계시다고 들었어요. 은지가 그러더라고요.

"네, 맞아요."

―정말 민서 어머니랑 같이 지내고 계신 거예요?

"네."

질문의 의도를 이해할 수 없어 연영은 인상을 썼다. 연영은 조급한데 선우현은 여유를 부리는 건지 망설이는 건지 태도가 이상했다.

―같이 계신 분이 정말로 민서 어머니가 맞아요?

이상한 질문이었다.

"……왜 그런 질문을 하시는 거죠? 민서 어머니 맞아요. 저도 수경이랑 민서가 친해지면서 어머니를 알고 지냈고요."

―민서 어머니가 확실하다고요……?

"네, 왜 그러시는데요?"

슬슬 짜증이 나기 시작했다.

―있을 수 없는 일이라서요.

"그게 무슨……."

―전…… 다른 분을 언니가 민서 어머니로 잘못 알고 있는 거라고 생각했어요. 그런데 그게 아니라면…… 그게 어떻게…….

"저기, 선우현 씨. 연락 주신 건 너무 감사한데, 무슨 이야기인지 설명해주셨으면 좋겠어요. 민서 어머니 얘기가 왜 나오는지도 모르겠고요."

못 견딜 정도로 지쳐 있기 때문일까, 연영의 목소리가 날카롭게 나갔고 선우현은 입을 다물었다. 침묵이 흘렀다. 선우현이 이렇게 전화를 건 데는 분명 이유가 있을 것이다. 예사롭지 않은 무언가. 그런데 상미 얘기부터 듣게 될 줄은 몰랐다.

―언니한테 정말 중요하게 드릴 말씀이 있어서 전화드렸어요.

"네, 그건 좀 전에 말씀하셨어요."

짜증을 내서는 안 된다. 어떤 중요한 정보를 주려고 전화했는지 모른다.

연영은 규칙적으로 숨을 골랐다.

"선우현 씨, 말씀해주세요. 기다리는 게 너무 힘들……."

—김민서는 죽었어요.

"네?"

반사적으로 되묻는 말이 튀어나갔다.

—김민서라는 사람은 죽었다고요. 죽고 없다고요.

"무슨 말씀이세요?"

—제가 알기로, 김민서는 11년 전에 죽었고, 그 김민서를 죽인 사람은…….

"선우현 씨! 그게 무슨……."

—언니예요.

"무슨……."

—언니가 김민서를 밀었어요. 언니는 11년 전 그날 학교 옥상에서 떨어진 게 언니 자신인 줄 알고 계시더라고요. 처음에 그 얘기를 듣고 너무 놀랐어요. 아무리 후유증으로 기억을 잃었다고 해도 어떻게 그렇게 모든 걸 잊어버릴 수가 있는지. 심지어 어떻게 완전히 반대로 알고 있을 수가 있는지……. 어떻게 하다 그렇게 알고 있게 되신 거예요?

잠깐 충격에 멍해졌던 연영은 픽, 웃었다.

"그럴 리가요. 민서는 지금 박사 과정 공부하러 미국에 가 있어요."

선우현의 숨소리가 떨렸다. 통화로 이렇게 들릴 정도라면 실제로는 훨씬 심할 것이다.

선우현이 물었다.

―누가 그래요?

순간 벼락을 맞은 것처럼 숨이 막혀 아무 말도 할 수 없었다.

"……민서랑 메일도 주고받았어요."

―어떻게 된 건지는 모르겠지만 그건 백 퍼센트 불가능한 일이에요. 죽은 사람이 어떻게 메일을 보내요?

뭔가가 입을 막아버린 것 같았다. 말이 나오지 않았다.

―자기가 죽인 사람이 죽었는지도 모르고 찾아다니시는 거, 알면서도 그냥 있기가 힘들어서, 이건 아닌 것 같아서 말씀드리려고 전화했어요.

"저기, 저기요, 선우현 씨. 만약 그게 사실이라면 왜 아까 만났을 때가 아니라 지금 알려주시는 거죠? 전 그래서 믿을 수가……."

―누가 총대를 메고 싶겠어요. 진희도 그렇고, 전에는 은지도 만나셨지만 아무도 말해주지 않은 거잖아요. 다들 이런 일에 나서고 싶지 않은 거겠죠. 하지만 전…… 전 뭔가 그럴 수 없다는 생각이 들었어요. 그런데 이 일에 끼고 싶지 않아 하는 진희 옆에서 언니에게 말씀드릴 수가 없었어요. 그래서 고민하다가 전화 드리게 된 거예요. 게다가 민서 어머니랑 같이 지내고 계시다고 하니까…….

머리가 쿵쿵 울렸다.

"거짓말하지 말아요!"

믿을 수 없었다. 연영은 너무 흥분한 나머지 비틀거리며 일어섰다. 그러나 여기서 더 무슨 말을 할 수 있을지는 알지 못했다.

―11년 전 졸업식 날 언니가 옥상에서 민서를 밀어서 죽였고, 언닌 체포됐어요. 제가 아는 건 그래요. 그리고, 그리고…… 자세한 건

모르지만…… 그런데 언니는 11년 동안 식물인간 같은 거였다고 알고 계시더라고요. 아무래도 너무 이상해서요. 알려드리고 싶었어요.

숨이 턱 막혀왔다. 속삭이듯 낮게 가라앉은 선우현의 목소리는 여전히 떨렸고, 공포에 질려 있었다.

—의식을 잃고 병원에 있던 건 아니었을 거예요. 절대.

머릿속이 여러 방향으로 빙글빙글 돌았다. 두개골 안에서 뇌가 마구 휘도는 것 같았다. 연영은 정신을 부여잡으려고 애썼다.

"그럼 전 어디에 있었는데요? 직장 생활이라도 하고, 평범하게라도 살았을 거란 말씀이신 거예요? 만약 그랬으면 어딘가 제 흔적이 있어야 하는데 은행에 가봐도……."

—교도소에 있었겠죠.

뒤통수를 한 대 맞은 것처럼 피가 거꾸로 솟구쳤다.

—제가 알기로 언니는 10년 정도 선고 받고 수감됐어요.

의식을 잃었다는 것도, 민서가 유학을 갔다는 것도, 모두 상미에게서 들은 말이었다.

그럼 병원은? 의사 선생님도…….

보호자가 환자의 안정을 위해서 그렇게 해달라고 했을 수도 있다. 무엇보다 환자의 쾌차가 우선인 병원에서는 납득했을 가능성이 충분히 있다.

휴대폰을 쥔 손이 떨리기 시작했다. 아니, 이미 온몸이 떨렸다. 호흡을 어떻게 하는지도 잊어버린 것처럼 숨이 가빴다.

—자기 딸을 죽인 사람을 데리고 같이 살고 있다는 게 상식적으로 말이 돼요? 아뇨, 그건 있을 수 없는 일이에요.

선우현은 정말로 무서워하고 있었다. 이 자리에 있는 연영보다 더 힘들어 하는 듯했다. 감정적인 사람이었다. 그러나 연영은 평소에 감정적인 사람이 아니다. 이것이 친동생이지만 수경과 완전히 다른 점이기도 했다. 하지만 지금은 이성 같은 건 느껴지지도 않았다.

침대 옆에 스탠드 하나 달랑 켜놓은 방 안은 어두웠다. 거실도 마찬가지일 것이다. 어둠을 이용해서 도망갈 수 있을까?

일단 여길 벗어나야 한다. 아니, 아직 상미는 그녀가 진실을 알고 있다는 걸 모른다.

어떻게 해야 할지 알 수 없었다.

이상했다. 이게 사실이라면, 딸을 죽인 사람을 집에 들이고 도와준 것이 된다.

휴대폰을 든 손이 덜덜 떨려서 다른 쪽 손으로 붙잡은 순간이었다.

그 순간 연영은 뭔가를 알아차렸다.

방 안에는 아무 소리도 없었다. 그러니까, 자장가처럼 방 안에 울려 퍼져 있던 샤워기 물소리가 들리지 않았다. 방금 꺼진 게 아니다. 물소리가 없어진 지는 오래되었다.

언제부터 들리지 않았지?

소름이 돋았다. 어떻게 해야 할지 판단이 서지 않았다.

상미가 어디에 있는지도 알 수 없었다. 아무 소리도 들리지 않았다.

물소리가 사라진 걸 알아차리지 못하다니. 충격에 휩싸인 채 전화에 너무 집중하고 있던 탓이었다.

―언니? 끊어졌어요?

수화기 너머로 선우현이 부르는 소리가 들렸다.

연영은 그대로 전화를 끊어버렸다. 다시 전화가 걸려 와도 들키지 않도록 휴대폰을 무음으로 처리했다.

방 안은 너무 고요했다. 방문 너머 집 안 전체도 이렇게 고요할 것이다.

방문을 열면 거기 있을 상미가 두려웠다.

〔언니, 괜찮은 거예요?〕

화면이 켜지며 선우현에게서 온 문자 메시지가 떴지만 움직일 수 없었다.

심장이 터질 것처럼 뛰었다. 아직 선우현의 말을 믿는 건 아니었지만 믿지 않을 수도 없었다. 그 무엇도 기억나지 않았고, 아니라는 증거도 없었다. 하지만 무시할 수도 없었다. 스스로 기억하지 못하는 이상 누가 무슨 말을 하든 휘둘릴 수밖에 없을 것이다.

그러나 지금은 진실보다 문 앞에 상미가 있는지, 거기서 통화를 엿들었는지, 그게 중요했다.

똑똑.

노크 소리가 들렸을 때 연영은 소리를 지를 것 같아 입을 틀어막았다. 하마터면 정말로 비명을 지를 뻔했다.

고요함만이 감돌았다. 연영은 틀어막은 손바닥 틈으로 간신히 숨만 쉬고 있었다.

문 너머 상미도 말이 없었다.

똑똑.

또다시 노크 소리가 들려왔을 때 연영은 숨조차 쉬지 못했다.

"연영이 왔구나? 자니? 들어갈게."

자고 있을지도 모른다고 생각한 건지, 상미가 문 앞에서 속삭이는 소리로 말했다.

선택을 해야 했다.

모른 척하거나, 아는 걸 드러내거나.

문이 열렸을 때 연영은 침대에 바로 누워 눈을 감고 있었다.

"연영아."

이상했다. 상미는 지금까지 단 한 번도 자고 있는 연영을 깨우거나 자신의 볼일을 먼저 해결하려고 한 적이 없었다. 그런데 지금 상미는 좀 달랐다.

깊게 잠이 든 척을 하기에는 상미의 태도가 너무도 확고했다. 연영은 잠에서 깬 시늉을 했다.

"어, 오셨어요……. 잠들었었나 봐요."

"그러게. 옷도 안 갈아입고 그냥 잔 거야?"

상미 뒤로 환하게 불이 켜진 거실이 보였지만 여전히 스탠드만 켜진 연영의 방은 어두워서 불을 켜고 싶은 충동이 들었다.

"깨워서 미안하구나. 물어볼 게 있어서."

연영은 잠이 덜 깬 척 눈가를 비비며 나른하게 말했다.

"네, 말씀하세요."

연영은 피곤해서 정신없는 것처럼 천천히 일어나 앉았다. 티 내지 않으려 온힘을 다하고 있었지만 가슴은 터질 것처럼 쿵쾅대고 있었다.

내가 민서를…….

내가 민서를……!

상미가 똑바로 서서 연영을 향해 말했다.

"지은지 만났을 때, 걔가 너한테 동창들 연락처 알아내서 연락준다고 했잖아. 아직도 연락 없는 거니?"

"……왜요?"

"궁금해서. 나도 빨리 수경이 일의 진실을 알고 싶거든. 연락 아직이야? 한참 된 것 같은데."

"네…… 아직이에요."

연영의 대답에 상미는 말이 없었다.

연영은 스탠드 불빛 때문에 반쪽만 드러난 상미의 표정을 보고 두려움을 느꼈다.

"정말이야?"

상미의 말투가 늘어졌다. 정말로 몰라서인지, 뭔가를 시험하려는 건지 뉘앙스가 모호했다.

연영은 어쩌면 자신이 이상하게 해석하고 있는 건지도 모른다는 생각도 들었다.

"……네. 곧 연락이 오겠죠."

"아무 연락 없었어?"

"……네."

이미 거짓말을 한 이상 상미의 태도에 따라서 말을 바꿀 수는 없었다. 그게 더 이상해 보일 테니까.

"정말이니?"

상미가 또 물었다. 얼굴에는 아무 표정이 없었다. 평소에도 상냥하다고는 할 수 없는 표정이긴 했지만 오늘따라 더 무감정하게 보였다.

"네, 정말이죠. 제가 거짓말할까 봐서요?"

"아니, 네가 거짓말을 왜 하겠니."

"그러니까요."

"앞으로 무슨 일 있으면 지금까지 그랬던 것처럼 나한테 의논해

쳤으면 좋겠다."

"그럴게요."

"은지한테 연락 와서 새로운 동창들하고 약속 잡히면 말해줘."

"네."

고개를 끄덕인 상미가 상체를 일으키고 문을 향해 돌아섰다.

연영은 준비가 되어 있었다. 여차하면 행동을 할 준비가.

'안녕히 주무세요' 인사를 하려는 것처럼 두 다리로 바닥을 딛고 일어섰다. 혹시 모를 상황에 다리에 힘이 들어갔는데, 무방비하게 뒤돌아선 상미를 보니 긴장이 탁 풀렸다.

일단 오늘은 모른 척하고 넘어가고, 내일 상미가 출근했을 때 도 망쳐야겠다고 생각했다. 그게 훨씬 안전할 것이다.

그런데 상미는 문을 조금 열기만 하고 움직이지 않았다. 연영은 자신도 모르게 다시 두 다리에 힘을 주었다. 그 순간 자신이 선우현 의 말을 믿고 있다는 걸 깨달았다.

그제야 방에 들어올 때부터 상미가 줄곧 손에 든 뭔가를 등 뒤로 숨기고 있었다는 것을 알아차렸다. 그리고 그것이 상미가 뒤돌아서 자 등 뒤로 가감없이 연영의 눈앞에 드러나 있다는 것도.

파이프 렌치였다.

연영은 머리칼이 곤두서는 느낌이었다. 상미는 그것을 숨길 생각 이 없는 듯했다. 어쩌면 일부러 보여준 것인지도 모른다는 생각이 스쳤다.

소름이 돋았다.

상미는 연영이 무방비 상태라는 것을 알고 있었다.

상미가 여전히 등을 진 채 입을 열었다.

"연영아."

연영의 눈은 상미의 손에 들린 파이프 렌치에 가 있었다. 상미도 그걸 알고 있을 것이다.

"네."

"왜 나한테 거짓말을 하니?"

"무슨……."

상미가 몸을 돌려 연영과 마주섰다. 연영은 파이프 렌치에서 눈을 떼고 상미를 보았다. 태연한 표정을 지으려 했지만 마음처럼 안 되었다. 지금까지 상미에게서 한 번도 본 적 없던 표정이었다. 아무 감정도 못 느끼는 사람처럼, 서늘했다.

"방금 나한테 거짓말했잖아."

연영은 영문을 모르는 표정으로 고개를 기울였다. 대체 뭐가 어떻게 된 일인지는 모르지만 한 가지만은 확실했다.

상미가 자신의 편이 아니라는 것.

이거 하나만으로도 지금 연영이 취해야 할 행동은 정해져 있는 것이나 다름없었다.

연영은 당황한 표정을 지었다가, 메시지를 담은 눈으로 상미 뒤쪽을 쳐다보았다. 누군가에게 신호를 보내는 듯한 눈빛으로.

그러는 동시에 자신의 눈빛이 자연스러웠기를, 상미가 이 눈빛을 보지 못하고 무기부터 휘두르는 일은 없기를 기도했다.

그때였다. 뒤쪽에 뭔가가 있다고 오해한 상미가 그리로 고개를 돌렸다.

그 순간 연영은 온힘을 모아 손에 든 휴대폰으로 상미의 목덜미를 후려쳤다. 있는 힘껏, 젖먹던 힘까지 쥐어짠 무지막지한 힘으로.

살기 위해서.

갑작스러운 일격에 상미가 억, 소리를 내며 비틀거렸다. 손에는 여전히 파이프 렌치를 꼭 쥔 채였다. 정신을 차린 상미가 오른손을 들어올렸다.

단단한 파이프 렌치가 연영의 머리 위로 들려진 순간, 연영의 눈에는 그것들이 모두 슬로 모션처럼 보였다.

상미가 연영을 향해 파이프 렌치를 휘두르기 직전, 연영의 판단이 좀더 빨랐다.

덜덜 떨리는 손에 들린 휴대폰이 이번엔 상미의 왼쪽 눈을 때렸고 상미는 외마디 비명을 지르며 두 손으로 눈을 감쌌다.

상미의 몸이 휘청거리며 뒤로 물러나는 바람에 떠밀린 방 문이 쾅, 소리를 내며 닫혔다.

두 사람이 방 안에 갇혔다.

상미의 손에는 더 이상 파이프 렌치가 들려 있지 않았다. 연영은 얼른 몸을 숙여 바닥에 떨어진 파이프 렌치를 집어 들었다.

다음 순간 멀쩡한 다른 쪽 눈으로 상황을 파악하고 다시 달려들려는 상미의 머리를 향해 휘둘렀다. 죽일 생각 같은 건 없었다. 살아야겠다고 생각했을 뿐이었다.

이번에 상미는 비명도 지르지 못했다.

몸이 휙 꺾이며 그대로 바닥으로 쓰러졌고, 이후 미동도 하지 않았다. 본능적으로 급소를 가격했는지 기절한 듯했다.

연영은 상미의 몸이 이쪽으로 쓰러지자 되레 비명을 지르며 뒤로 물러섰다.

"아줌마."

떨리는 목소리로 불러보았지만 상미는 눈을 뜨지 않았다. 흔들어도 반응이 없었다.

상미의 머리에서 피가 흘러나오고 있었다.

다리에 힘이 풀려 연영은 바닥으로 고꾸라졌다.

무슨 일이 벌어진 건가. 믿을 수 없었다.

덜덜 떨며 다가가 상미의 코에 얼굴을 대보았다. 갑자기 상미가 벌떡 일어나 연영의 머리채를 휘어잡고 바닥에 떨어진 파이프 렌치를 집어 들어 공격하는 장면이 상상되었지만, 그래도 어쩔 수 없었다. 죽은 건 아닌지 확인을 하는 것이 먼저였다.

상상했던 일은 일어나지 않았다. 상미의 코에서 희미한 숨결이 느껴졌다. 뜨거웠다. 상미는 의식을 잃은 것뿐이었다.

계속될까 봐 걱정했던 피도 더 이상 흐르지 않는 것 같았다. 관자놀이 부근을 지나 조금 더 흘러내리는 정도일 뿐이었다.

지금은 살아있지만 곧 이대로 죽어버리는 건 아닐까 덜컥 겁이 나기도 했다. 그렇다고 병원에 데려갈 수도 없는 노릇이었다.

정신을 차려야 한다.

정신을 차려야 해.

김연영…… 정신 차려…….

거울 속에서 보았던 30대 중반의 낯선 여자 얼굴을 떠올렸다. 자신이 아닌 그 여자에게 말을 하듯이 연영은 부지런히 입을 움직였다.

"정신 차려. 정신 차리라고……. 생각을 해……."

주체할 수 없이 떨리는 손으로 제 뺨을 때렸다. 눈에서 눈물이 뚝뚝 떨어졌지만 닦아야 한다는 생각도 하지 못했다.

"일어나, 일어나, 김연영……."

상미를 그대로 둔 채 허둥지둥 움직이기 시작했다.

일반적으로 가정집에 공구를 모아둔 곳이 어딜까 고민했다. 다용도실, 창고, 신발장……. 가장 먼저 가까운 신발장으로 향했고 서랍을 모두 열어보았지만 마땅한 것을 찾지 못했다. 그 다음 다용도실, 창고. 모두 뒤져봤지만 보이지 않았다. 생각해보면 사람을 단단하게 묶을 만한 밧줄 같은 게 집에 있을 리 없었다.

문득 이렇게 정신 팔고 있는 사이에 상미가 깨는 건 아닌가 하는 두려움이 엄습했다.

연영은 다시 제 방으로 달려갔다. 상미는 여전히 그대로 있었다. 숨을 쉬고 있는 게 육안으로도 확인되었다. 그래도 안심해서는 안 된다. 저 상태라면 얼마 안 있어 정신을 차릴지도 모른다.

덜덜 떨리는 다리에 간신히 힘을 주고 머리를 굴렸다. 팔에 묻은 피가 보였다. 잘못하다가 집 안에 온통 피를 묻히고 다니게 될지도 모른다.

피부터 씻어내기 위해 욕실에 들어간 연영은 놀라서 하마터면 주저앉을 뻔했다.

욕실에 그것이 있었다. 밧줄.

그 옆에 있는 것은, 한 번에 알아보지는 못했지만 유심히 살펴보니 알 수 있었다.

전기충격기였다.

등 뒤에 파이프 렌치를 들고 있던 상미가 떠올랐다.

상미는 모든 것을 준비해놓고 연영을 기다리고 있었던 것이다.

몸살에 걸렸을 때 한기에 휩싸이는 것처럼 온몸이 바들바들 떨렸다. 정신을 차리고 거울을 본 연영은 충격에 휘청거렸다.

낯선 모습이었다. '그 여자'가 얼굴에 두 방울의 피를 묻힌 채 떨고 있었다. 무서운 범죄자가 되어 있었다.

선우현의 말이 사실이라면, 민서를 죽인 손으로 상미까지 죽일 뻔했다.

물을 틀어 얼굴과 팔에 묻은 피를 미친 듯이 닦아내기 시작했다. 피가 더 이상 보이지 않게 되자 흥분이 조금이나마 가라앉았다.

밧줄을 들고 화장실을 나왔을 때도 상미는 미동 없이 누워 있었다. 어떻게 해야 될까 생각했다. 잠시 후 연영은 밧줄로 상미의 팔다리를 꽁꽁 묶기 시작했다.

울고 있었다. 눈물이 자꾸 시야를 가려 안 그래도 서툰 동작에 더욱 브레이크가 걸렸다. 덜덜 떨리는 손에 힘이 들어가지 않아 자꾸 엇나갔다. 사람의 몸이 이렇게까지 떨 수 있다는 것도 처음 알았다. 수경이가 죽었을 때는 어땠을까. 이 지경까지 와서도 아무것도 기억해내지 못하는 자신이 끔찍하게 싫었다.

눈물인지 콧물인지 모를 것들이 섞여서 얼굴을 뒤덮을 정도가 됐을 때야 연영은 모든 일을 마쳤다.

두 다리와 팔을 몸통과 연결해 밧줄로 꽁꽁 묶은 상미의 몸을 힘주어 밀기 시작했다. 축 늘어진 사람의 몸을 민다는 건 생각보다 어려운 일이었다.

상미가 깨어나진 않을까 겁이 나기도 했지만 그런 일은 일어나지 않았다.

하지만 상미가 깨어나지 않으면 깨어나지 않는 대로 또 두려웠다. 자칫하다가 살인자가 된다. 아니, 민서를 죽였으니 이미 살인자다.

어쩌다가 이렇게 됐을까.

어디서부터 잘못된 걸까.

안방 한가운데까지 밀어놓고 나서야 연영은 상미의 몸에서 손을 떼었다.

방으로 돌아온 연영은 침대 앞에 무릎을 세우고 앉아 얼굴을 파묻었다.

쉴 새 없이 눈물이 흘렀다. 몸의 떨림은 조금도 줄어들 생각이 없는 듯했다. 말로 형용할 수 없는 온갖 감정이 휘몰아쳤다.

……나 자신을 지키겠다는 일념 하나로 사람을 쳤다. 그리고 그 사람이 모든 진실을 알고 있다. 그 사람은 그 진실 때문에 나를 해치려고 했다. 밧줄과 파이프 렌치, 전기충격기를 준비해둔 아줌마가 어디까지 계획하고 있었는지는 모른다.

여기 있다간 미쳐버릴 것 같았다. 도망치고 싶었지만 그럴 수도 없었다. 여기서 상미가 깨어나기를 기다려야 했다.

그때 불현듯 든 생각에 연영은 다시 상미의 방으로 향했다. 불을 켜자 암흑이었던 방이 환해졌다.

이래서 불을 켜고 싶지 않았다.

상미의 머리에서 흐른 피가 여기저기 쓸리고 뭉개져 얼굴 전체에 번져 있었다. 그렇게 번진 피는 그대로 굳어버렸다. 끔찍한 몰골이었다. 닦아내기 전까지는 절대로 달라지지 않을 것이었다.

깜짝 놀라 연영은 자신도 모르게 뒷걸음질을 멈췄다. 사람을 밧줄로 저렇게 묶은 게 자신이라는 걸 믿을 수 없었다.

상미가 들고 다니는 핸드백은 화장대 위에 가지런히 놓여 있었다. 가방을 열어 안쪽을 뒤졌다. 뭔가 무서운 걸 꾸미고 있던 사람치곤 평범한 물건들뿐이었다.

휴대폰과 지갑을 먼저 꺼내놓고 살펴보기 시작했다. 잠금 설정 화면이 뜨면서 전원 버튼에 지문을 인식하라는 문구가 보였다. 지문인식? 생전 처음 들어보는 말이었다. 지문을 갖다 대라는 말 같았다.

연영은 고개를 돌려 상미를 쳐다보았다. 여전히 미동이 없었다. 꺼림칙한 마음을 누르며 상미에게 다가가 몸을 숙였다. 상미의 엄지손가락을 찾아 뻗게 만든 후 전원버튼에 가져다 댔다.

다섯 번 만에야 지문이 인식됐다. 휴대폰의 잠금이 풀렸다.

자연 풍경 사진이 화면을 가득 메웠다. 가장 의심스러웠던 것부터 점검해보기로 하고 구글 메일 어플을 찾았다. 민서에게서 온 메일의 주소가 구글 계정이었으니까. 자동 로그인이 되어 있어 접근이 쉬웠다.

보낸 메일함.

가장 의심스러웠던 것을 사실로 확인하자 맥이 탁 풀렸다.

로그인 되어 있는 구글 메일함에 저장되어 있는 것은 민서가 연영에게 보냈다며 상미가 건네주었던 메일 내용이었다. 여기에서 다른 포털 사이트 이메일 주소로 메일을 보낸 것이었는데, 아마 그것은 상미의 또 다른 메일 주소일 것이다.

구글 계정 역시 상미가 일부러 만든 것으로 짐작해볼 수 있었다.

메일은 상미가 쓴 것이다. 연영이 보낸 메일을 읽은 사람도 상미다.

애초에 민서는 없었다.

옆에 상미가 피투성이로 누워 있다는 것도 잊은 채 연영은 빨려 들어가듯 휴대폰을 뒤졌다. 특별한 건 보이지 않았다.

이번에는 지갑을 뒤지기 시작했다. 오만원권과 만원짜리 몇 장에 천원짜리 지폐도 섞여 있는 것까지 확인하고 다른 곳을 살폈다.

신용카드, 체크카드, 헬스클럽 멤버십 카드, 뷰티에스테틱 카드를 바닥에 하나씩 떨어뜨렸다. 마지막으로 신분증이 나왔다.

신분증에는 연영이 알고 있던 것보다 더 젊은 상미가 미소를 짓고 있었다. 이제는 그 미소도 섬뜩하게 보였다. 신분증을 꺼내보려는데 뒤에 뭔가가 더 있었다.

인화된 사진이었다.

눈에 익은 교복을 입고 민서가 활짝 웃고 있었다. 바로 어제까지도 수경이가 입었던 것 같은데 이미 10년이나 지난 교복이었다.

민서의 시간도 여기서 멈춰 있었던 것이다. 수경이와 함께.

외국에서 멋진 생활을 하며 바쁜 와중에 메일을 보낸 건 줄 알았던, 성인이 되어서 상상도 하지 못한 모습으로 멋지게 살아가고 있을 줄 알았던 민서는 애초에 연영이 기억하는 때 이후로는 존재하지도 않았던 것이다.

수경이도, 민서도, 둘 다 죽고 없다. 인생의 또 한쪽이 텅 비어버린 것 같은 기분이 들면서 한기가 덮쳐왔다.

연영은 사진 속에서 웃고 있는 민서의 얼굴을 다시 보았다. 기억하고 있는 모습 그대로, 그 웃음 그대로였다.

'이 아이를 내가 죽였다.'

처참한 현실을 누군가 귀에 대고 속삭이는 것 같았다. 지금의 자신이 아니라 스물셋 김연영의 목소리처럼 들리기도 했다.

현기증이 몰려오고 심장이 펄떡대며 머리가 뜨거워졌다. 손은 얼음장처럼 차가웠다.

사진을 다시 제자리에 넣고, 휴대폰과 지갑을 도로 핸드백 안에 넣었다. 그러고는 상미를 돌아보지도 않은 채 핸드백을 챙겨들고 제 방으로 돌아갔다.

무슨 짓을 저질러버린 걸까. 차라리 여기서 미쳐버리는 게 나을지도 모른다는 생각도 들었다. 아니, 이미 미쳤는지도 모른다. 그렇지 않고서 이런 짓을 할 수는 없다. 자신은 그런 사람이 아니라고 울부짖고 있으면서도 이미 저질러버리지 않았는가.

이제는 피할 수 없다. 일을 치고 말았다.

상미와 대면해야 했다.

살아 있다면 말이다.

12

아침에 눈을 뜬 선은 남편과 눈을 마주치자 흠칫 놀랐다. 출근 준비를 하다 말고 남편이 침대에 걸터앉아 선을 내려다보고 있었다.

어제 한바탕 다툼이 있었다. 워낙 차분한 성격을 가진 부부라서 싸웠다고 해봐야 의견 피력 정도 오가는 것이었지만 그들로서는 큰 싸움이었다.

전에 소파로 뛰어오른 남편이 선의 손목을 움켜잡았던 것이 그나마 가장 역동적인 싸움이었다. 그 다음 남편이 한 행동은 잔뜩 겁에 질린 아내를 끌어안는 것이었다.

남편은 선을 해치려고 쫓아온 것이 아니었다. 존재하지도 않는 무언가에 겁을 먹고 도망치려는 아내를 보호하기 위한 것이었다. 그러나 선은 몰랐다. 오히려 직감이 틀렸다는 게 더 놀라웠다. 남편이 빠르게 다가오는 것만으로도 목숨을 위협받았다고 느꼈고, 남편의 품에 안긴 순간에도 공포에 질려 있었다. 아무 일도 일어나지 않왔다는 것이 확실해질 때까지.

어제 다툰 이유는 선이 연락도 없이 늦게까지 오지 않았기 때문이었다. 저녁에는 늘 집을 지키고 있던 아내가 밤 10시가 다 되도록 전화도 받지 않다가 돌아오자 남편은 화를 냈다. 오랫동안 화를 내지는 않았지만.

선이 눈을 뜨자 남편이 애매하게 웃어 보였다.

"일어났어?"

선은 갈라진 목소리를 다듬을 생각도 하지 못하고 조심스럽게 물었다.

"왜 그렇게 보고 있어?"

"걱정돼서."

"뭐가?"

"어제 어디 갔다 왔는지 말을 안 해줬잖아. 내가 어제 화내느라 제대로 듣지를 못했던 것……."

"말했잖아. 그냥 놀이터에 앉아 있다 왔다고."

"그게 아니잖아. 거기서 뭘 했는지, 누굴 만났는지, 아니, 놀이터가 아니라 사실은 어디에 갔다 온 건지."

"난 사실을 말했어."

남편은 믿지 않는 표정이었다. 늘 그랬다. 공기가 달라졌다는 말도, 이제는 괜찮다는 말도 남편은 믿지 않았다. 말은 믿는다고 하면서도 표정은 다른 걸 보고, 다른 걸 기대했다. 그런 걱정은 선이 바라는 형태가 아니었다.

"다시 물어볼게. 솔직히 말해줘."

공손하게 부탁하려는 것처럼 남편이 두 손을 맞잡고 물었다.

"어제 어디 갔다 왔어? 뭘 하다 온 거야?"

"정말 그냥 놀이터에 있었어."

"그래, 알겠어. 그럼 왜 거기 있었는데?"

"그냥 답답해서……."

"누굴 만난 거야?"

선은 고개를 저었다. 일어나서 침대 헤드에 등을 기대고 앉았다. 그런 선을 빤히 바라보던 남편이 일어나 방을 나갔다. 포기한 것 같은 표정이었다.

곧 현관문이 열렸다 닫히는 소리가 들렸고, 집 안에는 적막감이 감돌았다.

방 안에는 먼지가 뿌옇게 돌아다니고 있었다. 정신을 놓고 지내느라 청소를 못 한 지도 몇 주는 되었다. 전업주부로 지내며 남편 내조하는 재미로 살겠다고 다짐해놓고 어느 것 하나 제대로 한 게 없었다.

그러고 보니 어제도 단톡방 메시지가 잔뜩 쌓여 있었는데 읽지 못했다. 조신희한테 개인 메시지도 와 있었던 것 같은데 잊어버렸다.

휴대폰이 울리는 소리에 정신이 들었다. 멍하니 있던 사이에 열시가 지난 것을 보고 놀랐다. 남편이 찜찜한 분위기를 남긴 채 출근하고 나서 두 시간이 넘게 지났다니.

조신희의 전화였다. 선은 한숨을 쉬며 입술을 깨물었다. 참을 만큼 참았다. 안 그래도 머리가 터질 것 같은데!

전화를 받자 조신희의 카랑카랑한 목소리가 날아들었다.

—전화를 이제야 받으면 어떡해요. 며칠 동안 내가 얼마나 많이 전화했는지 알아요? 전에 회식도 답장을 안 주서서 곤란했었는데,

이번에도……. 아무튼 윤 선생님한테 사은회 의미로 파티 비슷한 걸 열어드리려고 하는데, 진행비를 나눠야 해요. 역할 분담 때문에 저번에 저희끼리 회의도 열었었는데, 그때도 선이 씨 연락이 안 돼서 저희가 마음대로 넣었어요. 선이 씨 역할은 아침 일찍 나와서 실내 꾸미는 거예요. 풍선도 잔뜩 사기로 정했거든요. 세 분이서 할 건데, 선이 씨 역할이 중요해요. 아무튼 진행비를 엔 분의 일로 나눴는데 그 금액을 캡처 해서 보내놨거든요. 단톡방은 안 보시는 것 같아서 개인 톡으로 보내놨어요. 확인해주세요.

끼어들 틈조차 없는 막무가내 속사포였다. 어이가 없었지만 선은 미처 웃지도 못하고 되물었다.

"사은회요?"

— 네, 윤 선생님 사은회요. 선이 씨는 빠지는 날도 많았고 들어온 지 얼마 안 돼서 좀 아깝다 싶을 수도 있지만 우리는 벌써 6개월째 배우고 있고, 또 선이 씨도 앞으로 계속 다닐 거잖아요? 같은 타임인데 이런 파티 빠지기보다 같이 하는 게 좋지 않겠어요? 앞으로 안 볼 사이도 아니고……. 설마 다음 달부터 등록 안 할 생각인 건 아니죠? 정말 그래요?

스트레스를 몰고 다니는 태풍 같은 인간이었다. 선은 눈도 깜빡이지 않은 채 허공을 바라보았다. 거기에 조신희가 서 있는 것 같은 기분이 들어서 주먹을 날리고 싶었다. 머리채를 잡아도 좋을 것이다. 적당히라는 걸 모르는 여자니까.

— 선이 씨? 왜 대답이 없어요? 설마 정말 그만두려는 거예요? 우리는 선이 씨가 소극적으로 굴어도 성격이려니, 아직 적응 중이려니 생각…….

"그 입 좀 다물어요."

— 예?

세상에서 그런 모욕적인 말은 처음 들어본다는 듯 조신희가 되물었다. 그러나 선은 더 참을 생각이 없었다.

"난 그런 거에 관심 없으니까 알아서들 좀 하라고요. 하고 싶은 사람들끼리. 난 빼줘요."

그러나 조신희는 물러나지 않았다.

— 선이 씨, 왜 이래요? 우리한테 뭐 서운한 거 있었어요? 혹시 우리가 너무 독단적으로 한다고 생각해요? 그러려던 게 아니라 선이 씨가 연락도 잘 안 되고, 회의에 참석도 안 하니까…….

"무슨 놈의 회의."

선은 웃었다.

— ……뭐라고요?

"뭐 중대한 비즈니스 미팅이라도 되나 싶어서요. 요리 학원 다니면서 사은회 한다는 말 같지도 않은 소리도 처음 들어보고요."

— 선이 씨? 선이 씨 맞아요?

"맞아요. 사람이 고분고분 참고 넘어가 주면 눈치껏 좀 굴어요."

— 뭐라고요? 말 다했어요, 지금?

"어, 다 했어. 그러니까 끊어."

통화 종료를 눌렀다. 더 대거리 하고 싶은 생각도, 그럴 이유도, 여유도 없었다.

속이 다 시원했다.

어쩌면 이게 내 진짜 본능인 게 아닐까? 그럴지도 모르잖아. 예전에도 그랬잖아. 다 알면서도 모른 척 지금까지 잘 살아왔잖아. 어쩌면 이게 '진짜' 나인지도 몰라.

두려워졌다.

이불을 젖히고 일어나서 부엌으로 가 물을 따라 마셨다.

목이 탔다. 머릿속은 복잡했다. 그래서 물맛이 어떤지도 느끼지 못했다. 몸은 여기 있지만 정신은 온통 어젯밤으로 돌아가 있었다.

어제 무슨 짓을 한 건지 스스로를 이해할 수 없었다. 마치 어딘가에 홀려 있던 것 같았다. 아니, 지금도 홀려 있는지 모른다. '그렇게 하기로' 마음먹고 나서도 심경의 변화가 없으니까.

선은 지금까지의 태도를 계속 고수할 생각이었다. 11년간 단 한 번도 변한 적 없던 결심, 자신과의 약속. 다만 이것이 다른 사람과 공유할 수 있는 게 아니라는 게 문제였다. 그건 남편이라고 해도 마찬가지였다.

할 수 있는 노력까진 다 했다. 나머지는 그들의 몫, 그들의 싸움이다. 더 이상 자신이 할 일은 없었다.

어쩔 수 없이 노출해버린 휴대폰 번호를 바꾸는 것이 우선이었다. 그 외에는 개인 정보를 아무것도 오픈하지 않았다. 이제 아무도 자신을 찾을 수 없을 것이다. 다시는. 이제 그 누구와도 연결되지 않을 것이다.

이렇게 생각하자 마음속에 서서히 평화가 찾아오기 시작했다.

메시지가 도착했다는 소리가 들렸다. 분을 못 이긴 조신희가 한바탕 난리치는 거겠지 생각하며 휴대폰을 들었다. 조신희가 아니었다. 메시지는 선에게 이렇게 묻고 있었다.

〔혼자 있어?〕

전화라도 걸려는 건가. 생각해보니 어제 딱 한 가지 실수라면 실수를 하긴 했다. 정보랄 건 없지만 뭔가 하나를 흘렸던 것이다.

결혼을 했고, 전업주부로 지내고 있다고 말했다. 자연스럽게 나온 말이었다. 사는 곳을 아는 것도 아니니 상관없다고 생각한 것도 있었다.

답장을 보내면 전화가 걸려올 것 같아서 선은 망설였다. 또 상의할 게 있는 모양이었다. 아마 이번에도 선이 좋아하지 않는 내용일 것이다.

13

심장이 펄떡대는 감각을 느낀 순간 상미는 깜짝 놀랐다.

숨이 넘어갈 것처럼 막혔다가 호흡이 터지며 가래가 튀었다.

눈을 번쩍 떴다.

상미는 자신이 의식을 잃고 있었으며 지금 정신을 차렸다는 걸 깨달았다. 얼마나 이러고 있던 걸까. 커튼이 모두 쳐져 있었지만 해가 떠 있다는 건 알 수 있었다. 상미는 커튼을 건드리는 법이 없었다.

안개가 낀 것처럼 머릿속이 멍했다.

아…… 그랬었다.

김연영의 방으로 들어갔다. 파이프 렌치를 들고. 밧줄도 준비되어 있었다.

틀어놓은 샤워기 소리는 상미의 방까지 들렸으니 바로 옆인 연영의 방에는 당연히 들렸을 것이고 훨씬 선명했을 것이다.

멍청한 연영은 상미의 방을 대충 둘러보았다. 안쪽 드레스룸까지 확인할 생각은 하지 못한 듯했다. 하긴 상미가 항상 신고 다니는 구두가 신발장에 있었고, 샤워기 소리가 들렸으니 그럴 만도 했다. 게다가 안 그래도 복잡한 연영의 머리가 그때는 더 복잡한 상태였다.

새로운 사람들을 만나고서 정신이 멀쩡했을 리 없다. 만난 게 누구인지는 몰라도 어떤 타격이든 있었을 것이다. 하지만 집으로 돌아온 걸 보면 그 인간들도 진실을 말해주지 않은 것만은 분명했다.

상미는 더 기다릴 생각이 없었다. 아무도 총대를 메고 진실을 말해줄 생각이 없는 듯하니 더 이상의 시간낭비는 하지 않을 생각이었다. 원수와 한 집에 사는 짓, 이 이상은 견딜 수 없었다.

연영이 제 방에 들어가 문을 닫는 소리가 들리자마자 그리로 다가갔다.

샤워기 소리가 방해가 되어 안에서 연영이 뭘 하고 있는지 알 수 없었다.

조심스럽게 욕실 문을 열어 파이프 렌치를 챙겨들고 밧줄이 제자리에 잘 있는지 확인했다.

샤워기는 일단 켜두었다. 물소리가 계속 들려야 방심할 테니까.

이대로 쳐들어가 계획대로 할 생각이었다. 그런데 상황이 이상하게 흘러가기 시작했다.

휴대폰이 바닥에서 진동하는 소리가 들리더니 이어서 전화를 받는 소리가 들렸다.

상미는 동작을 멈추고 귀를 기울였다. 조심스러운 목소리가 들려왔다. 그런데 뭐라고 하는지 잘 들리지 않았다. 욕실로 들어가 샤워기를 천천히, 아주 천천히 껐다. 연영이 알아차린다고 해도 상관없었다. 이미 모든 게 준비되어 있었으니. 하지만 통화는 궁금하니 들어보기로 했다. 기억을 모조리 잃은 사람이 이 시간에 누구랑 통화할 일이 있는지 호기심이 일었다.

연영은 샤워기가 꺼진 것도 알아채지 못하는 것 같았다. 좁은 방 안에서 통화할 곳은 침대 위, 결국 문 앞 밖에 없을 것이다. 문과 가까이 있는 침대 쪽에 앉아 있는 모양인지 목소리가 상미의 귀에 또렷이 들려왔다. 어느 순간부터 상미는 대화 내용이 이상하다는 걸 감지했다.

상미의 입가에 서서히 미소가 번졌다. 신기하게도 단념한 순간에 기다리던 때가 왔다. 오십 넘는 인생을 살아오면서 상미가 깨달은 것도 그랬다. 다 끝났다 싶은 순간에 모든 게 뒤집어지는 상황이 발생하기도 한다는 것.

아주 만족스럽게도, 누군가가 연영에게 진실을 이야기해주고 있었다.

그녀가 모든 수고를 감내하면서 기다려온 순간이었다.

'민서'라는 이름이 '죽음'과 연결되는 소리를 듣는 건 괴로웠지만 다 왔다고 생각하니 힘이 솟았다.

이제 다 끝났다. 오늘로 마지막이다. 11년 동안의 괴로움.

전화를 건 상대는 누구일까. 기억을 몽땅 잃은 멍청한 연영은 상대의 말을 쉽사리 믿지 못했다. 어리석은 년. 믿어야 할 사람은 믿지 못하고 믿지 말아야 할 사람은 쉽게 믿어버리는 멍청한 년.

"그래 놓고선 똑똑한 척은……."

자신도 모르게 중얼거리다가 상미는 기침을 토해냈다. 피가 나오는 건 아닌가 순간 두려웠는데 터져 나온 건 이번에도 끈덕지게 늘어지는 가래침이었다.

참다못하고 적당하다 싶은 타이밍에 연영의 방문을 열었던 걸 기억한다.

맞붙은 채 힘이 들어간 김연영의 손가락들, 흔들리는 눈동자, 부자연스럽게 움직이는 입모양.

그 다음…… 그 다음 기억이 없다. 눈을 떠보니 이 모양이었다.

상미는 제 몸을 다시 내려다보았다. 자신이 준비했던 밧줄이었다. 팔과 다리가 단단하게 묶여 있었다. 뒤로 묶인 팔은 손목뿐만 아니라 두 손까지 박수를 치는 듯한 모양새로 묶여 있었는데, 손가락 사이사이 모두 밧줄이 들어가 있었다.

손으로 다리를 묶은 밧줄을 풀어보려 해도 이것 때문에 불가능했다. 두 다리도 교차된 채로 묶여 있었다. 제대로 땅을 딛고 일어설 수 없도록 하기 위해서일까. 발목뿐만 아니라 무릎까지 묶여 있어 일어서는 게 쉽지 않을 듯했다.

상미는 깊은 한숨을 내쉬며 눈을 감았다 떴다. 피가 얼굴에 흘러내려 굳은 탓에 표정을 찡그릴 때마다 불편한 느낌이 들었다.

상미는 몸 아래 고인 피가 반원형을 그리며 굳어 있는 것을 보고 눈을 의심했다. 상미의 몸이 움직인 대로 쏠린 것이다.

내가 움직인 걸까, 연영이 날 움직이다가 저렇게 된 걸까. 대체 피를 얼마나 흘린 걸까. 살아있다는 게 신기했다.

어떻게 해야 할지 알 수 없었다. 아무리 힘을 주고 발버둥을 쳐봐도 밧줄은 풀릴 기미가 없었다.

상미의 눈에 살기가 어렸지만 그 감정은 이내 절망으로 바뀌었다. 이런 상태로 뭘 할 수 있단 말인가.

이런 건 계획에 없었다. 애초에 김연영이 진실을 알게 되는 순간을 놓칠 이유도 없었다. 10년을 넘게 다닌 직장을 김연영이 출소하기 일주일 전에 그만둔 이유도 바로 그것이었다. 김연영의 일거수일투족을 감시하기 위해서.

그런데 이렇게 되다니.

이런 식으로 반격해올 줄은 몰랐다.

이렇게 무서운 면을 숨기고 살던 김연영이라면 민서를 죽이고도 남았을 거라는 확신이 더 강해졌다. 어쩌면 옥상에서 그냥 밀기만 한 게 아닐지도 모른다는 생각까지 이르렀다.

부검 결과는 별다른 게 없었다. 추락사. 머리가 터지고 장기가 손상됐다는 것이 부검의의 소견이었다. 옥상에는 김연영 외에는 아무도 없었다. 아무리 오래 지난 일이라 해도 엄마라면 절대 잊을 수 없는 일이다. 기억이 잘못 됐을 가능성은 없다.

상미는 고개만 움직여 눈을 희번덕거리며 방을 둘러보았다.

민서가 초등학교를 졸업하자마자 이사를 온 뒤로 쭉 살아온 집. 익숙하다 못해 구석구석까지 알고 있다 보니 어떻게든 이 위기를 빠져나갈 수 있을 것만 같은 기분이 들었다. 그때 '딸깍'하는 소리가 들려와 상미는 얼어붙었다. 어딘가에서 문고리가 돌아간 것이다.

상미의 눈동자가 부풀어 올랐을 때, 방의 낡은 문이 열렸다.

상미는 그대로 숨을 멈췄다. 방을 둘러보느라 옆으로 꺾여 있던 고개도 미처 본래대로 돌려놓지 못했다.

연영의 목소리가 머리 위로 떨어졌을 때 상미는 이미 눈을 감고 있었다.

"일어났네요."

눈을 감고 있지만 어설픈 자세만 봐도 방금까지 깨어 있었다는 걸 알 것이다.

"절 보셔야 얘기를 하죠."

얘기? 눈을 떠야 할까, 상미는 잠시 고민했다.

연영이 훑어보는 시선이 느껴지는 것 같았다. 이렇게 잔뜩 흘린 피를 보고도 저렇게 태연할 수 있다는 게 믿기지 않았다.

상미는 눈을 뜨고 연영을 보았다. 고개를 돌리면 좀더 바라보기가 편할 것 같았지만 몸이 말을 듣지 않아 눈동자만 움직여 볼 수밖에 없었다.

"어쩌자고?"

연영의 얼굴은 어제보다 수척해 보였다. 표정은 가늠할 수 없었다.

연영이 눈을 느리게 깜박이더니 말했다.

"아줌마야말로 어쩔 생각이었어요?"

뭐라고 대답해야 할지 상미는 잠시 망설이며 연영의 목소리에 담긴 감정을 읽으려 애썼다.

"이것들 준비해놓은 거 봤으면 알 거 아냐!"

말을 마치고 연영을 바라본 상미는 흠칫 놀랐다.

……웃고 있어? 등줄기에 소름이 돋았다.

"그럼 아줌마도 봤으니 알겠네요."

연영이 눈짓으로 상미의 몸을 칭칭 감은 밧줄을 가리켰다.

"날 죽이기라도 하겠다는 거야?"

김연영은 그럴 수 있는 인간이 아니다. 우발적이라면 모를까.

그때 상미의 눈에 연영이 교묘하게 등 뒤로 들고 있던 게 들어왔다. 피가 묻은 파이프 렌치였다.

처음부터 감출 생각이 없었는지 연영이 파이프 렌치를 몸 앞에 두 손으로 자연스럽게 들었다.

"아줌마는 이거랑 밧줄 준비할 때 그런 마음이었나 보죠?"

상미가 할 말을 잃고 바라보기만 하자 연영이 무릎을 굽혀 바닥에 쪼그려 앉았다. 눈높이가 낮아지니 연영을 쳐다보기가 조금 수월해졌다.

"민서, 죽었다면서요."

예상을 하고 있었음에도 상미는 당황했다. 질문 자체가 문제가 아니었다. 질문을 하는 연영의 태도가 문제였다.

"내가 죽였고요."

뭐 하자는 건지 알 수 없었다. 상미는 몸을 비틀어보았지만 굼벵이처럼 꿈틀거릴 뿐이었다.

"왜 나한테 숨겼어요? 다른 사람들이야 끼어들고 싶지 않았다 쳐도, 아줌마는 왜 그랬는데요? 그게 궁금하더라고요."

"받아들인 거니? 네가 우리 민서를 죽였다는 거."

"내가 받아들이든 아니든 그게 무슨 상관인데요?"

"쉽게 받아들일 수 있는 일이 아니니까."

연영의 눈빛이 이상했다. 깜빡임도 없이 빤히 쳐다보는 그 눈빛에서 뭔가가 느껴졌다. 그 눈을 덩달아 한참 들여다본 후에야 상미는 그게 무엇인지 알았다. 냉소.

"어쩌겠어요. 제가 기억이 없는 걸요."

상미의 얼굴을 빤히 들여다보던 연영이 뭔가 생각난 것처럼, 아니, 뭔가를 알아챘다는 듯 입을 벌렸다.

"기억을 잃기 전의 저는 인정하지 않았군요?"

아주 놀라운 걸 발견했다는 말투였다. 김연영은 여전히 아무것도 기억해내지 못하고 있었다.

"역시 그랬던 거예요. 11년 전의 저도 부인했던 거예요. 그쵸?"

그럴 줄 알았다는 어투였다.

"억울하게 감옥에 간 거죠?"

"네가 어떻게 반응했든 그건 진실과는 상관없어. 죄 짓고 끌려간 사람들 태반이 자기는 죄가 없다고 하니까."

연영이 아예 바닥에 철푸덕 앉아 책상다리를 했다. 파이프 렌치도 왼쪽 허벅지 옆에 내려놓았다. 상미는 할 수만 있다면 몸을 날려 저걸 집어 들고 싶었다.

할 수만 있다면. 저게 내 손에 있기만 하다면……!

울부짖고 싶은 심정이었다.

이게 아니었다. 이렇게 될 상황이 아니었는데.

연영은 자기 생각에 완전히 심취해 있는 것 같았다. 이젠 상미를 보고 있지도 않았다. 무슨 생각을 하는지 고개를 들고 허공에 시선을 던져놓고 있었다.

"날 뺑뺑이 돌린 이유가 뭐예요?"

어떻게든 밧줄을 풀어보려고 손을 꼼지락대고 있던 상미가 번쩍 고개를 들었다. 연영이 똑바로 내려다보고 있었다.

"왜 다른 사람들을 만나고 다니게 했는지 말해요."

"내가 준비해놓은 것들을 보면 짐작할 수 있지 않니? 내가 지금 길게 말하기가 좀 힘든데."

"말해요."

자세가 불편했는지 연영이 뒤로 자리를 옮겨 벽에 몸을 기댔다. 연영이 들어온 즈음부터 뭔가 이상했는데 상미는 그 이유를 이제 알아차렸다.

현기증과 두통이 심해진 탓이라고만 생각했는데 의식이 멀어지고 있는 감각이었다. 안 된다고 생각하는데도 자꾸만 눈이 감겼고 꿈인지 망상인지 알 수 없는 장면들이 머릿속을 돌아다녔다. 그 사이로 원수의 목소리가 비집고 들어왔다.

"물 가져다줄게요."

물을 마시면 정신이 들 거라고 생각한 모양인데, 상미는 연영이 방에서 나가자마자 의식을 잃었다.

***

상미가 다시 눈을 떴을 때는 닫힌 커튼으로도 아무런 빛이 들어오지 않았다. 어둠 속이었다. 의식이 서서히 돌아왔지만 어떻게 된 건지 기억해내지 못했다.

놀라서 발버둥을 치는데 몸이 단단하게 얼린 덩어리처럼 뭉쳐서는 말을 듣지 않았다. 근육과 관절이 아프다고 비명을 질러대 입에서 신음이 흘러나왔다.

그런데 머리 위에 뭔가가 있었다. 발버둥 치다 모르고 건드린 모양이었다.

있는 힘껏 몸을 움직여 다시 한 번 그것을 건드렸다. 딱딱한 감각이 느껴지더니 이어서 축축한 것이 이마와 머리에 떨어졌다.

물이었다. 상미는 젖먹던 힘까지 끌어모아 고개를 들어 바가지에 든 물을 핥아마셨다. 묶인데다 기운이 없어 고개를 드는 것조차도 고역이었다. 수분이 부족하면 사람이 죽는다는 걸 알면서도 한 번도 실감해본 적이 없었는데 이제는 알 것 같았다.

정신없이 목을 축이는 동안 서서히 모든 것이 떠오르기 시작했다.

"억!"

몸을 잘못 가눠 어깨로 바가지를 짓누르는 바람에 물을 엎질러버리고 말았다.

차가운 물이 피부에 닿자 한기가 덮쳐와 몸이 떨렸다.

"언제 깼어요?"

물난리에 정신이 팔려 있느라 연영이 들어온 것을 알아채지 못했다.

"기절시킬 생각 없는데 자꾸 기절을 해서."

열린 문에 연영이 서 있었고 뒤로 환하게 불이 켜진 거실에서 빛이 새어 들어왔다.

연영이 문턱에 쪼그려 앉았다. 역광이라서 얼굴 표정이 잘 보이지 않았다. 어둠 속에서 빛나는 흰자위 때문에 눈을 맞추고 있다는 것 정도만 알 수 있었다.

"나를 뺑이 돌린 이유가 뭐냐고요?"

얼마동안 정신을 잃고 있었던 걸까. 연영의 말투에 아까와 눈에 띄게 다른 점이 있었다.

인내심이 느껴지지 않는다는 것.

"날 어떻게 할 생각이지?"

"그게 걱정되면 내가 묻는 말에 먼저 대답하는 게 낫지 않을까요?"

"우리 민서 복수할 생각이었어."

"그거랑 복수랑 무슨 상관인데요?"

연영이 고개를 갸우뚱 기울였다.

"말을 이해할 수 있게 해야죠. 처음부터 끝까지. 11년 전 그날부터 얘기해요."

연영의 목소리에 다시 여유로움이 묻어났다.

상미는 머릿속을 정리하며 동시에 고민에 빠졌다. 어차피 모든 계획이 망가졌다. 지금 이야기하지 않으면 복수는커녕 어떻게 될지 모른다.

상미가 고민하는 사이, 연영이 다시 입을 열었다.

"아줌마 핸드폰을 보니까 어디에서도 연락이 안 오더라고요. 이렇게 무단결근을 했다면 회사에서 연락이 와야 하는데 이상하다 싶었어요. 그러다 깨달았죠. 아…… 직장 다닌다는 것도 뻥이었구나."

"네 출소 일주일 전에 관뒀다."

"그랬겠죠. 그렇게 해서 제 뒤를 미행했겠죠. 그렇게 철저하게 준비를 했다면 저한테 해줄 얘기가 많을 것 같은데."

연영은 상미가 모든 것을 털어놓기를 기다리고 있는 것이었다. 여전히 한쪽 바닥엔 파이프 렌치를 내려놓고.

"너 그걸로 사람을 친다는 게 무슨 의미인 줄은 알고 그러고 있는 거야? 살인미수야. 살인미수라고. 나한테 그런 짓을 하려고?"

"왜요. 못 할 것 같아요? 이미 내가 한 번 해본 일이라면서요."

그 말을 듣는 순간 상미의 등줄기로 소름이 쫙 돋았다. 이미 한 번 해본 일.

원래는 연영을 이 꼴로 만들어놓고 나면 모든 걸 말해줄 생각이었다. 기억을 잃은 바보 같은 인간에게 모든 걸 깨우쳐준 다음에 11년을 기다려온 모든 한을 해결할 생각이었다.

그런데 김연영의 말을 듣는 순간 가슴 안에서 뜨거운 뭔가가 터졌다.

"이미 한 번 해본 일? 이미 한 번 해본 일!"

상미는 이성을 잃고 온몸을 비틀며 몸부림쳤다.

"네 까짓 게 어디서 감히 그런 말을 해! 살인자 주제에……. 이 살인자 년! 이 찢어 죽일! 친구를 잘못 만나서 착한 우리 딸이 죽었어! 김수경 때문에. 그 당돌한 년 때문에!"

상미는 자신이 그러고 있다는 것도 인지하지 못한 채 오열하기 시작했다. 반쪽만 보이는 연영의 얼굴에는 표정 변화가 없었다. 그걸 본 상미의 머릿속이 빙글빙글 돌았다.

내 딸이 죽었다. 우리 민서가 죽임을 당했다. 김연영이 민서를 죽였다. 김연영이 우리 민서의 앞날을 없앴다. 우리 가족을 파탄냈다.

내 인생을 죽였다.

나를 죽였다.

상미는 이제 완전히 이성을 잃고 발버둥치고 있었다.

"그만해요."

연영의 목소리도 듣지 못했다. 화가 나는데, 분노에 미칠 것 같은데 바닥을 데굴데굴 구를 뿐 아무것도 할 수 없었다.

"그만하라고요!"

상미가 마지막으로 본 것은 입을 막는 연영의 손이었다. 동시에 또 다른 손이 목을 짓눌렀다.

숨통이 조여 왔다.

14

선은 초인종 소리를 들었다. 익숙한 소리였지만 오늘따라 어딘지 다르게 들렸다. 꺼림칙한 느낌이 든다고 해야 할까. 인터폰 앞에 가서 섰지만 화면은 꺼져 있어 까맸다.

초인종이 울리면 동시에 화면이 켜지게 되어 있다. 그런데 화면이 꺼져 있다는 건…… 경비실에서 연락을 해온 것이다. 경비실에서 인터폰을 통해 연락을 해올 때 소리와 초인종 소리가 비슷해서 헷갈릴 때가 많다. 두 가지를 구분할 수 있는 방법은 화면이 켜져 있냐, 아니냐 하는 차이.

그런데 생각해보면 이상했다.

선은 인터폰을 자세히 보았다. 경비실에서 온 연락이라면 '관리실' 글자 옆이 깜빡여야 한다. 그런데 불빛이 들어오지 않았다. 초인종 소리는 여전히 울리고 있다.

우측에 있는 스피커로 귀를 갖다 대는데, 소리가 끊겼다.

화면은 여전히 깜깜했다.

선이 관리실 호출 버튼을 누르자 신호가 연결되는 규칙적인 소리가 들렸다. 곧 익숙한 경비원의 목소리가 들려왔다.

—예, 경비실입니다.

차분한 목소리에 선의 가슴이 덜컥 내려앉았다.

"안녕하세요, 여기 501호인데요. 혹시 방금 인터폰 하셨나요?"

—아뇨, 안 했는데요.

"혹시 다른 분이 하신 건……?"

—오후 내내 제가 이 자리를 지키고 있는데요. 저만 있었어요. 무슨 일이시죠?

선은 죄송하다고 말한 후 통화를 끝냈다.

그렇다면 누군가 초인종을 누른 건데, 왜 화면이 뜨지 않았을까? 화면은 고장 나지 않았다.

어쩌면 착각을 했는지도 모른다는 생각도 들었다. 멀쩡한 사람들은 절대 이해할 수 없겠지만 선에게는 종종 일어나는 일이었다. 공기의 흐름이 달라지는 것만큼 빈번하게 일어나는 일이었다. 착각의 문제는 본인이 착각하고 있다는 것조차 모른다는 데 있다.

하지만 착각이었다기에는 소리도, 기억도 너무 선명했다.

선은 인터폰을 노려보며 소파에 앉았다.

또다시 인터폰이 울렸다. 이번에도 관리실 글자 옆 불빛은 깜빡이지 않았고, 화면은 꺼져 있었다.

선은 인터폰 앞으로 다가가며 이것은 분명 착각이 아니라는 확신이 들었다.

스피커 버튼을 누르자 뚜, 하는 소리가 났다. 초인종 벨도 멈췄다.

"······누구세요?"

대답이 없었다.

"누군지 모르지만 장난치지 마세요."

그때 스피커에서 나야, 하는 소리가 들렸다. 선은 귀를 의심했다. 익숙한 목소리였다. 혼자 있냐는 문자에 아직 답장을 하지 않았는데. 집에 없는 척하기에는 이미 안에 있는 걸 노출해버렸다.

선은 두려움을 삼키고 물었다.

"무슨 일이야?"

—할 말이 있어.

"이렇게 갑자기 찾아오면 어떡해. 그리고······."

—급해. 할 말이 있어. 최근에 우리한테 일어난 일, 너도 알잖아.

부탁하는 말투에도 선은 마음이 놓이지 않았다. 해야 하는 건 알지만, 이 말을 하기가 두려웠다.

"······우리 집은 어떻게 알았어?"

한숨 소리가 들려왔다. 여전히 화면은 까맸다. 아무런 기미도 없다가 갑자기 망가질 수도 있는 걸까?

—네가 말해줬잖아.

"내가?"

헷갈렸다. 너무 혼란스럽던 때라 어디까지 얘기했는지 정확하게 기억나지 않았다. 실언을 했을 가능성도 배제할 수 없었다.

—응, 문 열어줘. 여기서 할 얘기 아니야.

왜 만나야 한다고 하는 걸까. 또 무슨 일이 생긴 걸까.

선이 대답하지 않자 주먹으로 문을 두드리는 소리가 들렸다. 덜컥 가슴이 내려앉았다.

그 순간 선은 뭔가를 깨닫고 인터폰에 대고 말했다.
"혹시, 지금 네가 화면 가리고 있니?"

15

컥컥대며 바닥을 뒹굴던 상미는 간신히 정신을 부여잡았다.

상미가 기침을 해대는데도 연영은 조용했다. 거실에서 흘러들어오는 빛이 전부라 방 안은 여전히 어두웠다.

상미는 코에서 뜨끈한 것이 흘러나오는 감각에 정신이 번쩍 들었다. 코피였다.

연영은 뒤로 물러서 아까처럼 앉아 자신을 보고 있었다.

"생각 정리해요. 나한테 해줄 말들 있잖아요."

이 말만 던져놓고 연영이 파이프 렌치를 챙겨들며 일어섰다.

밖으로 나가면서 연영은 이번엔 방문을 닫지 않았다. 활짝 열린 문으로 연영이 주방으로 가는 게 보였다. 이어서 냉장고 문이 열리는 소리가 들리고, 반찬통이 식탁 위에 놓이는 소리가 들렸다. 유리와 반찬통이 부딪치는 정겨운 소리가 지금은 모두 위협적으로 들렸다.

문틈으로 보니, 연영이 식탁에 앉아 밥을 먹고 있었다.

어쩐지 그 모습이 소름이 돋았다.

그것으로 연영이 상미에게 준 시간은 그녀가 식사를 하는 동안뿐이라는 걸 알 수 있었다.

지금이 며칠이고 몇 시인지 궁금했다. 하지만 아무리 둘러보아도 방 안에 걸려 있던 시계가 없었다. 연영이 치운 것이다.

연영이 다시 문턱에 앉았을 때도 여전히 보이는 건 거실 불이 비친 반쪽 얼굴뿐이었다.

"이제 말해요. 기절은 그만하고……."

진심으로 지겹다는 목소리가 연영이 아닌 것처럼 낯설었다.

어쩌다 여기까지 왔을까.

"내가 정말 민서를 죽였다 이거죠?"

"그래."

"그날은 졸업식이었죠."

"……."

"그때 아줌마는 어디 있었어요?"

순간적으로 말문이 막혀, 상미는 대답하지 못했다. 그러자 연영이 재차 물어왔다.

"아줌마는 어디 있었길래, 민서가 절 만나러 가는 것도 몰랐던 거예요? 알았다면 민서를 혼자 보냈을 리가 없잖아요. 그것도 졸업식인데…… 말이 안 되는 것 같은데?"

"난 그때 학교에 없었어."

상미의 목소리가 정신없이 떨리고 울음이 새어나왔다. 울음이라기보다는, 한 맺힌 분노에 가까웠다. 원수를 앞에 두고도 아무것도 할 수 없다는 걸 견딜 수 없었다. 몸 전체에서 지진이 일어난 것 같았다. 끔찍한 분노가 상미를 휘감았다.

＊＊＊

2009년 2월 10일. 민서가 죽었다. 졸업하는 날이었다.

상미는 반차를 쓰기로 미리 얘기가 다 되어 있었는데 비상이 터지는 바람에 늦어지고 말았다. 간신히 기초적인 수습만 하고 회사를 뛰어나오면서 민서에게 늦는다는 연락도 못 했다는 걸 깨달았다.

왜 엄마가 보이지 않는지, 왜 도착했다는 연락이 없는지 궁금해하고 있을 것이었다. 착착 진행되는 식을 지켜보면서 연신 뒤를 돌아 살펴볼 것이다.

무슨 정신으로 버스 정류장까지 달렸는지 모른다.

허겁지겁 버스에 올라타서야 휴대폰을 꺼내들었다. 민서에게서 부재중 전화와 문자가 하나씩 와 있었다.

〔엄마 졸업식 시작했는데 어디야?〕

곧장 전화를 걸었지만 연결이 안 됐다. 식이 시작됐다고 하니 정신없겠다 싶어서 '가고 있다'는 답장만 보냈다.

학교에 도착한 건 한 시간 후였다. 이미 식이 거의 막바지였다. 강당은 사람이 빽빽해서 답답한 공기로 가득 차 있었다. 똑같은 졸업복을 입은 아이들이 일제히 일어나서 교가를 부르고 있었다. 민서를 찾으려고 했지만 찾을 수 없었다. 민서는 전화를 받지 않았다.

민서 친구의 연락처를 미리 알아둘 걸 후회가 됐다. 불현듯 은지라는 친구가 떠올라 얼른 번호를 찾아 전화를 걸었지만 역시나 받지 않았다. 다들 식에 집중하느라 정신이 없는 모양이었다.

어쨌든 식이 끝나면 어떻게든 만날 수 있을 거란 생각에 상미는 차분히 교장의 마지막 연설에 집중했다. 딸이 십대 시절을 보내는 관문이었다. 가슴이 벅차올랐다. 민망하게 눈물이 고일 것 같아 열심히 참았다. 이런 날 엄마가 울면 딸이 얼마나 창피할까 싶어서.

그런데 식이 끝나고 전교생이 각자 반으로 이동할 때까지도 민서에게서는 연락이 없었다. 일단 엄청난 부모 행렬에 끼어 민서의 교실로 향했다. 진학 상담을 할 때 딱 한 번 와본 게 전부인데다 오늘은 사람이 워낙 많아 3학년 3반을 찾기가 쉽지 않았다. 교실을 찾아낸 상미는 다른 부모들처럼 창문을 들여다보았다.

교사가 교단에 서 있고 졸업복을 입은 아이들이 제자리에 앉아 교사의 말에 경청하고 있었다. 마지막 종례인 만큼 딴짓을 하는 아이는 보이지 않았다. 드문드문 눈물을 글썽이는 아이도 보였다.

반 아이들은 어림잡아 서른 명 정도였다. 서른 명 중에서 제 자식을 찾는 건 어렵지 않다.

그런데 아무리 찾아봐도 민서가 보이지 않았다. 민서는 없었다. 어디에도 없었다. 빈 자리가 세 개 정도 있었지만 그저 남은 책상일 수도 있고 피치 못하게 참석하지 못한 아이도 있을 테니 이상할 건 없었다.

하지만 분명히 졸업식에 온 아이가 보이지 않는 건 이상한 일이었다.

강당에서 아직 돌아오지 않았나? 사람들 틈에 끼어서 늦어지고 있는 건가?

그런데 더 이상한 일이 일어났다. 교사가 한 명 한 명 이름을 불러 졸업장을 나눠줄 때였다. 민서 이름을 아무리 불러도 민서가 없자 고개를 갸우뚱하더니 졸업장을 옆으로 치워놓는 것이 아닌가.

민서만 빼고 모든 아이들이 졸업장을 받았다. 종례 시간은 족히 20분은 지속됐다. 20분 동안 교실로 오지 못했다니?

종례가 끝나고 모든 아이들이 쏟아져 나올 때 상미는 반으로 들어가 교사를 찾았다.

민서의 행방을 묻자 교사도 의아하다며, 민서가 없어진 것 같다고 말했다. 그리고 모든 아이들이 무사히 왔는데 민서만 없는 건 이상하다고.

한 여자애가 다가오더니 민서가 식 중간에 혼자 강당을 나갔다고 말해주었다. 누군가의 연락을 받은 것 같았다고.

상미가 정신이 번쩍 들어 친한 친구냐고, 우리 딸을 잘 아냐고 급하게 물었다. 여자애의 표정이 곤란해지더니, 민서와는 별로 안 친하다고 말했다. 그럼 민서랑 친한 친구가 누구인지 알려달라고 했더니, 모른다며 고개를 저었다. 그럼 우리 민서가 점심을 같이 먹던 친구가 누구인지 물었더니, 아무도 없다고 했다. 그럼 마지막으로 지은지라는 애가 몇 반인지 아냐고 물었더니 또 모른다는 대답이 돌아왔다.

상미는 무너졌다.

정신없이 학교를 돌아다녔다. 운동장을 가득 메우던 사람들이 모두 집으로 돌아가고 나서도, 텅텅 빈 학교를 뛰어다녔다.

학교에 경찰차와 구급차가 몰려온 건 식이 끝나고 세 시간이 지나서였다. 아직 날이 찬데도 상미는 땀범벅인 채로 그들을 쫓았다.

그때 보았다. 피웅덩이 위에서 온몸이 터진 딸의 시신을.

옥상에서 정신을 놓고 있다가 체포된 김연영은 혐의를 부인했다.

그러나 김연영이 민서를 죽인 이유는 돋보기로 들여다보듯 커다 랗고 명확했다.

김연영은 줄곧 수경이가 자살한 이유가 민서에게 있다고 여겼다. 그런 연영의 믿음은 시간이 지나도 약해지지 않았다. 오히려 더 강 해졌다. 인터넷에서 수경이가 올린 상담글을 찾았다나. 거기에는 친 구의 배신에 대한 심정이 적혀 있다고 했다. 경찰도 교과서와 공책 곳곳에서 비슷한 것을 찾아내긴 했다.

이렇게 여러 증거가 수경이는 스스로 자살했음을 증명했다. 하지 만 그게 자살의 이유가 민서에게 있다는 건 아니지 않은가. 친구와 의 절교는 십대 아이들이라면 흔히 겪는 일이다.

연영은 집 앞까지 찾아와 민서를 만나고 싶다고, 이야기를 나누 게 해달라고 사정을 하기도 했다. 그래도 먹히지 않으면 문을 발로 차고 난리를 피워서 경찰을 부른 적도 있었다. 경찰에 끌려갔다 와 서도 김연영은 또 찾아왔다.

민서는 점점 더 꽁꽁 숨었다. 친했다가 멀어진 친구가 자살했다는 것도 충격인데 그 책임까지 추궁당하는 걸 견딜 수 없었을 것이다.

민서는 입을 다물었다. 상미가 물어도 사소한 걸로 다투었을 뿐 이라는 말만 돌아왔다.

처음에 상미는 남자 문제가 있던 게 아닐까도 생각했다. 둘이 동 시에 같은 남자애를 좋아했다거나. 그 나이대 여자아이들에게 있을 수 있는 일이다. 하지만 아무리 물어도 아니라는 대답만 돌아왔다. 처음에 '남자'라는 단어를 꺼낸 순간 민서의 몸이 살짝 움찔한 것도 같았는데, 나중에 돌이켜봤을 땐 착각한 것 같았다.

민서는 점점 더 나약해져 갔다. 미쳐 갔다.

그러다 민서가 김연영에게 살해를 당한 것이다.

기막히게도 김연영은 민서가 스스로 뛰어내린 거라고 주장했다. 자신은 털끝 하나도 건들지 않았다고.

그로부터 딱 일주일 후, 민서의 손톱 밑과 손바닥의 까진 상처에서 김연영의 DNA가 나왔다. 김연영의 몸에 있던 상처에서도 민서의 DNA가 나왔다.

지지부진한 재판이었다. 최종 판결을 받기까지 1년 가까이 걸렸다.

끝까지 혐의를 인정하고 뉘우치는 태도를 보이지 않았던 김연영은 징역 12년을 선고받았다.

상미는 멍하니 살았다. '멍하니'라는 말 외에는 그 어떤 것도 그동안의 삶을 표현할 수 없을 정도로, 그렇게 살았다. 밥은 먹어야 하니 억지로 한 끼만 먹었고, 어떤 것도 재미를 못 느꼈으며, 일도 해야 할 만큼만 했다.

아무런 욕구도 느끼지 못하며 산다는 건 고통 그 자체였다. 시간이 안 갔다. 상미는 그 세월에 파묻혀 김연영의 출소 날만을 기다렸다. 상미가 그렇게라도 살아가는 이유는 딱 하나였다.

처음엔 복수 같은 건 생각 안 했다. 그런 걸 생각할 여력이 없었다. 딸을 그리워하고, 마지막으로 본 끔찍한 모습에 시달렸다. 정신과를 다니며 치료를 받았지만 아무런 효과가 없었고, 그녀가 기댈 수 있는 건 의사가 처방해주는 온갖 약뿐이었다. 그중에서 그나마 도움이 되는 건 안정제와 수면제였다. 그것들은 그녀의 정신이 폭발하는 걸 막아주었다.

학교에서는 이 일을 은폐하기를 바랐고, 그 바람은 이루어졌다. 언론이 냄새를 맡기도 전에 일사천리로 일을 진행했고 필요하다면 돈을 들여서 입을 막았다. 교육청에서 운영하는 시범학교 프로그램에 참여중이었던 만큼 명문고로 거듭나고, 그 당시 급부상했던 자사고(자율형 사립고등학교)로 선정될 수 있는 타이밍에 불미스러운 일이 알려지면 모든 게 물거품이 되고 말 테니까.

상미의 1인 시위도 아무런 효과가 없었다. 아무도 봐주지 않았고, 급기야는 경찰을 불러서 내쫓기도 했다.

억울했다. 억울하고 분했다. 가슴이 찢기다 못해 너덜너덜해졌고, 곧 그마저도 가루가 되었다.

재판이 끝나고 후송차량에 오르는 김연영을 보고 달려가 얼굴이라도 할퀴고 싶었는데 그러지 못했다. 무기력하고 무능력한 엄마가 되어 있었다.

김연영이 안양교도소에 수감되었다는 소식을 들었을 때 한동안 주저앉아 있었다. 아무것도 할 수 없었다. 김연영의 수감은 상미에게 모든 힘을 빼앗아갔다. 상미가 견뎌야 하는 끔찍한 시간은 이제부터 시작이었는데, 사람들은 사건이 끝났다고 이야기했다. 모든 게 잘 해결되었다고.

그날로 인간관계도 모두 정리했다. 진심으로 자신을 이해해주는 사람이 없었기에, 그건 애초에 불가능한 것이기에 상미는 스스로 세상과 멀어져 갔다.

그래도 신기하게 어찌어찌 살다 보니 11년이 흘렀다. 영원히 가지 않을 것 같던 지옥 같던 시간이.

김연영의 출소 날이 다가왔고, 상미는 그날을 위해 할 수 있는 모든 준비를 했다. 돈을 모아놨고, 잡아서 족칠 온갖 도구들을 준비해두었다. 그리고 자신을 해칠 도구도 준비해두었다.

약이었다.

몇 주에 한 번씩 몇 년에 걸쳐 여러 병원을 돌며 수면제를 처방받아놓았고, 그렇게 해서 100알이 넘는 양을 모았다. 혹시 몰라 약국에서 손쉽게 잔뜩 사들일 수 있는 파라세타몰도 100알 가까이 모아두었다.

집 계약도 해놨다. 모든 게 끝나고 나서 3개월 후에 새 세입자가 이사 오기로 되어 있었다. 당장 이사를 해오지 않아도 되고 3개월이나 일찍 미리 집을 구해놓을 수 있었기에 세입자는 기뻐했다. 3개월 후든 6개월 후든 상관없는 상미가 모든 스케줄을 맞춰주었기 때문이다.

하지만 세입자는 상상도 못했을 것이다. 그 집에서 두 명이나 죽어나갈 '예정'이었다는 것을.

당연히 유서도 써두었다.

출소하는 김연영을 만나러 안양교도소로 갔다. 처음엔 못 알아봤다. 사람 같지 않은 모습으로, 영양을 모두 빨린 몰골로 나오는 김연영의 눈빛은 고요해 보였다.

11년 만에 원수를 본 순간 상미는 그동안 잊고 살았던 에너지 같은 걸 느꼈다. 먼저 차로 친 다음에 데려갈까? 별의별 생각을 다 하며 그 뒤를 쫓는데, 김연영은 정처 없이 걷기만 했다. 버스를 타지도 택시를 잡지도 않았다. 산 지 얼마 안 된 듯 보이는 분홍색 핸드백 하나를 들고 있는 게 안 어울려서 웃음이 나올 지경이었다. 게다가 교도소에서 쓰던 물건들을 모두 집어넣었는지 핸드백이 볼썽사납게 빵빵했다. 저런 핸드백은 대체 언제, 무슨 이유로 산 건지. 저런 예쁜 핸드백은 김연영과 안 어울린다.

김연영을 지켜보며 차 안에서 기다리고 있을 때였다. 순식간에 그 일이 일어났다.

아침 10시가 넘은지 한참이었지만 도로에 다니는 차는 아주 간간이 있을 뿐이었다. 분명히 그랬다. 그런데 어디선가 그것이 나타났다.

차선을 따라 그냥 지나갈 줄 알았던 차량 하나가 연영을 향해 돌진했다. 브레이크가 고장난 것처럼 사람을 보고도 멈출 기미가 없었다. 아니, 오히려 속력을 높였다.

상미는 비명을 질렀다.

***

연영은 한 번도 가로채지 않고 이야기를 끝까지 들었다. 그 완벽한 집중력이 무엇을 의미하는지 상미는 불안했다. 연영에게서는 숨소리만이 들려왔다.

온힘을 다해 말을 마친 상미는 헐떡댔다. 몸의 상태는 한계에 도달하고 있었다.

김연영이 어떻게 반응할지 알 수 없어 초조했다. 믿지 않을지도 모른다. 하지만 이것 외에 상미가 아는 진실은 없다. 딱 한 가지만 빼고.

"밥 줄게요."

연영이 일어섰다. 상미는 천천히 실눈을 떴다. 일부러 그런 게 아니라 실눈 이상으로는 눈을 뜰 수가 없었다.

주방에서 무슨 소리가 들리더니 김연영이 손에 뭔가를 들고 다시 나타났다. 연영이 그것을 상미 앞에 내려놓았다. 음식 냄새가 났는데, 좀 이상한 냄새였다.

"상하지 않았어요."

상미는 눈만 치켜 올려 그것을 보았다. 양푼 안에 개밥처럼 음식이 이것저것 다 섞여 있었다. 된장 냄새도 나고 마늘 냄새도 나고 파 냄새도 나고…… 온갖 냄새가 나는 것이 냉장고에 있는 것들을 전부 섞은 것 같았다. 밥도 있었다.

잊고 있던 허기가 아우성쳤다. 상미가 먹으려다가 몸을 가누지 못해 실패하자 연영이 숟가락으로 떠서 그것을 입으로 밀어넣었다.

상미는 아기처럼 받아먹었다. 존중받지 못하는 아기. 연영의 손길은 그다지 조심스럽거나 상냥하지 않았다. 입가와 볼에 음식이 잔뜩 묻었지만 상미는 아랑곳하지 않고 연영이 주는 대로 받아 먹었다.

다 먹고 나자 몸이 나른해졌다. 배가 부르니 기운도 좀 났다.

"이제 날 어떻게 할 생각이지?"

잠시 후 김연영이 입을 열었다.

"이제 말해봐요. 왜 본인 입으로 말하지 않고 날 여기저기 사람들을 만나러 다니게 한 건지."

"단순한 이유였어. 내 입으로 말해주면 재미없잖아. 기억이 없으니 너도 쉽게 믿지 않을 테고. 그래서 직접 네가 한번 고생해서 놀라운 사실과 맞닥뜨려봤으면 했어. 자기가 죽여놓고 그 얼굴을 들고 사람들을 만나러 다닌다면 나중에 얼마나 수치스러울까, 얼마나 스스로가 바보 같을까."

고개를 끄덕이지도, 표정이 달라지지도 않은 채 연영은 잠자코 있었다. 그러곤 물었다.

"나한테 한 말들, 전부 사실이에요?"

"사실대로 말한 거야."

"증명할 수 있어요?"

"부엌 서랍장 구석에 서류 파일이 하나 있어. 그 사이를 뒤져봐. 네 가방에 들어 있던 수용증명서랑 최근 한 달 가량 입원 영수증 있어."

"가방이라면 병원에서 맡고 있던 그 가방 말인가요?"

"그래."

"그 안에 있던 건 그게 전부였어요?"

"대체 뭘 말하는 거야?"

"휴대폰 같은 건?"

"2009년에 네가 쓰던 휴대폰을 말하는 거야?"

"그래요."

"몰라. 없었어. 경찰이 수사할 때 조사한다고 가져가지 않았을까. 넌 범죄자잖아."

그럴 수 있겠다고 생각했는지 연영은 잠시 말이 없었다.

"그럼 내가 의식불명이었던 건 한 달 정도?"

상미가 힘없이 고개를 끄덕이자 곧바로 다른 질문이 날아들었다.

"그래서 그렇게 회복이 빨랐던 거구나…… 그 가방은, 제 게 확실해요?"

"네가 출소 석 달 전쯤에 귀휴 나왔을 때 사서 들어간 가방 맞아. 출소 때 들고 나오더라."

여기까지 말하자 돌연 김연영이 입을 다물었다. 상미는 연영의 침묵을 불안하게 느끼기 시작했다.

잠시 후 연영이 다시 입을 열었다.

"그럼 내가 의식불명에서 깨어났을 때 어떻게 아줌마가 병원에 있었던 거죠?"

"내가 찾아갔지. 난 매일같이 찾아갔어. 내가 계획한 복수를 마무리하기 위해서."

"보호자 행세를 하면서?"

이런 것까지 다 고백하게 될 줄은 알고 있었지만 이런 식은 아니었다. 상미는 하는 수없이 고개를 끄덕였다.

"그래. 그런데 타이밍 좋게 내가 있을 때 네가 깨어난 거야. 나도 놀랐어."

"의사랑 간호사는 어떻게 꼬드겼어요? 매수?"

"매수 플러스 설득."

"뭐라고 설득했는데요?"

"내 자식처럼 생각해온 아이인데 출소 날 이렇게 돼버렸다, 기억을 잃은 것 같은데 본인이 기억해내기 전까지는 진실을 묻어두어 달라, 내가 책임지겠다. 그랬더니 의사도 환자의 심신 안정을 위해 그게 좋겠다고 흔쾌히 동의했어. 의사도 기억을 잃은 환자에게 살인죄로 출소했다는 말부터 할 수는 없었겠지."

"의사가 살인자를 걱정했다는 거네요?"

"억울하게 된 거라고 말했지."

김연영이 웃는 소리가 어렴풋하게 들려왔다. 상미의 거짓말을 비웃은 게 분명했다.

상미는 연영에게 무슨 생각을 하고 있는 거냐고 묻고 싶었다.

"난 우리 수경이가 자살했다고 믿지 않아요."

연영이 갑자기 말해서 상미는 자신도 모르게 움찔했다.

"설마 너, 또······."

"또?"

"민서가 수경이를 죽였다고 생각하는 건 아니겠지?"

잠시 침묵이 흘렀다.

"11년 전의 저도 그랬었나 보죠?"

연영의 눈썹이 치켜 올라가는 게 보였다. 그순간 상미는 하지 말 았어야 하는 말을 했음을 깨달았다.

"앞으로 뭐든지 해볼 생각이에요."

상미는 김연영이 하는 말을 잠자코 듣기만 했다.

"민서랑 수경이 사이에 무슨 일이 있었는지, 민서가 수경이를 죽 일 만한 동기가 뭐였는지."

상미는 코웃음 쳤다.

"뭘 할 건데?"

네까짓 게.

"무엇이든요."

아무리 파봐도 우리 민서가 수경이를 죽였다는 증거는 안 나올 거야. 우리 민서는 그럴 애가 아니거든. 그리고 그럴 만한 이유도 없 거든. 그럴 만한 애도 아니고 그럴 만한 이유가 없는데 그런 일이 일어날 순 없어. 네가 잘못 짚은 거라고, 이 멍청한 년아.

"무슨 짓이든?"

김연영의 입술 끝이 올라갔다. 그 입술이 열리더니 마치 다짐하듯 대답했다.

"무슨 짓이든."

16

남자는 오늘 귀가가 좀 늦었다. 계획에 없던 회식 때문이었는데 회식을 빙자한 미팅이어서 빠질 수 없었다. 사실 남자는 오늘만큼은 꼭 일찍 집에 가고 싶었다. 아내의 상태가 점점 안 좋아지고 있었기 때문이다.

결혼 전에는 잘 몰랐다. 조금 신경이 예민한 사람, 보통 사람들보다 걱정이 조금 더 많은 사람이라고 생각한 정도였다. 그런데 결혼 후 아내의 상태는 눈에 띄게 달라졌다. 아니, 원래 이랬는데 그가 몰랐던 것일 터였다.

아내는 평소에 아주 멀쩡했다. 365일 중에 300일 정도는 일반 사람들과 다를 바 없이 멀쩡하니 그리 큰 문제가 아니라고 생각할 만도 했다. 그런데 문제는 '멀쩡하지 않은' 때였다.

아내는 종종 이상한 말을 했다. 혼자 있는데 공기의 흐름이 달라졌다고. 남자와 함께 있고 달라진 게 없는데도 어느 순간을 기점으로 공기가 달라졌다며 불안해하곤 했다.

처음에 남자는 아내가 다른 사람들이 보지 못하는 뭔가를 보는 게 아닐까 생각했다. 신내림 같은 걸 말하는 게 아니었다. 아내의 정신 안에 뭔가가 있는 게 아닐까 하는 것이었다.

그로서는 이해할 수 없는 무언가.

그 무엇이 무엇일 수 있는지 아직 그는 모른다. 그가 짐작하지 못하는 무엇이든 될 수 있을 것이므로.

버스에서 내린 남자는 걸음을 서둘렀다. 아침에 차를 가지고 출근했지만 술을 마신 바람에 버스를 탈 수밖에 없었다. 손목시계를 보니 밤 열한 시를 넘어가고 있었다. 서둘러 걸으면서 남자는 휴대폰을 꺼내보았다. 아내에게선 여전히 아무 연락도 없었다. 퇴근이 늦어질 것 같으면 그가 늘 먼저 전화해서 알리긴 했지만, 그가 연락하지 않았다고 해도 먼저 전화할 아내였다.

이건 이상했다. 오늘 아침 불안해 보이던, 어제의 행방에 대해 거짓말을 하던 아내의 모습이 떠올랐다.

불안과 동시에 어제 아내는 어딜 갔다 왔을까 하는 궁금증이 다시 고개를 들었다. 그런 적이 없었다. 그녀는 밖에 혼자 있는 걸 좋아하지 않기 때문에 반드시 누군가와 함께 있었다. 그런데 그냥, 혼자서, 놀이터에 앉아 있었다니.

납득할 만한 이유가 필요했다.

사실 아내를 믿고 맡길 만한 정신과 의사도 알아보던 중이었다. 아내에게 좋은 말동무가 되어줄 것이다.

남자는 희망과 불길함을 동시에 느끼며 달리기 시작했다. 치안이 좋은 동네라 선택한 아파트 단지가 오늘따라 음험해 보였다.

남자는 뛰면서 단축번호 1을 눌렀다. 신호는 가는데 여전히 아내는 전화를 받지 않았다.

집 앞에 도달해 그는 급한 손길로 도어 록을 누르고 현관문을 열어젖혔다.

집에 들어서자마자 남자는 평소와 다른 공기에 눈살을 찌푸렸다. 지금 만큼은 '공기가 달라졌다'는 아내의 말이 이해가 되는 것도 같았다.

신발장엔 불이 들어왔지만 거실 안쪽까지는 보이지 않았다. 집 안은 칠흑 같았다.

방이나 화장실에도 불이 켜져 있는 곳은 없었다. 아내는, 선은 남자가 퇴근할 때까지 절대로 불을 끄지 않는다. 그것은 남편을 위한 배려이기도 했지만 어두운 곳에 혼자 있는 걸 싫어하는 그녀 자신을 위한 것이기도 했다.

남자는 코를 움찔거렸다. 생전 맡아본 적 없는 이상한 냄새가 집 안에 퍼져 있었다.

벽을 더듬어 스위치를 누르자 눈앞이 환해졌다.

거실의 밝은 전등 아래, 선이 피 웅덩이 위에 쓰러져 있었다.

얼어붙은 시간은 1초. 남자는 숨 쉬는 것도 잊어버린 채 아내에게 달려갔다. 아내를 안아 올리며 울부짖었다.

믿을 수 없었다.

슬픔과 두려움이 가슴 안에서 피처럼 퍼져나갔다.

피는 굳어 있었지만 그의 손이 강하게 쓸려 가면 조금씩 묻어났다.

남자는 피 묻은 손을 주머니에 집어넣어 휴대폰을 꺼냈다. 휴대폰 여기저기에 빨간 자국이 남았지만 상관없었다. 남자는 119에 신고했다.

  모두가 달려올 때까지, 깨어날 기미가 없는 아내를 흔들며 울부짖었다.

17

연영은 손에 들고 있는 것을 내려다 보았다.

현기증 때문에 초점이 흐릿했지만 보고 싶지 않은 건 잘도 보였다. 수용 증명서와 한 달 치 입원 영수증이었다.

수용 증명서에는 2009년 12월부터 2019년 12월까지 복무, 2020년 1월 3일 형기 종료 그리고 가석방에 관한 내용이 담겨 있었다.

기억만 잃지 않았어도 위험에 빠지는 일도 없었을 것이고 바보처럼 농락당하는 일도 없었을 텐데.

연영의 가슴 안에서 뭔가가 계속해서 끊어지고 있었다.

상미의 목을 졸랐을 때 죽일 생각은 아니었다. 그런데 동시에 이러면 죽을지도 모른다는 것을 알고 있었다. 그래도 괜찮다는 생각을 했을지 모른다. 인정하고 싶지 않았지만 사실이었다. 잠깐이었다고 해도 분명히 머릿속에 그런 생각이 떠올랐다.

방문을 닫고 나오면서 연영은 떨리는 손으로 코를 닦았다. 방 안에 퍼져 있는 역한 피비린내가 콧속에 남는 것이 불쾌했다.

목을 졸랐을 때 상미가 죽어버렸다면 어떻게 됐을까. 이번에야말로 빼도 박도 못 하게 살인자가 되었을 것이다.

이상한 기분이 들었다. 사람에게 일부러 고통을 주는 질 나쁜 범죄자가 된 기분이었다.

나는 어떤 사람이지?

내가 정말 민서를, 사람을 죽였을까.

연영은 자신이 민서를 죽였을 리 없다고 생각했다. 그러면서도 지금 이런 짓을 한 걸 보니 민서를 죽인 게 맞을지도 몰랐다.

자신이 사람을 죽일 수 있는 사람이었다는 것. 이전에 그랬듯 이번에도 사람들이 자신을 속이는 게 아닐까 생각해보기도 했다. 하지만 수용증명서는 그런 연영의 바람을 짓뭉갰다. 죄명, 살인죄. 게다가 반성의 기미도 없었다고 하니, 자신은 사람을 죽여놓고 끝내 인정조차, 형식적인 사과조차 하지 않은 파렴치한 인간이었다.

그래서 상미의 목을 조를 때 어쩌면 죽을지도 모른다고 생각하면서도 행동을 멈추지 않았던 건지도 모른다. 원래 그런 사람이라.

……나는 그런 기분으로, 그런 상태로 민서를 죽였던 건지도 모른다.

모든 게 거짓말이었다. 진실은 저 깊숙이 숨겨놓고 아무도 알려주지 않았다. 그 누구도 아닌 자신의 인생이었다. 어이없게도 자기 인생에서 자신만 소외되어 있었다. 그것도 모른 채 멍청하게 범인을 찾아다니고 있었다.

모든 게 연결되어 있었다.

내가 민서를 죽였다는 건, 수경이와 관련해 그럴 만한 어떤 일이 있었다는 것.

11년 전의 나는 뭔가를 알고 있었던 것이다.

그러니 민서를 죽인 것이다. 민서를 죽여도 될 만한, 민서를 죽이고 싶을 만한 뭔가를 알고 있었던 것이다.

민진희와 상미에게 공통적으로 들은 말이 있었다. 경찰이 올 때까지 옥상에서 넋을 놓고 있었다는 것. 그런 태도는 우발적이었다는 걸 증명하는 게 아닐까.

그렇다면, 나는 그날 그 옥상에서 뭔가를 알게 된 거다.

그날 옥상에서 뭔가를 알게 되어 우발적으로 그런 짓을 했다는 건, 그 대화 속에 모든 게 있다는 것이다. 민서와 어떤 대화가 오갔는지 알아내야 한다.

은행에서 100만 원을 인출해간 사람이 자신이라는 것도 연영은 이제는 안다. 출소 직전 귀휴를 나와 현금이 필요했던 거다.

신원 조회를 해보더니 표정이 싹 변하던 순경, 학교에 찾아갔을 때 남자 교사의 태도. 이제는 이유를 안다.

자신이 살인자라는 기억마저도 잃은 사람에게 당신이 사람을 죽였다고 제 입으로 말해주는 사람은 아무도 없었다. 선우현만 빼고.

진실 한 마디가 간절한 연영에게 아무도 '민서는 죽었다'라는 진실을 말해주지 않았다. 모두가 자기 인생만이 소중해서.

수경이는 아무도 지켜주지 않은 그 인생을 잃고 죽었다. 그때는 지키지 못했지만 지금이라도 지켜주어야 한다. 무슨 일이 있었는지, 동생이 제 입으로 말하지 못한 진실을 대신 말해주어야 한다.

연영은 속으로 속삭였다.

만약 민서가 수경이를 죽게 한 거라면, 그래서 내가 민서를 죽인 거라면, 충격적이긴 하겠지만 후회는 하지 않을 것이다.

아줌마도 나에게 복수 같은 걸 할 자격이 없다. 내가 민서 때문에 수경이를 잃고 내 인생을 잃었다면, 김민서는 그렇게 되어도 마땅했다.

뒤따라오던 남자가 떠올랐다.

'민서와 수경이 사이에 있었던 일에 또 다른 누군가가 있다.'

허공을 노려보았다. 눈이 시려 눈시울이 뜨거워지는데도 깜빡이지 않았다. 거기에 있을 '누군가'의 얼굴을 보고 싶었다.

연영은 허공을 향해, 자신이 상상으로 만들어낸 얼굴을 향해 중얼거렸다.

누구야, 너…….

18

상미는 바닥에서 꿈틀댔다. 배와 허리, 허벅지의 힘으로 일어설
수 있을 것도 같았다.

좋아. 조금씩 시도를 해보자.

김연영이 언제 무슨 짓을 할지 모르는데 목을 내밀고 기다리고만
있을 수는 없었다.

상미는 교차된 채로 묶인 발에 힘을 주어 움직여보았다.

어찌나 단단하게도 묶었는지 밧줄은 풀릴 기미가 없었다. 억지로
발을 빼내볼까 했지만 거친 밧줄의 표면에 살갗이 벗겨져나갈 뿐이
었다. 복숭아뼈끼리 짓눌리니 극심한 고통에 신음이 흘러나왔다.

젠장, 밧줄에서 나던 고약한 냄새가 떠올랐다.

지저분한 밧줄이라 상처에 세균이 침투하면 곪을 텐데. 그렇다면
결정적인 순간에 제대로 걷거나 뛰지 못할지도 모른다.

뒤로 넘겨진 팔을 어떻게든 앞으로 넘겨보려고 했지만 고통스럽

기만 할 뿐이었다.

다리도 다리지만 팔이 이래서는 아무것도 할 수 없었다.

마음처럼 되는 게 하나도 없었다.

욕을 퍼붓고 싶었다.

***

잠에서 깨어난 것은 어떤 소리를 들었기 때문이었다.

초인종 소리였다.

연영은 악몽을 꾸던 사람처럼 화들짝 놀라 일어나 앉았다.

창문으로 햇살이 들이치고 있는 고요한 아침이었다. 초인종 소리
가 서서히 줄어들고 있었지만 깬 순간부터 터질 듯 쿵쾅대던 심장
은 사그라질 줄을 몰랐다. 온몸이 뜨거웠다.

이 아침에 누가?

외시경 렌즈로 봐야만 앞에 누가 있는지 알 수 있을 텐데, 문 앞으
로 다가갈 생각을 하자 두려움이 물결쳤다. 상대는 초인종을 반복
해서 누르지 않고 기다리고 있는 듯했다.

연영은 침대에서 내려와 방을 나섰다.

먼저 안방부터 확인했다. 상미도 막 잠에서 깼는지 피곤한 눈으
로 연영을 올려다보았다. 여전히 팔다리가 묶여 있는 모습이 많이
힘들어 보였다. 문을 닫았다.

연영은 현관문으로 다가가 외시경 렌즈에 눈을 갖다 댔다. 그 짧
은 순간에 온갖 무서운 상상이 머릿속에 터져 나오며 심장이 뛰어
댔지만 눈을 부릅 뜬 채 밖을 살폈다.

아무것도 없었다. 옆집 현관문이 보일 뿐, 어느 각도로 보아도 사람은 보이지 않았다. 갑자기 어딘가에 숨어 있던 사람이 혹 튀어나와 외시경 구멍에 눈을 갖다대는 건 아닌가 하는 끔찍한 상상도 들었지만 그런 일은 일어나지 않았다. 아무도 나타나지 않았다.

만약 누군가 있다면 아래쪽에 숨어 있을 것이다. 거기밖에는 외시경을 피해서 숨을 곳이 없다.

연영은 나가지도 못하고, 그렇다고 다시 안으로 들어가지도 못한 채 현관 바닥에 앉아 시간을 흘려보냈다. 현관문 너머에는 여전히 인기척이 없었다.

연영은 안방으로 가서 상미에게 아침에 우편물이 배달 오는 일이 있는지 물었다. 그러자 상미는 그런 일이 있기는 하지만 보통 사인이 필요한 등기가 아침에 온다고 말했다.

그렇다면 등기 배달을 왔다가 사람이 없는 것 같자 그냥 돌아간 건지도 모른다.

연영은 자신이 너무 예민해져 있는 건지도 모른다고 생각했다.

침대에 올라가 이불을 덮고 몸을 웅크렸다.

무서울 때마다 함께 잤던 수경이가 보고 싶었다.

못 견디게 그립다.

묻고 싶었다.

지금 나는 어디까지 와 있는 걸까. 어디로 가고 있는 걸까.

***

장형주 형사와의 약속을 취소했다. 사람을 감금해둔 채로 형사를 만날 수는 없으니까. 그러나 이제 장형주 형사를 만날 수 없는 것이 아니라 만날 필요가 없게 되었다.

문 앞에 놓인 흰 봉투, 그 안에 든 내용을 본 순간부터였다.

연영이 형사 대신 교사를 다시 찾아갈 생각으로 모자를 푹 눌러 쓰고 집을 나섰을 때, 문 밖에 떨어져 있는 '그것'을 발견했다.

현관문이 열리면서 복도 바닥에 놓여 있던 흰 봉투가 밀려 '치이익' 소리를 내는 바람에 알아차렸다. 화들짝 놀라 주위를 둘러봤지만 고요했다. 누군가 숨죽이고 숨어 있는 게 아닌 이상 복도에는 아무도 없는 게 분명했다.

얼른 손을 뻗어 봉투를 집어 들고 집 안으로 도망치듯 들어왔다.

아까 이른 아침 초인종 소리. 이걸 놓고 간 거였다.

흰 봉투에는 아무것도 써 있지 않았다. 보낸 사람도, 받는 사람도.

내용물을 꺼내보니 A4 용지 한 장이 대충 접힌 채 들어 있었다. 종이를 펴들었다. 컴퓨터로 친 글자가 출력되어 있었다.

그 내용을 읽은 순간 연영은 숨을 쉴 수 없었다.

　　　김수경 죽음 뒤를 캐고 다니는 걸 알고 있다.

　　　나한테 증거가 있다. 그 증거를 갖고 싶으면 오늘 밤 12시까지 우편함에
　　　천만 원을 넣어놔.

　　　그럼 거기에 증거를 넣어주지.

　　　허튼 짓 하면 증거 없애버릴 거야.

　　　－H－

피가 머리끝으로 역류하기 시작했다. 입을 틀어막은 채 글자에서

눈을 떼지 못했다.

김수경, 죽음, 증거…… 차례로 눈이 가서 멈췄다.

톡톡. 눈물이 떨어져 종이를 적셨다.

정신을 차렸을 때 연영은 바닥에 주저앉아 있었고 손에서 놓친 종이는 저 구석으로 날아가 있었다.

누군가의 죽음에 '증거'라는 게 존재한다는 건, 자의적인 죽음이 아니라는 의미가 아닌가.

11년 전의 익숙한 자기 목소리가 귓가에 대고 속삭이고 있었다.

수경이는 자살하지 않았어. 수경이는 자살을 한 게 아니야. 수경이는 죽고 싶어 하지 않았어. 누군가 수경이를 죽인 거야…….

연영은 일어나서 집 안을 걸어다녔다. 20평이 좀 안 되는 집 안을 빙글빙글 돌며 걷고 또 걸었다. 멈추지 않았다. 멈춰지지 않았다.

계속 걷는 연영의 손엔 H가 보낸 종이가 들려 있었다.

H가 약속한 자정이 되려면 아직 시간이 많이 남았다. 연영은 교사를 만나려던 걸 완전히 잊어버리고 은행으로 향했다.

살면서 한 번도 손에 쥐어본 적 없는 천만 원이라는 돈이 현금으로 쥐어졌다. 현금화할 수 있는 연영의 전재산이었다.

은행 직원이 걱정스런 눈길로 보이스피싱이 아니냐며 알아들을 수 없는 말을 했지만 연영은 듣지 않았다. 그 모습이 이상하게 보였는지 연영이 은행을 나가려 하자 직원이 쫓아 나왔다.

"고객님!"

직원은 은행 밖까지 쫓아나왔다. 연영의 일그러진 표정을 보고는 직원이 멈칫하더니 말했다.

"혹시 어디서 돈을 빼오라는 연락이 왔다거나, 경찰서나 은행 등의 공공기관을 사칭한 전화를 받으신 건 아닌지……."

이렇게 낭비할 시간이 없는데. 저런 평범한 사람과 마주 대화하는 것이 이제는 모두 의미 없게 느껴졌다.

"그런 거 아니에요. 제가 필요해서 뽑은 거예요."

"혹시 어디에 필요하신 건지 여쭤봐도 될까요?"

"제 동생 죽인 범인 잡는 데 쓰려고요. 현금이 필요하거든요."

정적이 흘렀다. 직원은 영혼이 빠져나갔다 들어온 것 같은 멍한 표정으로 연영을 보았다. 안타깝게도 그녀는 자신이 연영을 어떤 눈으로 보고 있는지도 전혀 인지하지 못하는 듯했다.

"그럼 이만."

연영은 짧게 인사를 건네고 돌아섰다.

그리고 속으로 대상도 없이 기도를 올렸다.

언젠가 무슨 일이 생기거든, 내 증인이 되어주기를.

내가 내뱉은 뜬금없고 충격적인 그 한 마디를 기억했다가, 꼭 필요한 순간에 말해주기를.

연영은 천만 원이 든 봉투를 소중히 가방에 넣고 지퍼를 잠갔다.

버스에 앉아 또 한 번의 기도를 올렸다.

정말로 우리 수경이를 죽인 사람이 있다면, 정말 그런 거라면, 무엇이 옳은 건지 알게 해주시기를. 내가 그자를 만났을 때 어떻게 할지 알 수 있게 해주시기를.

내가 너무 늦지 않게 그 답을 알 수 있게 해주시기를.

차라리 미쳐버리게 해주시기를.

***

　집에 돌아와서도 천만 원을 손에 쥔 채 수백 번을 고민했다. 이런 상황을 원망하고 비난하고 저주하는 모든 격랑의 감정을 거친 후에 내린 결론은 결국 '피할 수 없다'였다.

　돈을 넣어놓지 말고 숨어 있다가 H가 나타나면 덮쳐서 얼굴을 확인할까? 그러면 뭔가 갖고 있는 게 맞는지 확인할 수 있지 않을까? 그런데 아무리 전기충격기가 있다고 해도 과연 내가 그놈을 힘으로 제압할 수 있을까? H란 놈이 엄청나게 재빠르면? 아니면 내가 그럴 걸 대비해서 이미 무기를 갖고 있으면?

　자칫하다가 유일한 증거도 놓치고 위험에만 노출될지도 모른다. 지금 증거는 목숨보다도 귀했다.

　천만 원이 든 흰 봉투가 손 안에서 지저분하게 구겨진 지는 벌써 한참 전이었지만 연영은 그것을 손에서 놓을 생각이 없었다. 머릿속에서는 온갖 상황이 시뮬레이션되고 있었다.

　넘긴 돈을 고스란히 사기를 당할 리스크도 생각해야 했다.

　그리고 무엇보다 중요한 건 H가 누구인가 하는 것이었다.

　누군데 증거라는 걸 갖고 있는 것이며, 내가 사는 곳을 알고, 기억을 잃어 수경이에 대해 파헤치고 다닌다는 걸 알고 있는 것인가.

　동생 죽음의 진상을 좀 알아보겠다는데 뭐가 이렇게 위험한 걸까. 그 평범하디평범한 아이의 죽음에 뭐가 있기에.

　두렵고 불확실하지만 확인해봐야 했다. 정면으로 부딪쳐야 했다. 이런 상황까지 알고 있는 사람이라면 중요한 뭔가를 알고 있을 가능성이 크다.

고민은 끝났다. 이 선택이 자신을 어디로 이끌어가더라도 후회하지 않겠다는 결심이 섰을 때 연영은 현관문을 열어젖혔다. 23시 10분.

1층으로 내려가 봉투를 우편함에 넣었다. 봉투를 먹은 우편함이 덜컹거리며 흔들리는 소리가 낡은 빌라 건물 내부를 요란하게 울렸다.

상미의 집 401호 우편함에 맞게 넣은 것을 눈으로 확인한 후 연영은 곧바로 몸을 돌려 계단을 뛰어올랐다. 혹시라도 놈이 숨어서 노리고 있을 수도 있으니까.

곧 있으면 자정. 놈이 나타나기를 기다리는 일만 남았다. 하지만 기다리고만 있을 생각은 없었다.

이제 30분 뒤면 놈이 나타날 것이다. 연영은 거실 전등을 켜둔 채 건물 뒤편을 향해 나 있는 창문으로 다가갔다. 4층 높이인 여기에서 뛰어내릴 순 없어도 뭔가를 붙잡아 타고 내려갈 수는 있을 것 같았다. 조심스럽게 창문에 걸터앉아 신발을 신은 발을 아래로 내렸다.

건물 전체를 가로지르는 기다란 배기덕트가 꺾이는 부분에 발을 올려놓았다. 잘만 붙잡고 내려가면 아래층 창문 난간에 발을 댈 수 있을 것이다. 마음을 차분히 먹어야 했다.

배기덕트를 끌어안고 천천히 힘을 풀어 몸이 아래로 떨어지게 했다. 아래층 창문 난간 끄트머리에 발이 닿았다. 혹시 창문으로 보고 누군가 비명을 지르기라도 하면 낭패였기에, 끄트머리에 발을 댄 채로 배기덕트를 좀더 안전하게 끌어안아 더 아래로 내려갔다.

2층 난간에 발이 닿았다. 같은 방법으로 1층 난간에 반대쪽 발을 내딛은 다음에 거리를 좀 남겨두고 흙바닥으로 뛰어내렸다. 쓰레기봉투, 안 쓰는 가구 같은 것들이 모여 있는 건물 뒤편이라 사람이 없었다.

욱신거리는 발목을 주무른 후 건물 앞쪽으로 조심스럽게 걸음을 옮겼다.

시간은 어느새 자정을 10분 남겨두고 있었다. 몸은 온통 땀으로 절었다. 어둠 속에 몸을 숨긴 채 건물 입구가 보일 만한 곳에 자리를 잡았다.

10분이 가길 기다리는데 끔찍한 상상에 연영의 몸이 굳었다.

어쩌면 증거를 갖고 있는 게 아니라, 놈이 범인은 아닐까, 하는 생각.

등줄기로 식은땀이 흘렀다.

1분 전.

그때 인기척이 들려왔다.

조심스럽게 움직이는 듯 작은 소리였지만 분명 사람의 발소리였다. 이 주택가는 길이 외져 원래도 사람이 잘 돌아다니지 않는 곳인데, 이런 시각이라면 더욱 그랬다. H일 가능성이 높았다.

모든 신경이 곤두섰다. 언제든지 달려갈 준비가 되어 있었다. 연영은 작은 인기척도 내지 않도록 모든 움직임에 신중을 기했다.

타박타박.

발소리가 좀더 과감해졌다. 발소리가 속도를 내기 시작했다.

빌라 건물 계단을 오르는 소리, 세 발짝.

이제 우편함 앞까지는 다섯 걸음이 남았다.

그 소리가 들려오면 연영은 움직일 것이고, 우편함을 여는 삐걱이는 소리가 날 것이다. 바로 그때가 연영이 덮칠 순간이었다.

조용하던 발소리가 뛰기 시작했다.

동시에 연영의 심장도 터질 듯 뛰었다.

그 순간 연영은 팅기듯 달려 나갔다. 부릅뜬 눈이 시리다 못해 아팠지만 깜빡일 틈이 없었다. 출입구 계단을 뛰어오르면서, 형사가 권총을 꺼내들 듯 전기충격기를 꺼내들었다.

양복을 입은 남자가 우편함에 넣었던 손을 빼내고 있던 참이었다. 손에 우편물을 잡은 채였다.

남자의 목에 전기충격기를 대려던 연영의 손이 굳었다. 연영의 시선이 아래로 꽂혔다. 영문을 모르는 얼굴로 돌아본 남자의 손이 나온 곳은 401호 우편함이 아니었다. 그 옆 202호의 우편함이었다.

"왜 그러시죠?"

남자가 물었을 때 연영은 황급히 반대쪽으로 고개를 돌렸다.

주택 건물 바깥.

처음엔 눈을 의심했다.

20미터쯤 떨어진 곳에서 검은 옷차림의 남자가 이쪽을 향해 흰 봉투를 흔들고 있었다. 연영을 향해.

"무슨 일이죠?"

이상한 낌새를 느꼈는지 양복 차림의 남자가 뒤에서 물어왔지만 연영은 대답을 할 수도, 돌아볼 수도 없었다. 이쪽을 향해 저 멀리서 흰 봉투를 흔들어대고 있는 남자…… 그녀가 아는 사람이기 때문이었다.

횡단보도에서 연영 쪽으로 빠르게 걸어왔다가 지나갔던 남자, 며칠 전 집으로 오는 길을 뒤따라왔다가 그냥 돌아갔던 남자였다. 그 남자가 분명했다. 그 남자가 H였던 것이다.

보란 듯이 흰 봉투를 흔들어대던 남자가 몸을 돌리더니 쏜살같이 도망쳐버렸다.

"저 남자 누굽니까? 무슨 일이죠?"

멍한 채로 고개를 돌리니 양복 차림의 남자가 연영이 손에 들고 있는 전기충격기를 미심쩍게 쳐다보고 있었다. 연영은 긴장을 놓지 않은 채 숨을 헐떡이며 물었다.

"방금 뛰어서 들어오셨나요?"

만약 이 사람이 뛴 거라면 이 사람도 수상하다. 속임수가 있었을지 모른다는 생각에 묻자 남자가 불편한 표정으로 웃었다.

"아뇨, 걸어왔는데요."

무슨 영문인지 몰라 불쾌한 듯했다.

연영은 다시 검은 옷의 남자가 사라진 방향을 바라보았다. 놈은 이미 흔적도 없이 사라진 뒤였다. 하지만 연영은 곧 도망쳐야 한다는 걸 알고 있다. 놈이 봉투 안을 확인하고 나면 다시 쫓아올 테니까.

양복을 입은 남자가 말했다.

"제가 들어올 때 저 남자분이 뛰어나가고 있었는데요."

소름이 돋았다. 그렇게 된 거였다. 발소리를 착각한 것이다.

"죄송합니다."

우편함에 시선을 둔 채 양복 차림의 남자에게 사과했다. 연영은 자신이 무슨 말을 하는지도 모를 정도로 정신이 나가 있었다.

401호 우편함에 떨리는 손을 밀어 넣었다.

뭔가 있었다. 납작한, 종이는 아닌데 종이 같은…….

양복 차림의 남자가 계단을 올라가는 소리가 들렸다. 이제 이곳에는 연영 혼자였다.

우편함에서 손을 빼냈다.

반으로 접힌 사진이었다.

밤인 듯 배경이 어두운 사진이었다. 처음엔 이쪽으로 얼굴이 보이는 사람 한 명만 찍힌 것인 줄 알았다. 그 앞에 여섯 개의 살색 막대기 같은 게 있다고 생각했다. 그런데 자세히 보니 이쪽으로 얼굴이 보이는 사람과 마주 서 있는 '사람'의 뒷모습이었다.

한 명이 아니었다. 손가락으로 한 명 한 명 짚어보았다.

하나, 둘, 셋⋯⋯.

그것은 세 명의 다리였다. 어둠 속에서 검은색 교복을 입었기 때문에 얼핏 봤을 때 사람처럼 보이지 않았던 것이다.

이쪽을 등진 세 명이 한 명을 마주하고 있는 상황인데, 결코 좋은 느낌은 아니었다.

연영은 초점을 한 곳에 고정시키고 눈을 가늘게 했다.

화질이 좋지 않았지만 그들을 보고 있는 한 명의 표정 정도는 알아볼 수 있었다.

겁에 질려 있었다.

사진이 손과 함께 허공에서 떨렸다.

겁에 질린 얼굴로 세 명에게 둘러 싸여 있는 사람. 이 얼굴⋯⋯ 분명⋯⋯.

천천히 떨리는 손가락을 뻗어 그 얼굴에 대보았다.

앳된 선우현이었다.

선우현이 왜 여기에?

다시 우편함 안으로 손을 밀어 넣었다. 아까 사진을 꺼낼 때 손끝에 걸렸던 게 있었다.

손끝에 걸렸던 것, 예상대로 우편함 안에 사진이 한 장 더 있었다.

그걸 꺼내다가 우편함 뚜껑 모서리에 손등이 긁히고 말았다. 손등에서 금세 피가 흘렀지만 아랑곳없이 다시 사진을 살폈다.

　뒤통수를 얻어맞은 것 같은 충격이 몰려왔다.

　눈을 의심했다.

　한 명을 둘러싸고 있는 살색 막대가 이번에는 여섯 개가 아니었다. 여덟 개. 네 명의 뒷모습이 한 명을 둘러싸고 있었다. 이번 사진에서 둘러 싸여 있는 사람은 선우현이 아니었다.

　모를 수가 없는 얼굴이 거기 있었다.

　민서가 겁에 질린 얼굴로 뒷걸음질을 치고 있었다.

　머릿속에서 사이렌이 울렸다.

　모든 게 거짓말이었던 것이다.

　미친 듯이 우편함 안을 더듬었지만 오래 묵은 먼지만 딸려 나올 뿐이었다.

　H가 연영에게 넘긴 사진은 이 두 장이 전부였다.

　연영은 다시 두 장의 사진을 보았다. 손에 힘이 빠져 사진을 잡고 있기도 힘들 지경이었다.

　끔찍한 생각이 머릿속을 휘돌았다.

　사진이 담고 있는 의미에 집중하느라 연영은 알아채지 못하고 있었다.

　H가 다시 돌아와 코앞에서 분노에 찬 숨을 몰아쉬고 있었다.

19

쾅, 하고 문이 열리는 소리에 상미는 정신을 차렸다. 잠과 기절 사이 어디쯤에서 헤매고 있었다.

안방 문이 열리더니 김연영이 들이닥쳤다. 아줌마, 하고 부르는 소리가 다급하고 감정으로 가득 차 있었다. 제대로 먹지도 못하고 묶인 채로 시간이 얼마나 흐른 걸까. 혼미한 정신을 붙들고 간신히 눈을 치켜뜨며 연영을 올려다보았다.

"선우현이라고 알아요?"

질문을 듣는 순간 상미는 알아차렸다. 김연영 안에서 들끓고 있는 것이 있었다. 그것은 분노였다. 아직까지도 폭발하지 않고 있는 게 신기할 정도의 분노.

목이 말라버려 갈라진 목소리가 흘러나왔다.

"선우현?"

"그래요, 선우현!"

누구지. 누구더라. 처음 듣는 이름인데.

또박또박 들려온 이름에도 떠오르는 게 없었다.

"몰라요? 민서랑 같은 학교 다닌 앤데."

말투가 빨랐다. 김연영은 전처럼 거리를 두고 바닥에 앉지 않았다. 상미 앞에 무릎을 굽히고 앉아 위압적으로 내려다보고 있었다. 지금까지와 다르게 거리가 너무 가까웠다.

"몰라. 처음 듣는 이름이야."

"얼굴도 몰라요?"

이름을 모르는데 얼굴을 안다고 한들 어떻게 증명하라는 건지 황당해서 상미는 웃어버렸다. 그렇게 되물으려는데 눈앞에 뭔가를 들이밀었다.

사진?

어두워서 잘 보이지 않았는데 연영이 휴대폰으로 후레쉬를 비춰주었다. 사진 속 얼굴은 한 번도 본 적 없는 얼굴이었다.

상미는 사진을 유심히 들여다보았다.

이게 무슨 상황이지? 여러 명이 한 명을 둘러싸고 있는데, 무슨 일이 일어날 것처럼 불안해 보였다. 게다가 당하는 한 명의 얼굴에는 두려움이 적나라했다.

"이게 뭔데. 이게 우리 민서랑 무슨 관련이 있어?"

"정말 몰라요?"

연영이 거칠게 몰아쉬는 호흡이 상미의 얼굴에까지 닿았다.

"그래, 몰라. 이 사진이 대체 뭔데?"

연영이 사진을 거두어갔다. 나가려는 건지 일어나서 문 쪽으로 움직이는 기척이 들렸다. 그 다음은 중얼거리는 소리……

"이렇게 아무것도 모르면서……."

"뭐?"

"아무것도 모르는 주제에 나한테 무슨 짓을 하려고 한 거야!"

상미는 놀라 눈도 깜빡이지 못한 채 목을 꺾어 연영을 올려다보았다.

"아무것도 모르면서!"

드디어 정신이 나간 걸까. 연영이 집이 떠나가라 소리를 질렀다. 그때서야 상미는 처음으로 저 아이야말로 미쳐가고 있는 건지도 모른다고 생각했다.

"내가 아무것도 모르다니, 무슨 말이야? 그러는 넌 뭘 아는데? 그 사진은 어디서 난 거고?"

남은 힘을 쥐어짜 간신히 말했는데 돌아오는 대답이 없었다.

김연영이 이상하리만치 조용해졌다. 연영은 미동없이 서 있기만 했다.

"그 사진 어디서 난 거냐니까? 그리고 선우현은 또 누군데!"

상미도 화가 났다. 처음엔 여기를 빠져나가는 게 어렵지 않을 줄 알았다. 어려울 이유가 없다고 생각했다. 그런데 벌써 며칠째인지. 아무것도 못하고 굼벵이처럼 바닥에서 꿈틀거리고만 있는 자신이 답답했다. 이제 이렇게 버티는 것도 얼마나 더 할 수 있을지 자신 없었다.

"잘 생각해봐요, 아줌마."

"뭘!"

"수경이는 자살을 했고, 민서는 내가 죽였어요. 그렇죠?"

상미는 대답하지 않았다.

"그런데 그 사진이 내 손에 들어왔단 말이에요. 거기 있는 사람은 선우현. 내가 아는 사람이죠."

"네가 아는 사람이라고? 어떻게? 민서 동창이라며."

"아줌마가 소개해준 지은지가 연결해준 사람이었어요. 분명 그 사람 얼굴이야. 민서나 수경이랑 친한 사이는 아니고 동창이라서 얼굴 아는 정도라고만 했거든요."

상미의 기억 속에서 무언가가 떠오르기 시작했다.

그날도 여느 날처럼 김연영의 뒤를 쫓다가 고급 식당에 들어가는 걸 보았다. 그때까지만 해도 누굴 만나는지 알 수 없었다. 두 시간이 안 되어 연영이 여자 두 명과 식당에서 나오는 걸 보았다. 그 두 명 중 한 명의 얼굴이…….

사진 속 얼굴과 비슷하다. 거리가 있어 자세히 보지는 못했지만 비슷했다.

"그런데 그 사람이 사진 속에 있고, 저 사진이 수경이 죽음을 파헤치고 다니는 내 손에 들어왔어요."

연영이 다시 상미에게 다가와 무릎을 굽혀 앉았다.

"이것도 전혀 모르는 일이야?"

다시 눈앞에 들이밀어진 사진. 조금 전 것과 같은 사진인 줄 알았다. 배경, 어둠, 여러 명의 뒷모습이 조금 전 사진과 똑같았기 때문이다. 하지만 한 가지 달라진 게 있었다. 상미는 핏발 선 눈을 사진에 고정시켰다. 감금 상태가 길어지면서 정신을 놓아서 잘못 본 줄 알았다.

네 명에게 둘러싸인 사람이 민서라는 게 믿어지지 않았다.

"이게…… 이게 뭐야. 우리 민서가 왜, 왜 여기 있어? 무슨 사진이야, 이거!"

김연영이 욕설을 내뱉듯 말하고는 일어섰다.

"우리 수경이가 자살을 했다고? 개소리들을……!"

김연영이 나가려 하자 상미는 비명을 질렀다. 발버둥치기 시작했
다. 그 사진은 뭔지, 어디서 난 건지, 뭘 의미하는 사진인지, 그 뒷모
습 네 명은 누구인지 침을 튀겨가며 목이 터져라 소리쳤지만 김연
영은 방문을 닫고 나가버렸다.

목에서 올라온 피 맛이 느껴질 때까지 소리를 지르던 상미는 숨
을 헐떡이며 생각하기 시작했다.

김수경은 자살을 했고, 내 딸 민서는 김연영의 손에 죽임을 당했다.

이 전제가 틀렸을지도 모른다는 소름끼치는 생각이 목을 조여 왔다.

수경이가 죽은 후 민서는 눈에 띄게 불안 증세를 보였고 밖에 나
가지 못하는 지경까지 이르렀다. 아무도 만나지 않았으며 엄마와도
대화를 나누는 걸 싫어했다. 얌전하고 내성적인 아이이긴 했지만
그런 딸은 아니었다.

수경이의 장례식이 있던 날. 민서에게 장례식장에 가지 않겠냐고
물으러 방에 들어갔는데 이불을 뒤집어쓰고 있던 민서는 얼굴을 보
여주지 않은 채 '안 가'라고만 대답했다.

그토록 친한 친구였는데 왜 그러는 걸까, 상미는 놀랐다. 물론 친
했던 만큼 받아들이기 힘든 것은 이해하지만 그래도 장례식에 가지
않는 건…….

단순히 두 친구 사이 문제가 아니었다면, 사진 속 네 명과 뭐가 있
었던 건가.

당시 민서가 했던 말들이나 생각은 하나도 빼놓지 않고 똑똑히

기억하고 있다. 딸의 마지막 모습들이니까.

민서에게 사진 속 상황에 대해서 들은 적은 없다. 분명히 없다.

그런데…….

이제야 그 기억이 의미 있게 여겨지기 시작했다. 이 모든 것의 시작이었던 김수경의 자살, 그것과 연관성이 없다고만 여겼던 기억이었다.

여름방학 전이었다. 사진 속 모습처럼 춘추복을 입던 계절…….

민서가 집을 나갔었다.

***

수경이는 자살하지 않았어.

수경이는 자살을 한 게 아니야.

수경이는 죽고 싶어 하지 않았어…….

안방을 나오자마자 연영은 휴대폰을 꺼내들었다. 새벽 한 시였지만 상관없었다. 휴대폰을 쥔 손이 얼음장 같았다.

뚜르르르.

주문처럼 흐르는 신호음을 들으며 연영의 정신은 조금 전 일촉즉발의 상황으로 날아갔다.

H가 다시 나타났을 때 놀라긴 했지만 계획에 있던 일이라 금방 정신을 추스를 수 있었다.

H는 100만 원밖에 들지 않은 돈 봉투를 들어보이며 분노하고 있었다. 아마 사람도 없는데다 외진 곳이니 다시 돌아와도 안전하다고 생각했을 것이다.

그의 생각은 맞았다. 연영은 혼자 있었고 안전에 대비할 수 있는 무기라고는 주머니 속 전기충격기가 다였다. 하지만 연영에게 중요한 건 안전이 아니었다.

'이 사진, 어떻게 네가 갖고 있어?'

연영의 질문에 H는 낄낄대며 웃기 시작했다.

'내가 찍었으니까.'

'이걸 네가 왜 찍었는데?'

'나머지 900만 원 내놔.'

'아니, 못 줘.'

'약속이 틀리잖아!'

'이거 말고 더 확실한 다른 증거를 줘. 이걸론 안 돼. 아무 도움도 안 되거든.'

'그럴 리가? 분명히 아주 도움이 될 거라 그랬는데……?'

'누가.'

'그걸 내가 말해줄 것 같아?'

약 올리듯 낄낄대는 H의 얼굴을 후려쳤다. 웃느라 정신 놓고 있던 놈은 미처 피하지 못했고 소리를 지르며 연영에게 달려들려고 했다.

연영이 미리 112를 찍어둔 휴대폰을 들어 보이며 공갈협박죄와 사기죄로 집어넣을 수 있다고 소리쳤다. H는 나머지 돈이나 달라고 윽박질렀다. 그 태도로 보아 알 수 있었다. H는 머리가 아니었다. 누군가의 조종에 의해 움직이는 얼뜨기일 뿐이었다.

'다른 더 확실한 증거를 주면 900만 원 지금 당장이라도 줄 수 있어. 하지만 그렇지 않으면 바로 신고할 거야. 난 이 삶에 미련 없는

사람이라 무서울 게 없어.'

연영은 떨고 있다는 것을 들키지 않기 위해 눈을 부릅뜨고 말했다.

H가 혼잣말로 뭐라고 쌍욕을 내뱉는가 싶더니 어쩔 수 없다는 듯 주머니를 뒤적였다.

놈의 주머니에서 나온 것은 이번에도 반으로 접힌 사진이었다.

'여기에 그 사람들 얼굴이 있어. 그게 궁금했지?'

잘 접혀 있는 사진을 본 순간, 연영은 놈도 중요한 사진을 일부러 남겨뒀다는 걸 알아챘다. 요구한 돈을 일부만 넣은 자신처럼.

돈을 먼저 넘기기로 하고 나서야 증거 사진을 손에 넣을 수 있었다. 놈이 900만 원이 든 것을 확인하고는 신나서 혼잣말로 중얼거리는 소리를 들었다.

'내가 시키는 대로만 하는 사람은 아니니까, 뭐. 내 맘이지 뭐. 그 사진 나한테 필요도 없거든.'

이 사진을 연영에게 주라고 사주한 배후가 있다는 뜻처럼 들렸고, 그 배후가 의도한 바와 다르게 행동한 것에 대해 스스로 합리화를 하는 것처럼 보였다. 놈이 건넨 사진을 받아들자마자 확인한 순간, 피가 역류했다.

'누가 시켰어.'

'누구? 두 명인데.'

조급해하는 연영을 보는 게 재미있는 듯 놈은 미끼를 던져놓고 히죽거렸다.

'두 명……? 누굴 말하는 거야. 당장 말해!'

이 순간 연영은 차라리 미쳐버리는 게 나을지도 모른다고 생각했다.

'어디서 났어. 누구야!'

'어디서 나긴, 이것도 내가 찍었는데.'

'왜 찍었는지 똑바로 말하는 게 좋을 거야.'

'김수경이 시켜서 찍은 건데.'

놈의 입에서 수경이의 이름이 나왔을 때 세상이 빙글빙글 도는 경험을 했다.

다른 두 사진을 보고 놀랐을 때보다 더 큰 충격이 연영의 숨통을 조여 왔다.

도저히 믿을 수 없는 말이었다.

대체 왜…….

더 이상 정보를 흘릴 수 없다 생각했는지 놈이 뛰기 시작했고, 연영도 쫓아 뛰었다.

그러나 놓쳤다. 놈을 쫓느라 숨이 턱에 차 바닥에 주저앉아버렸다. 힘이 빠져 엎드려버리고 싶기도 했지만 그러지 않았다. 바닥이 흔들려 지진이라도 일어났나 싶은 착각이 들었다. 착각인 걸 알면서도 일어서지 못했다.

H가 준 세 번째 사진은 네 명이 민서를 둘러싼 사진을 반대 방향에서 찍은 거였다.

사진 속 네 명 중 세 명의 얼굴.

지은지와 민진희 그리고…… 선우현이었다.

그들의 앳된 얼굴들이 있었다.

믿기지 않아 한참 동안 사진을 보았다.

연영은 고개를 떨구고 웃었다.

완전히 속았다. 전부한테.

나머지 한 명은 본 적 없는 얼굴이지만 민서를 둘러싼 넷 중에 세

명이 지은지와 민진희, 선우현이라는 것만으로도 충분했다.

　그들이 자신 앞에서 뻔뻔하게 내뱉었던 가증스러운 말들이 떠올랐다.

　'그렇죠. 몇몇 더 친한 애들이 있었는데, 그냥 적당한 정도였어요. 아시잖아요. 여자들 무리지어 다녀도 그 안에서 절친 따로 있는 거.'

　'사실은요, 지은지가 저희를 찾았다는 연락 받고 좀 놀랐어요. 잘 아는 사이가 아니니까요.'

　'수경이란 애랑 저희는 그다지 인연이 없었거든요. 민서라는 애도요.'

　피해자 쪽에 있던 선우현이 가해자 쪽으로 옮겨 갔다.

　이것들이 의미하는 게 뭘까는 이제 중요하지 않았다.

　……수경이는 살해 당했다. ……스스로 선택한 죽음이 아니었다. ……죽어서 편해진 게 아니었다.

　혹시 몰라 사진을 휴대폰으로 찍었다. 이제 이 정도 단서면 충분하다.

　집으로 들어가 정신없이 공구함을 뒤졌다. 지금 당장 그것을 손에 쥐어야 숨통이 트일 것 같았다. 송곳을 찾아냈다.

　송곳을 지은지와 민진희의 눈 가까이 가져다 댔다.

　송곳의 끝이 허공에서 흔들렸다.

20

그는 병원에서 '선우선 씨 남편분'이라고 불렸다. 아무도 그가 어떤 사람인지, 그의 이름이 무엇인지 관심이 없었다. 그를 '선우선 씨 남편'으로만 보았다.

아무래도 상관없었다. 문제는 그들이 어쩌다 아내가 다쳤는지 묻더니 의심의 화살을 그에게 돌렸다는 데 있었다. 집에 들어갔더니 아내가 머리를 부딪치고 피를 흘리며 쓰러져 있었다고, 침입자가 있었던 것 같다고 말하자 병원 관계자는 자신이 남편이라고 주장하는 그부터 의심하기 시작했다.

남편이라고 거짓말을 한다고 의심하는 게 아니라, 여자에게 폭력을 행사해 다치게 만든 게 그라고 생각하는 듯했다. 그는 경찰에 신고하겠다고 했다. 구급차에 타고 오는 길에 했어야 했는데 다친 아내를 보고 정신이 나가 못 했다고 했지만 아무도 관심이 없었다. 그가 막 경찰에 신고하려던 때, 아내가 의식을 차렸다.

다행히 아내의 상태는 심각하지 않았다. 넘어지면서 탁자 모서리에 머리를 세게 박아서 피가 많이 난 것이었는데, 생명에는 지장이 없다고 했다.

무슨 일이 있었냐고 묻자 아내는 넘어졌을 뿐이라고 했다. 그래서 경찰에 신고하려던 그는 마음을 바꿨다. 하마터면 누군가 침입해 아내를 해친 줄 알고 쓸데없이 경찰에 신고해 일을 복잡하게 만들 뻔했다. 아무리 아내가 혼자 넘어진 거라 해도 일단 신고가 들어가면 온갖 조사가 이루어질 테니.

아내가 입고 있던 옷은 피가 많이 묻어서 옷이랑 필요한 물건들을 챙기러 집에 들른 길이었다. 불과 몇 시간 사이에 천국과 지옥을 오간 기분에 지쳐 있었다.

현관문 앞에 선 그는 잠깐이지만 두려움 비슷한 감정을 느꼈다. 들어가면 아내가 흘린 피가 그대로 있을 것이다. 문고리를 잡는 순간, 그때 느꼈던 충격이 고스란히 되살아났다.

거실은 불을 켜놓은 그대로였다. 환하게 켜진 전등 아래 굳어 있는 피가 적나라하게 빛을 받고 있었다. 그는 눈을 질끈 감았다 떴다. 불과 몇 시간 전, 여기서 아내를 발견했을 때 얼마나 아찔했는지, 어떤 기분이었는지 다시 상상하고 싶지 않았다.

하루종일 업무에 시달린 상태였지만 그는 몸이 지친 것도 느끼지 못하고 부지런히 움직이기 시작했다. 우선 보기만 해도 끔찍한 피를 닦아낼 생각으로 주방에서 걸레를 빨았다.

거실로 돌아와 바닥에 앉아 힘껏 피를 닦아내는데 바닥에 떨어져 있는 아내의 휴대폰이 보였다. 넘어지면서 휴대폰을 떨어뜨린 모양이었다. 반사적으로 다시 머릿속에 상황이 그려졌다.

혼자 있다가 넘어진 건데 머리가 터질 정도였다. 어쩌다가 넘어지면 미처 손도 뻗지 못하고 그 정도로 다칠 수가 있을까. 바닥이 미끄럽나? 그렇다면 반드시 안전조치를 취해야 한다.

떨리는 손길로 바닥에 튄 피를 닦아내고는 휴대폰을 탁자 위로 치워두었다.

그의 시선이 그곳에 멈췄다.

탁자 위에는 커피 잔이 한 개 있었다. 아내가 자주 쓰는 컵이었다.

떨어질까 봐 컵을 안쪽으로 밀어놓고 대수롭지 않게 다시 걸레질을 하던 그가 다시 동작을 멈췄다. 고개를 들어 탁자 위 커피 잔을 보았다.

다른 뭔가가…….

그는 바닥을 닦던 걸레를 내려다보았다. 깨끗했던 걸레에 검붉은 피가 스며들어 있었다.

그 순간 생각났다.

그는 걸레를 그대로 둔 채 벌떡 일어났다. 주방으로 걸어갔다. 걸레에서 옮겨온 핏자국이 손에 묻었지만 주방에 도착해서도 씻을 생각은 하지 못했다.

싱크대에 담겨 있는 똑같은 커피 잔에 시선이 멎었다. 아까 걸레를 빨 때 봤던 것이다. 싱크대 바가지에 담긴 커피 잔에는 립스틱 자국이 있었다.

다시 거실 탁자 위 커피 잔을 보았다. 아무런 자국이 없었다. 거실 탁자에 있는 커피 잔에는 커피가 거의 다 남아 있었는데 개수대에 담긴 잔에는 커피가 없었다. 자세히 보니 싱크대 거름망 끄트머리에 희미하게 남아 있는 갈색 액체가 보였다. 여기에 부어서 버린 것이다.

아내는 오늘 외출을 하지 않았다. 평소 립스틱을 진하게 바르는 편도 아니다. 그런데 이건 색깔이 진하다.

그의 걸음이 빨라졌다. 그는 온 집 안을 돌아다녔다. 숨어 있는 사람은 없었다. 설령 있었다고 해도 그가 선을 데리고 병원에 간 사이에 도망갔을 것이다.

깨끗한 신발장이 그제야 눈에 들어왔다.

방금 그가 벗어놓아 뒤집혀 있는 신발 외에는 슬리퍼 하나가 가지런히 놓여 있을 뿐이었다. 늘상 정리하는 게 아닌 신발장은 너저분할 때가 많았다. 지저분하진 않더라도 적어도 신발 서너 켤레는 항상 나와 있었다.

그런데 오늘 선이 신발을 정리했다.

'여보, 신고하지 마, 절대! 민망하게……. 아니야, 나 혼자 미끄러져서 넘어진 거야. 화장실 갔다 오는데 몰라, 갑자기 현기증이 나더니 휙 넘어졌어. 그러고는 머리를 부딪히고 정신을 잃었나 봐.'

응급실에 도착해서 정신을 차린 그녀가 신고하려고 휴대폰을 꺼내드는 그의 손을 저지하며 한 말.

거짓말이었던 거다.

그때였다. 집 안 어디선가 '우우우웅' 하는 요란한 소리가 나서 그는 흠칫 놀랐다. 탁자에 올려둔 아내의 휴대폰이 진동하고 있었다.

다가가보니 저장되지 않은 번호로 전화가 걸려 오고 있었는데, 하단에 이 번호로 선이 보낸 최근 문자 메시지가 떠 있었다.

'언니, 괜찮은 거예요?'

이것이 아내가 3일 전에 보냈던 문자였다. 3월 10일. 소름이 돋았다.

아내가 누군가를 만나고 온 게 틀림없다는 그의 직감에도 불구하고 아내가 혼자 바람 쐬다 왔다며 거짓말을 했던 날이었다.

새벽 한 시가 훨씬 넘었다. 이 시간에 누굴까. 아내를 만나고 간 놈일까?

아니, 언니라고 했으니……. 아, 그리고 립스틱 자국도 있었다.

그는 휴대폰을 집어 들어 전화를 받았다. 긴장한 탓에 숨이 거칠게 튀어 나갔다.

"여보세요."

상대방은 말이 없었다.

"여보세요? 말씀을……."

ㅡ선우현 씨 핸드폰 아닌가요?

여자의 날카로운 목소리가 휴대폰을 통해 들려왔다.

선우현이라면 아내가 개명하기 전 학창 시절까지 사용했던 이름이었다. 개명을 한 이후로는 그녀의 원래 이름을 아는 사람이 없다고 했었다. 왜 개명을 했느냐 물은 적이 있는데, 아내는 '남자 이름 같아서'라고만 했었다.

"맞는데, 누구시죠?"

ㅡ그쪽은 누구시죠?

찻잔에 묻은 립스틱. 손님은 여자였다. 아내는 손님이 왔었다는 사실조차 숨기고 있다. 손님과 아내 사이에 무슨 일이 있었던 것이 분명했다.

이 여자일까.

"전 선우선…… 아니, 선우현 씨 남편 되는 사람입니다."

ㅡ선우현 씨 좀 바꿔주시겠어요? 좀 급해서 그런데요.

"이 시간에요? 무슨 일 때문에 그러시죠?"

─급하게 물어볼 게 있어서요.

나이가 적은 목소리는 아닌데 상대의 행동은 어리숙하기 짝이 없었다. 이런 시간에 전화를 해놓고는 기본적인 예의도 갖추지 않았다. 그러나 급하다는 말을 뒷받침하듯 상대 여자의 목소리는 격앙되어 있었다.

"아내가 지금 전화를 받을 수 있는 상황이 아니라서요. 용건을 말씀해주시면 제가 전달해드릴게요."

그가 터질 것 같은 감정을 억누르고 말했지만 여자는 끈질겼다.

─아뇨, 직접 해야 합니다. 바꿔주세요. 당장이요.

뭐 이런 무례한 사람이 다 있나. 그는 다시 싱크대를 쳐다보았다.

"지난 10일에 제 아내와 만나셨죠?"

─그런데요?

"제 아내와 무슨 일로 만났고, 무슨 대화를 나눴죠?"

그는 떨고 있었다. 아내가 거짓말을 했고, 누군가 아내를 해하려 했다는 사실이 실감나기 시작했다. 찻잔은 하나지만 아내를 저 지경으로 만들었다면 남자를 대동하고 왔을 수도 있다. 단지 그 사람은 차를 마시지 않았을 뿐일지 모른다. 수화기 너머 침묵이 흘렀다.

"여보세요?"

─선우현 씨가 저한테 도움을 주셨는데, 새롭게 알게 된 게 있어 연락을 드린 거예요.

"그게 무슨 말씀이시죠?"

다시 침묵.

이 여자가 뭔가를 알고 있다는 확신이 더욱 강하게 들었다. 만약

이 여자가 이 집에 왔던 손님이라면 상해치사 혹은 살인미수에 준하는 일을 저질러놓고 이렇게 전화하는 게 가능할까? 그는 고개를 저었다.

그때 여자가 짜증스러운 한숨을 쉬더니 이상한 소리를 했다.

—제 동생, 네 명, 한통속.

"예?"

—이 말을 아내분에게 전해주세요. 그럼 알아들을 거예요.

선이 다친 일을 모르는 건가? 이 여자가 범인은 아닌 것 같았다. 하지만 아내에 대해 뭔가를 알고 있는 건 분명했다. 그는 고민 끝에 입을 열었다.

"선이…… 제 아내는 지금 병원에 있어요. 그래서 만날 수 없다고 말씀드린 겁니다."

—병원이요?

"누군가 제 아내를 해치려 했어요. 그게 당신인지 어떻게 압니까."

전화기 너머 다시 침묵이 흘렀다. 여자는 당황한 것 같았다. 다급해 보이던 숨소리도 사그라들었다.

잠시 후 여자가 놀라운 말을 했다.

—제가 아내분의 사진을 갖고 있어요.

"사진이요? 사진이라니, 무슨 말이에요. 무슨 사진이요!"

유부녀의 사진이라는 말은 듣는 것만으로도 가슴을 철렁하게 만든다. 지금 그가 그랬다.

—학창시절 사진인데…… 선우현 씨 도움이 필요해요. 그래서 연락드린 거예요. 저…….

여자가 뜸을 들이더니 말했다.

─만나서 말씀 나누는 게 어떨까요?

도움을 요청하는 목소리여서 그는 순간 말문이 막혔다.

"제 아내를 해치려 한 게 누구인지 짐작가는 사람이 있는 거예요?"

이번에 상대는 대답을 망설이지 않았다.

─어쩌면 이 사진 속에 답이 있을지도 모릅니다. 보시고 나면 남편분께서 아는 얼굴일 수도 있고요. 뵙고 사진 보여드리면서 말씀드릴게요. 전화로 할 이야기가 아니에요.

상대에게 말려들고 있는 건 아닐까 하는 의구심이 스치지 않은 건 아니었다. 하지만 지금 그는 아내도 믿을 수 없었다. 그리고 아내에 대해서 알아야 했다.

그는 휴대폰 마이크 부분을 입가에 가까이 가져다 댔다.

"좋아요."

여자는 그가 알려준 주소로 잘 찾아왔다. 새벽 3시가 넘은 시각이었지만 여자는 아랑곳하지 않았다.

일부러 여자를 집으로 불렀다. 대화를 해보다 낌새가 이상하거나 범인이라는 생각이 든다면 바로 제압해 실토하게 만들 작정이었기 때문이다. 안전이다 뭐다 중시해서 밤새도록 경비원이 돌아다니고 여기저기 CCTV가 설치되어 있는 이 아파트 단지는 적절치 않았다. 이 시간에 적절한 장소가 없어 선택의 여지가 없기도 했지만 그가 목적한 바를 이루기에는 집이 최적의 공간이었다.

들어선 여자는 생각했던 것보다도 더 왜소한 체격이었다.

오버핏 점퍼가 어깨에서 축 늘어져 있었고 작은 핸드백을 어정쩡하게 들고 있었다. 범인이라기보다는 위험을 느끼지 못하는, 세상물

정 모르는 순진한 여자인 듯해서 그는 오히려 김이 샜다.

어쨌든 이 여자를 통해 아내와 범인에 대한 정보를 얻을 수 있다면 좋겠다.

여자는 자신을 김연영이라고 소개했다.

"이런 시간에 여기까지 오시게 해서 죄송합니다. 와이프 짐을 챙기던 중이기도 하고, 지금 여기 말고는 딱히 생각나는 곳이 없어서요."

"아뇨, 괜찮아요."

김연영이라는 여자가 조심스럽게 들어서다가 어수선한 거실을 보고는 멈칫했다. 소파 부근 탁자가 비뚤게 놓여 있고 바닥에 물기도 남아 있는 상태였다. 그는 달려가 탁자를 바로 하고는 말했다.

"아내가 다친 곳이 여기인데, 피를 좀 흘려서요. 정신이 없다 보니 닦고 나서 정리를 안 해놨네요."

"네······."

당차게 여기까지 온 것과 다르게 여자는 꽤나 조심스러워했다. 그는 곁눈질로 여자를 살폈는데, 아무리 봐도 범인 같지는 않았다.

여자가 소파에 조심스럽게 걸터앉는 것까지 본 후 그는 몸을 돌려 주방으로 향했다. 마실 차로 캐모마일, 녹차, 커피, 물, 우유 중 무엇을 하겠냐고 묻자 여자는 커피라고 대답했다.

사진. 사진. 사진······. 그는 마음이 급했다. 얼른 차를 내주고 그 사진이란 것을 보여 달라고 하고 싶었다.

"여기 모서리에 핏자국이 남았네요."

긴장을 내려놓고 커피를 꺼내던 그가 선득한 기운을 느낀 것은 그때였다.

물을 올려놓고 설탕과 커피 가루를 꺼내는 내내 그는 그 이유를 알지 못했다. 물이 다 끓었을 때야 핏자국 이야기를 하는 여자의 말투가 태연해서라는 것을 깨달았다. 하지만 그렇다고 해서 문제될 건 없었다. 피를 보고 크게 당황하지 않는 사람도 있고 원래 차분한 사람도 있으니까.

다 데워진 물을 컵에 붓자 커피와 설탕이 부드럽게 녹기 시작했다. 달콤한 커피향이 올라왔다.

그것이 그가 기억하는 마지막 감각이었다.

21

남자가 쓰러지자마자 연영은 가면처럼 짓고 있던 순박한 얼굴을
벗어던졌다.

참 어처구니없다는 생각이 들었다.

지문 인식이라는 요즘 기능이 오히려 더 위험한 것 같은데, 하고
생각하며 기절한 남자의 주머니를 뒤져 휴대폰을 찾았다. 그의 손
가락을 가져다대자 잠금이 풀렸다.

최근 통화기록에 한 시간 전 통화한 번호가 있었다. 자동 녹음이
되었다는 표시가 있어 눌러 재생시키니 녹음된 통화 내용이 그대로
흘러나왔다.

—응, 여보. 속옷은 혹시 모르니까 두 개씩 그리고 내가 좋아하는
그 바지 있잖아. 응, 거의 맨날 입는 거, 응, 초록색. 그것 좀…….

선우현의 기운 없는 목소리와 그의 목소리가 번갈아 흘러나왔다.
저장되지 않은 번호가 선우현이 입원한 병원의 병실 전화번호라는

걸 알 수 있었다.

연영은 집에서 챙겨온 수면제 가루를 남자가 탄 커피에 섞은 다음 그의 입에 흘려 넣었다. 깨어났다가도 금세 다시 잠들 정도의 양이었다. 상미가 준비한 것들은 모조리 연영의 무기가 되었다.

수면제가 어디 있는지 물으러 갔을 때 상미는 묻지도 않은 정보까지 털어놓았다. 민서가 집을 나간 적이 있었다는 것. 단 일주일. 연영의 머릿속에 그 사실이 맴돌았다. 수경이에게도 들은 적이 없다는 것이 더 이상했다.

연영은 비로소 알 것 같았다.

자신이 모르던 것이 많고, 그 모든 것을 연결시켜야 수경이에게 닿을 수 있다는 것을.

남편을 회유하는 것은 어렵지 않았다. 아니, 쉬웠다.

긴장한 탓에 숨이 거칠었지만 연영은 침착하게 움직였다. 연영의 번뜩이는 눈은 남자에게서 한시도 떨어지지 않았다.

신호음이 몇 번 흐르고 나자 선우현이 전화를 받았다.

—어, 여보.

"나 김연영인데."

—네?

"나라고. 김연영."

아주 잠깐 침묵이 흐른 후 겁에 질린 목소리가 들려왔다.

—……연영 언니?

"누가 네 언니야."

가방 안주머니에 안전하게 들어 있는 세 번째 사진이 떠오르고, 패거리 쪽에 서 있던 선우현의 얼굴이 떠올랐다. 이가 딱딱 부딪쳐서 입을 일부러 벌리고 있어야 했다.

　—이거 제 남편 휴대폰 번호인데……?

　선우현이 작게 내지르는 비명이 들렸다. 연영은 무시하고 말을 이었다.

　"이제 똑바로 말해. 거짓말할 생각 말고. 수경이랑 민서한테 무슨 일이 있었어."

　—무슨 말을 하는 거예요! 내 남편은 어떻게 했어요! 대체 어떻게…….

　"네 남편이 날 집으로 초대했고, 지금은 내 옆에서 잠들어 있어. 깨어나면 너에 대해 다 말할 거야. 사진에 관해서도."

　—무슨 말이냐고요! 내 남편한테 어떻게 접근한 거예요!

　연영은 이를 악물었다.

　"내가 멍청했어. 다 한통속일지 모른다는 생각을 전혀 못 했거든. 지은지랑 잘 모르는 사이라며. 사진은 다른 말을 하고 있던데? 그래, 민서도 잘 모른다고 했지."

　침묵이 흘렀다.

　—……그런데요?

　"그럼 다 같이 민서를 둘러싸고 있는 이 사진은 대체 뭐야?"

　선우현의 떨리는 숨소리가 선명하게 전해졌다.

　연영에게 민서의 죽음을 알려줄 때보다도 더 심하게 떨고 있었다. 중간중간 신음도 섞여 있었다.

　"네가 가지고 있는 비밀, 나한테 숨겼던 거 전부를 말해. 네 인생 전체를 잃고 싶지 않으면."

　이 순간에도 차가운 분노가 연영의 안에서 점점 더 몸집을 키우고 있었다.

　—사진을 봤으면 아실 거 아니에요. 나는…… 나는 피해자였어요. 피해자잖아요! 누가 봐도 그렇잖아요!

　연영의 눈이 초점을 잃은 채 허공을 향했다.

　"……너였구나. 사진을 나한테 주라고 시킨 게."

　—어떻게 그걸 보고도 내가 그 사람들이랑 한통속이라는 생각을 할 수 있어요?

　지금 선우현은 연영이 사진만 받은 게 아니라 H를 만났고, H에게 사주한 인간이 있다는 사실을 알고 있는 것에는 관심 없는 듯했다. 그녀는 오로지 자신의 두려움에만 젖어 있었다.

　"내가 갖고 있는 사진에서 민서를 둘러싸고 있는 네 명. 그중 한 명이 너던데?"

　전화기 너머가 다시 조용해졌다.

　"당장 말해!"

　—살려주세요.

　연영은 다시 남자를 보았다. 눈꺼풀이 파르르 떨리고 있었다. 깨어날 듯 말 듯 보였지만 돌기 시작한 약효 때문에 쉽지 않을 것이다. 그러다 약효가 완전히 돌기 시작하면 다시 더욱 깊은 잠에 빠질 것이다.

　—전 잘못 없어요. 제 잘못이 아니에요. 전 정말 그런 사람이 아니에요. 언니, 제발 살려주세요. 전 죽이지 않았어요……!

　남자가 꿈틀거렸다. 연영은 얼른 전기충격기를 남자의 목덜미로 가져갔다.

　전기충격기를 대려는 순간 남자가 움직임을 멈췄다. 새근새근 숨소리가 들려왔다. 점점 약효가 더 들면 잠이 아니라 기절 상태가 될 것이다.

선우현은 이미 정신을 놓은 것 같았다. 연영이 듣고 있든 말든 상관없이 울면서 말을 이어갔다.

***

난 잘못 없어요. 정말로 죽일지 몰랐단 말이에요. 정말 몰랐어요. 다 말하면 정말 저도 제 남편도 앞으로 건들지 않는 거죠? 약속해주세요. 제발요. ⋯⋯알겠어요.

전부 걔들이 한 짓이에요. 사진 속 걔들이요! 지은지, 민진희, 김세진. 걔들은 우리를 '가출 패밀리'라고 불렀어요. 왜 우리가 가족인지 이해할 수 없었지만 그렇다고 하니 따를 수밖에 없었어요. 집을 나온 전 갈 데가 없었고 이미 걔들 손아귀에 들어간 상태였으니까요.

전 그들을 무서워했는데 가장 무서운 건 그 세 사람을 데리고 있던 대장이었어요. 모두 무서운 사람들이에요. 학교에서 선도부 선생님 무서워하는 그런 거랑은 다른 무서움이었어요. 정상인이 아닌 것 같은⋯⋯.

언니가 잘못 알고 계시는 게 또 하나 있어요. 걔들 이름은 지은지, 민진희, 김세진이 아니에요. 그건 제 진짜 동창들 이름이죠. 걔들이 시켜서 내가 훔쳐다준 교복의 진짜 주인들 이름이요.

성까지는 몰라요. 다만 서로를 자주 불러서 들어서 알아요. 지금도 똑똑히 기억해요.

지은지는 정혜. 민진희는 은주. 김세진은 가윤.

정혜, 은주, 가윤. 이게 그 여자들의 진짜 이름이에요. 증명할 수도 있어요. 세문고등학교 43기 졸업앨범 찾아서 보시면 그 얼굴이 아닐 거예요. 그때 나이는 저랑 비슷했는데 중학생 때부터 길거리 생활을 해온 것 같더라고요.

교복을 훔쳐오라고 한 이유요? 학교 식당에서 점심을 훔쳐 먹으려고요. 교복을 입고 들어가서 아이들 틈에 자연스럽게 섞이면 아무도 모르잖아요. 그래서 제가 체육 시간 몰래 돌면서 교복을 훔쳐 다줬어요. 간도 크고 머리도 비상한 애들이었어요.

그런데 사건이 터졌고 저는 그 직전에 가출 생활을 그만두고 집으로 돌아갔어요. 그때부터 학교도 다시 다녔고요.

그런데 11년 만에 그 애들이 다시 나타난 거예요. 다들 연락을 끊고 산 것 같았는데 연대 책임이라면서, 언니가 동창을 찾아다니고 있으니 가짜 이름 말한 걸 수습해야 한다면서, 돌아가면서 언니를 만나야 한다고 계획을 말했어요. 어떻게든 언니가 자살이 맞도록 믿게 해야 한다면서. 그래서 언니를 만났던 거였죠.

오늘 이렇게 날 다치게 한 것도 그 애들이에요.

아무튼 찾아와서는 내 낌새가 수상쩍다면서 나보고 입 다물고 있으라고 협박을 하더군요.

뭘 입 다물라고 한 건지 이제는 짐작하시겠죠.

네…… 맞아요.

걔들이에요.

수경이란 애는 걔들 때문에 죽었어요.

민서라는 애가 어느 날 가출을 해서 일주일 정도 우리 팸에 있었어요. 민서는 엄청 온순한 편이라 마음에 들어 했는데 가끔 자기들이 원하는 대로 하지 않으면 날 괴롭힐 때처럼 집단으로 괴롭혔어요.

민서는 온갖 시키는 일을 다 하는…… 끔찍한 시간을 보내다가 집으로 돌아갔는데, 이상하게 걔들이 민서한테 집착을 했어요. 알고 보니 민서가 자기 절친 김수경한테 가출팸과 지내면서 있었던 일들을 털어놓은 걸 알게 돼서였죠.

다들 미친 것 같았어요. 그걸 보고 저는 가출팸을 나와서 집으로 돌아갔어요. 한 3개월 만이었죠. 그러고 다시 학교를 다녔는데, 그들이 연락을 해오더니 날 놔줄 테니 시키는 거 딱 하나만 하라고 하더라고요.

저더러 쉬는 시간이 끝나자마자 김수경을 4교시에 옥상으로 불러내래요.

전 시키는 대로 했죠. 그들에게서 벗어나고 싶었거든요. 하지만 겁이 났어요. 대체 무슨 짓을 하려고 그러나. 1교시 끝나고 쉬는 시간에 화장실에서 나오는 김수경을 붙잡아다가 4교시 시작하자마자 옥상으로 올라와 달라고 말했어요.

이미 김수경은 민서한테 들어서 제가 가출팸에 속해 있었다는 걸 알고 있었겠죠. 안쓰러운 눈빛으로 알겠다고 하더군요.

궁금하고 두려워서 화장실에 숨어 있다가 4교시 시작한 후에 내다봤어요. 그럴 수밖에 없었어요. 아무것도 모르고 공범이 되기는 싫었거든요.

그리고 그때 봤어요. 제가 훔쳐다준 교복을 입고 옥상 계단을 올라가는 그 애들을요.

……그 남자, 대장. 이한규도 있었어요. 전에 남학생 교복도 훔쳐오라길래 이상하다 생각했었는데 그 이유였던 거죠.

여자애들은 이한규가 시키는 대로 졸졸 쫓아가는 모양새였어요. 늘 그랬어요. 미친 이한규가 뭔가 비정상적인 명령을 내리면 걔들은 아무런 저항 없이 즐거워하면서 시키는 대로 하는. 그때도 그런 분위기였어요.

걔요? 지가 H라고 해요? 걔 이름은 김형환이에요. 동창인데 같은 반이었던 적은 없어요. 사건이 정리되고 나서 1년 후인가, 김형환이 날 찾아왔어요. 김수경이 시켜서 찍은 사진에 내가 있어서였어요.

정확한 이유는 모르겠지만 김수경이 그 여자애들의 일거수일투족을 찍으라고 시켰나 봐요. 그런데 그 대가도 못 받고 죽어버렸다면서, 나한테라도 뭔가를 받아야겠다고 하더군요. 사진을 뿌려버리겠다고…….

그래서 돈을 줬어요. 그 뒤로도 찾아오길래 이름도, 번호도 다 바꾸고 잠적해버렸어요.

그러다 최근에 언니가 찾아오면서 상황이 우습게 흘러갈지도 모른다는 걸 직감했어요. 그 일이 다시 파헤쳐질지도 모른다는 불안감…….

대포폰을 만들어서 그놈에게 연락했고, 사진을 갖다주라고 시켰어요. 언니한테 나도 피해자라는 걸, 나는 그들과 같은 인간이 아니라는 걸 알려줄 필요가 있었으니까요.

살려주세요. 용서해주세요. 나쁜 의도는 없었어요. 전 그냥 그들에게서 벗어나고 싶었을 뿐이에요. 죄책감에 가끔 납골당을 찾아가기도 했어요. 진심을 다해서요.

죄송해요. 잘못했어요.

네? 맞아요. 네.

걔들 다 공범이에요.

죽인 건 이한규였을 거예요. 아니, 그놈이에요. 세문고 옥상 난간 높이가 있는데 그 여자애들이 김수경을 들어 올렸을 수가 없어요. 이한규가 들어 올려서 떨어뜨린 거예요.

……수경이는 이한규한테 살해된 거예요. 항상 모든 일을 주도하던 그놈…….

교복을 입고 있어서 경찰 눈을 벗어났던 거예요.

**

나한테 전화 왔다는 사실을 숨겨. 네 남편 휴대폰 통화 기록도 지울 거야.

네 남편은 혼자 쓰러진 거야. 난 놀라서 나온 거고. 내 번호로 네 폰에 메시지를 보내놓을 거야.

남편을 만나러 왔는데 갑자기 쓰러졌고 119를 부를 상태는 아닌 것 같아서 그냥 돌아간다고. 사진을 갖고 있다고 했던 건 아무래도 내가 잘못 짚은 거 같아서 그만두겠으니 남편에게 그렇게 전해 달라고.

날 수상하게 생각하지 않도록 남편을 잘 구슬리는 건 네 몫이야.

그리고 걔들에 대해서 아는 전부를 말해. 그게 남편을 구하기 위해서 네가 할 수 있는 일이야.

죽을 때까지 사죄하며 살아. 죄책감에 휩싸여서 살아. 널 지키기
위해서였다고 해도 넌 살인을 방조한 거야.

죽일지까지는 몰랐다고? 아니, 넌 알았어. 그 죄책감에 지금껏 불
행했고 불안했다고 했지? 그러니까 남은 평생도 계속 불안해하면서
살아.

그래야 될 거야.

평생.

***

이 시점에 잃어버린 기억 한 자락이 떠오른 건 행운일까, 불행일까.

수경이는 살면서 단 한 번도 그런 자세를 한 적이 없었다. 그런 식
으로 팔을 굽히지도 않았고 요가를 해보겠다며 난리를 칠 때도 그
런 식으로 허리를 뒤틀지도 않았다.

꺾여서는 안 될 방향으로 꺾인 팔다리……. 머리는 뒤통수의 절반
이 날아갔다. 얼굴은 남아 있었지만 얼굴을 뒤덮은 핏물 사이로 고
통을 부르짖듯 눈을 부릅뜨고 있었다.

경찰이 보여준 현장 사진 속 수경이는 그런 모습이었다.

수경이가 세상에 마지막으로 남기고 간 그 끔찍한 모습 위로 환
하게 웃던 지은지, 민진희, 선우현의 모습이 겹쳐졌다. 영안실에서
눈물로 범벅된 친언니의 손에 의해 눈을 감던 수경이의 모습도.

정신을 차렸을 때 연영은 귀를 막은 채 사이렌 같은 비명을 지르고 있었다.

퉁퉁 부은 눈에서 흘러내린 눈물 때문에 앞이 보이지 않았다.

***

이른 오후, 전화가 걸려왔다.

02로 시작하는, 가정집 번호일 것으로 추정되는 번호였다.

전화를 받자 상대는 자신을 김세진이라고 소개하더니, 민진희에게서 얘기를 듣고 도움을 주기 위해 연락을 했다고 말했다. 김수경의 동창이라며.

김세진이라는 이름이 귀에 박혔다. 연영은 멍하니 허공을 바라보며 그 이름을 되새김질했다.

연영은 모든 것을 여기서부터 시작해야 한다는 것을 알았다.

22

가윤은 사진 속 모습 그대로였다. 나이를 먹었어도 귀여운 얼굴이 그대로였다.

"언니가 장소를 예약하신다 해서 놀랐어요. 몸 상태가 안 좋으시다고 들어서 제가 다 하려고 했거든요."

문이 열리고 직원 두 명이 음식을 날랐다. 일일이 감사합니다, 감사합니다 하면서 직원들에게 친절한 인사를 보내던 그녀의 시선이 소주 세 병에 멈췄다.

직원들이 나가자 미안하고 곤란한 표정으로 말했다.

"죄송한데, 전 술을 잘 못 해요."

"괜찮아요. 제가 필요한 거거든요."

연영의 대답에 가윤은 당황한 표정으로 보았다가 이내 자신의 표정을 자각한 듯 곧바로 미소를 띠웠다. 연영은 웃지 않았다.

"옛날 일을 궁금해하신다고 들었는데요. 사실 전 김수경, 김민서에 대해서도 아는 게 없지만, 전화한 애들도 잘 모르는 애들이라 좀 놀랐어요. 보이스피싱인 줄 알았다니까요. 누군지 기억해내는 데도 한참 걸렸죠. 동창들과 이렇게 인연이 닿게 되네요. 아무튼 도움이 필요하다고 해서서 나오긴 나왔는데 제가 도움이 될지 모르겠어요."

"친한 사이가 아니었나 보죠?"

"얘기도 안 해봤어요. 게다가 그 사건이 아니었다면 전 걔네 이름도 몰랐을 거예요. 아무튼 사건에 대해서 말씀드리자면……."

아직 묻지도 않았는데 가윤은 혼자 다급하게 말을 이어갔다. 그러다 연영이 자신을 빤히 보고 있는 것을 보고는 사레가 들려 기침을 했다.

"물 좀 드세요."

가윤은 컵을 집어 들어 물을 벌컥벌컥 마셨다.

여전히 웃음을 머금은 표정이었지만 처음과 다르게 초조해 보였다. 등 떠밀려 마지막으로 마지못해 나왔을 것이다.

가짜 김세진, 가윤은 연영의 눈치를 살피며 혼자서 열심히 말을 이어갔다. 연영은 가윤이 계속 지껄이게 내버려두었다.

가윤의 말이 얼추 끝났다 싶을 때 연영이 말했다.

"그게 나한테 해줄 말 전부예요?"

가윤이 무거운 눈꺼풀을 들어 올리며 눈을 동그랗게 떴다. 동그랗게 떴다지만 젖은 솜을 붙인 것처럼 무거워 보였다.

"솔직히…… 제 생각을 말씀드려도 될까요? 기억이 돌아오면 범인이 누구인지도 알게 되시지 않을까요? 사실 너무 오래된 일이라 기억도 잘 안 나고, 도움을 구하신다고 하니 나오긴 했는데 이해가 안 되는 건 사실이에요."

"이해가 안 돼요?"

가윤의 귀여운 얼굴에서 웃음기라고는 이미 찾아볼 수 없었다.

"네, 죄송하지만 솔직히 이해가 잘 안 돼요. 수경이란 애가 자살이 아니라고 생각하고 계신다고 들었어요. 끝난 지가 언제인 사건인데 이제 와서 아니라고 한다는 게, 기억이 돌아오면 어차피 다 알게 되실 건데 잠깐 기억을 잃은 것 때문에 헛수고하는 거잖아요. 조금만 인내심을 갖고 기다리시면 기억이 돌아오겠죠. 수경이란 애는 제 기억에도 자살이 맞아요. 아니, 기억이 그런 게 아니라 그게 팩트예요. 자살할 이유가 충분했고, 경찰이 그렇게 결론을 내렸으면 그게 맞는 거겠죠. 알아볼 필요 자체가 없는 일이라고요. 수사를 철저히 한 다음에 내린 결론이겠지, 괜히 그런 결론이 나오겠냐고요."

"……."

"언니 기억이 2009년에 머물러 있다고 들었어요."

"……."

"그럼 현재 본인을 그때 나이로 알고 계시겠네요?"

"맞아요, 난 내가 지금도 스물셋 같아요."

"그럼 사실 제가 언니라고 부르기도 무리가 있기는 하네요. 아무튼 인생 경험은 제가 훨씬 앞서고 있는 거니까 인생 선배로서 말할게요. 언니, 제가 살아오면서 체득한 건데요, 본인이 직접 눈으로 본 게 아니라면, 그 자리에 있던 게 아니라면 아무것도 믿지 말고 입다물고 있는 게 가장 좋고, 그게 옳아요. 그 자리에 있지도 않았으면서 들은 이야기나 추측만으로 나섰다가 낭패 본 사람들 많이 봐왔어요. 경솔하면 안 된다는 거죠."

"난 그 자리에 있었어요."

"그랬죠. 하지만 기억을 못 하잖아요. 기억이 돌아오면 '왜 괜히 사람들을 만나고 다니는 쓸데없는 짓을 했지' 하실 거예요. 분명해요. 이미 다 겪으신 일을, 기억을 파헤치느라 헤집고 있는 거, 그리 좋게 보이지 않아요."

전부터 느낀 건데 이들은 자신의 기억이 어서 돌아오기를 바라는 것 같았다. 이들은 기억이 돌아오면 연영이 원래 알고 있던 그대로 믿을 거라고 생각하는 듯했다. 이들이 바라는 건 그거였던 것이다.

연영이 아무 말 없이 빤히 응시하자 가윤의 눈빛이 흔들리더니 짜증스럽게 한숨을 내쉬며 물컵을 들어 올렸다. 그러다 컵이 빈 것을 보고는 신경질적으로 컵을 내려놓고 물병을 기울였다. 물병을 놓쳤다. 가윤이 작게 헉, 소리를 냈다.

가윤이 허둥거리며 휴지로 닦아내는 모습을 연영은 가만히 바라보기만 했다.

가윤은 몸이 생각처럼 움직여지지 않아 실수를 연발했다. 그녀의 눈이 느리게 끔뻑거렸다.

연영은 가윤에게서 눈을 떼지 않은 채로 손을 뻗어 가방을 자신 쪽으로 끌어당겼다. 가방 안에 손을 넣어 휴대폰을 찾은 다음 녹화 중이던 동영상을 정지시켰다.

이제 그들을 지켜보는 눈은 없었다. 그 모습을 가윤이 멍한 눈으로 보았다.

가윤은 무슨 말을 하고 싶은데 뜻대로 안 되는 듯 연영을 바라보며 멍청한 표정으로 눈만 끔뻑거렸다. 이내 가짜 김세진이 눈을 감고 옆으로 쓰러졌다.

*　*　*

은주에게서 보이스톡이 걸려왔다. 만일에 대비해 전화는 통신 기록이 남으니 보이스톡이나 페이스톡을 사용하자는 것은 정혜의 의견이었다.

정혜는 자신에 비해 은주와 가윤이 너무 멍청해서 마음에 들지 않았다. 특히 가윤은 심했다. 가출팸 대장의 아이를 낳아서는 결혼도 아닌 동거로 살고 있는 것부터가 그랬다. 답답할 노릇이었다.

정혜는 스피커 기능을 켠 휴대폰을 탁자에 내려놓고 소파에 앉았다. 곧바로 은주의 우렁찬 목소리가 날아들었다.

—어떡할 거야! 죽었으면 어떡해!

"선우현을 밀친 건 너야."

—네가 가자고 했잖아. 그리고 애초에 김연영을 만나러 간 건 너야. 너 때문에 다 줄줄이 엮인 거라고!

"그만 좀 해. 지금 우리끼리 싸워서 뭘 어쩔건데? 똘똘 뭉쳐도 모자랄 판에."

—현이가 죽었으면 어떡하냐고!

선우현을 찾아가서 입을 막자고 한 건 정혜 아이디어였다. 하지만 그걸 망친 건 은주였다.

처음에 정혜가 먼저 들어갔고, 차 한잔하면서 자연스러운 분위기를 만든 후에 직접 현관문을 열어 은주와 가윤을 들였다.

겁만 줄 생각이었는데 성격을 못 이기고 은주가 몸을 날린 것이다. 몸싸움이랄 것도 없이 선우현이 쓰러졌고 그러다가 뒤통수가 깨졌다. 머리에서 피가 퐁퐁 나와 이대로 죽는 건 아닐까 덜컥해서 그대로 도망쳐버렸다.

그대로 죽었다면 경찰이 조사를 할 것이다. 그래도 셋 다 얼굴과 몸이 보이지 않도록 옷으로 꽁꽁 싸맸으므로 CCTV에 찍혔다 한들 선우현과 아무런 접점이 없는 그들을 찾아내지는 못할 것이다.

이런 일, 지금보다 열 살은 더 어렸을 때 해봤고, 심지어 완전 범죄로 성공시켰던 일이라 자신 있었다.

다른 흔적을 남기지 않았다고 가정했을 때, CCTV만으로 사람을 잡는 일은 생각보다 어려운 일이다. 용의선상에 오른다 해도 의문 정도만 남기고 풀려날 게 뻔했다.

"만약 죽어서 일이 커지면 그때 가서 해결하면 돼. 아직 아무 일 안 일어났잖아."

—이거 그 자식도 알아?

"글쎄, 남편인데 말하지 않았을까. 아님 무서워서 말 못 했거나. 사실 난 그 자식은 개입 안 됐으면 좋겠어. 그 자식은 분명 일을 키울 거야."

—이러다 괜히 일 커지는 거 아냐?

"아니야, 괜찮아. 이제 거의 다 왔어. 이번 산만 잘 넘으면 더 이상은 없어. 잠수 탈 거야. 외국으로 뜨든가."

—외국으로 떠도 증거가 나오면…….

"닥쳐. 그런 기운 빠지는 얘기할 거면 끊어."

—난 이제 빠질래. 말했지만 난 지금 내 인생에서 아주 중요한 시기야. 알잖아! 할 일이 아주 많아. 이런 쓸데없는 일에 휘말릴 때가 아니라고!

"목소리 낮춰라. 빠지긴 어딜 빠져. 완전히 일단락 될 때까지 끝까지 같이야."

—내가 왜 그래야 하는데? 난 내 인생을 살 거라고. 그건 다 지난 일이야!

"그럼 혹시라도 뭔가 잘못되면 네가 범인이라고 다 덮어씌워도 돼?"

—뭐?

"한 배를 탔으면 끝까지 가야지. 도중에 내리는 건 없어. 그건 서로가 서로에게 되어줄 수 있는 보호막도 포기한다는 거야. 그리고 이 일에서 빠지기 위해서라도 배에 타고 있어야 하는 거 몰라? 어떻게든 서로를 물고 늘어져야 한다는 뜻이지. 근데 그걸 네 손으로 놓겠다고? 남은 사람들끼리 작당을 해서 너만 물에 빠뜨려도 넌 손 쓸 도리가 없게 될지 모르는데도?"

전화기 너머 욕설을 내뱉는 소리가 들렸다.

매일 같이 먹고 자고 놀며 동고동락하던 사이였다. 하지만 11년의 간극이 만들어놓은 차이는 어린 시절의 추억 같은 건 아무짝에도 쓸모없게 만들었다.

"너만 짜증나는 거 아니야. 나도 짜증나 미치겠다고. 출소하고 기억 잃었으면 얌전히 숨만 쉬고 살 것이지, 왜 들쑤시고 다니고 지랄이냐고."

김연영이라는 여자가 기억을 잃은 것이 화근이었다. 아니, 어쩌면 그 여자의 성격이 호락호락하지 않다는 것이 근본적인 화근인지도 모른다.

오래전 단 한 마디의 실수였다. 그때는 그저 장난이었다. 가출을 해서 잠깐 함께 지냈던 김민서가 쓸데없는 이야기를 자기 절친에게 흘렸고, 그 때문에 겁을 주려고 몇 번 민서를 찾아갔었다. 그때 마침 김민서의 엄마에게서 전화가 걸려왔고, 민서에게 제대로 겁을 주기 위해 대신 전화를 받아 민서 친구라고 했다. 이름을 묻기에 입고 있는 교복에 달린 명찰을 그대로 얘기했다.

주변에서 낄낄대며 웃는 소리를 들은 김민서의 엄마가 다른 애들은 누구냐며 물어서 세 명이 같이 있다고 대답했다. 따까리 현이는 밤새 일을 한 바람에 숙소에 자빠져 자고 있었기에 정혜, 은주, 가윤 이렇게 삼총사만이 있었다.

그들은 가출팸 안에서 삼총사였다. 그 누구도 끼어들 수 없는.

나머지 두 명의 이름도 말해달라는 아줌마의 요구에 웃음이 터지는 걸 간신히 참으며 차례로 명찰에 적힌 이름을 읊었다.

역할극 게임을 하는 기분이 들어 재미있기까지 했다. 정혜의 팔에 어깨를 내어준 민서만 빼고 세 사람이 모두 웃었다. 화장실에 갔던 민서가 돌아오고 있다고 거짓말을 날리고는 전화를 바꿔주자 민서는 그들이 보는 앞에서 제 엄마에게 '친구들'과 함께 있다고 했다.

그때 아줌마가 친구 한 명의 전화번호를 알고 싶다고 해서 정혜가 나서서 제 번호를 알려주고 지은지라고 다시 한 번 이름을 강조했다.

연락처를 알려준 건 순전히 재미와 민서를 협박하기 위해서였다. 김민서는 약하고 순한 양 같은 애였으니까.

그런데 그게 이렇게 발목을 잡았다. 아직까지 번호를 갖고 있을 줄이야.

김민서가 죽은 후에도 민서의 엄마라는 사람이 몇 번 연락을 해왔는데 받지 않았다. 혹시라도 경찰에서 연락이 올까 봐 걱정했지만 범인을 현장에서 검거했기 때문인지 다행히 그런 일은 없었다.

이후 번호를 바꾸었는데 어느 날 모르는 번호로 전화가 와서 받았더니 또 김민서의 엄마였다. 바뀐 번호를 자동으로 알려주는 서비스 때문에 정혜의 새로운 번호를 알게 된 것이었다.

당황했지만 사건이 일단락되었으니 또 연락해올 거라고는 생각하지 않았기에 침착하게 대응했다. 김민서에 대해 물어보기에 잘 모른다고 대답하고 다시는 연락하지 않았으면 좋겠다고 덧붙이고 끊어버렸다.

그러고 나니 더는 연락이 없었다. 연락처를 다시 바꿀까도 했지만, 사실 그들이 죽게 만든 건 김수경이지 김민서가 아니니 그렇게까지 안 해도 당연히 아무 일 없을 줄 알았다.

아니, 솔직히 그 일에 대해서 다시 생각해본 적도 없었다.

김연영이라는 여자가 기억을 잃지 않았다면 주변인들을 캐고 다니는 짓은 안 했을 텐데, 그러는 바람에 직접 나서야 하는 상황이 되고 말았다. 여러 동창을 쑤시고 다니다가 진짜 지은지, 민진희, 김세진을 만나게라도 되면 큰 낭패니까. 큰 구멍이 있었다는 걸 알게 되면 거기서부터 수사가 다시 시작될 테니까.

그래서 김연영의 연락을 받자마자 본명이 드러날 위험이 있는 모든 SNS 계정을 삭제했다.

이것부터 짜증나는 일이었다. 왜 죽은 애 때문에 11년이나 지나서 잘 살고 있는 인생을 감춰야 하는지. 갑자기 계정이 없어졌으니 지인들이 이상하게 생각하지 않겠는가.

그래서 직접 나서야 했다. 손 놓고 피해있다가는 결국 걸려들 상황이라면 나서서 뭐라도 해봐야 했다. 김연영이란 여자가 동생이 자살했다고 굳게 믿게 만들어야 했다.

상념에서 깨어난 정혜는 다시 휴대폰을 만지작거렸다.

왜 가윤에게 아무 연락이 없지?

***

한규는 유치원 앞에 차를 세워놓고 두 가지 감정에 휩싸여 있었다.

갑자기 문자를 턱 보내와 아들 픽업을 못 하겠다는 아내 때문에 가게를 직원들에게만 맡기고 부랴부랴 온 거라 짜증이 났다. 한편으론 곧 아들을 볼 거란 생각에 기분이 좋았다. 비록 아들 은규 반 담임한테 갑작스럽게 야간까지 맡겨야 하는 민폐를 끼쳐야 했지만.

한규가 운영하는 무한리필 고깃집 운영은 순항 중이었다. 지난해 체인점을 내기 시작했는데 곧 지점 하나를 더 늘릴 예정이라 절로 콧노래가 나왔다.

20대 때부터 모아온 돈으로 시작한 사업이 망하지 않고 이만큼 커가고 있다는 건 대단한 행운이었다. 심지어 첫 사업이었다. 돈을 모은 방식, 그러니까 밑천을 모은 방법이 좀 걸리긴 했지만.

아니, 아니다. 한규는 생각을 바꿨다. 이 모든 것의 뼈대가 되어준 유일한 길이었으니 돌이켜보면 그에게는 더할 나위 없이 좋은 방식이었다.

처음에 가윤이 임신했다는 걸 알게 됐을 땐 물귀신 같은 년이 제 발목을 잡는다고 생각했었다. 나 죽겠다고 난리를 피우는 바람에 어쩔 수 없이 같이 살기로 한 거였는데, 신기하게도 출산 후에 모든 일이 잘 풀리기 시작했다.

그런 이유 때문에라도 아들 은규는 그에게 보물과도 같았다. 그는 주위에서 아들바보로 유명했는데, 그 말도 자신의 사랑을 다 표현하지 못한다고 자신할 수 있었다.

현재 그의 주위 사람들 중 엉망진창이던 과거를 아는 사람은 없었다. 그런 사람은 모두 끊어냈다. 유일하게 남은 흔적이 있다면 가윤 그리고 아들이었다.

다섯 살 난 아들 픽업을 당일에 갑자기 못 하겠다는 게 엄마 자격이 있나? 생각해보면 이상했다. 가윤은 아들이라면 끔찍이 아꼈고, 단 한 번도 이런 적이 없었다. 게다가 문자만 보내놓고는 전화도 받지 않았다.

최근 며칠 동안 가윤의 분위기가 이상했던 게 마음에 걸렸다. 갑자기 잘 웃지 않았고 하늘같이 떠받들던 남편에게도 무심해졌다. 딴 생각에 잠겨 있는 것 같았다. 바람이 났나.

오늘 밤에 집에 돌아오면 아주 눈물로 바가지를 뜰 만큼 혼을 내줄 생각이었다.

그때 유치원 문이 열리더니 비명 같은 웃음소리와 함께 아이들이 뛰어나왔다. 아이들의 웃음소리는 돌고래 소리처럼 높았지만 귀에 거슬리지 않았다. 오히려 아름다웠다.

아이들을 뒤이어 담임이 활짝 웃는 낯으로 나왔다. 20대 초반이라는 그녀는 참 아름다웠다. 한규는 그 환한 웃음을 잠시 넋 놓고 바라보다가 제 앞으로 달려온 은규를 보고는 입이 저절로 벌어졌다.

"아빠!"

"우리 아들 왔네!"

은규를 안아 올렸다. 엄마보다도 다정한 아빠를 더 좋아하는 아들이었다.

한규는 은규의 목덜미에 코를 묻고 아이 특유의 향을 들이마셨다. 오래전에 끊은 분유 냄새가 나는 것도 같았다. 벌써부터 아이에게서 나던 분유 냄새가 그립다니.

한규는 하루에 딱 한 번, 은규를 안을 때만 느끼는 행복을 마음껏 누렸다.

누군가 그런 부자의 모습을 지켜보고 있다는 것은 꿈에도 상상하지 못한 채.

***

가윤이 전화를 받지 않는 시간이 길어질수록 정혜는 초조해졌다.

이상했다. 무슨 일이 생긴 게 아니라면 자정이 지난 지금까지도 연락이 없는 건.

설마 가윤이 정체를 들켰나? 바보같이!

정혜는 휴대폰을 꼭 쥔 채 집 안을 초조하게 돌아다녔다. 혹시 가윤이 무슨 일을 당한 거라면 자꾸 전화를 했다간 자신도 위험해질지 모른다는 생각에 더 이상 전화를 걸 수도 없었다.

이게 마지막이었다. 이것만 잘 넘기면 모든 게 끝나는 거였다.

"그런데 왜 전화를 안 받는 거야. 왜!"

속이 부글부글 끓었다. 공포심이 피어 올라오는 것도 같았다. 지금껏 살면서 한 번도 느껴본 적 없는 감정이었다.

자정이 넘었다. 이미 그녀가 다니는 술집에 출근해야 할 시간도 지났다. 술집 사람들과 연락하는 용도로 따로 쓰고 있는 다른 회선의 폰이 아까부터 계속 울려대고 있었다. 당연히 마담이었다. 마담이 가만두지 않을 것이다. 보내온 메시지를 슬쩍 보니 정혜를 찾는 손님이 많으니 당장 튀어오라는 내용이었다.

찾는 손님? 여기저기 만지작대고 싶어서 환장한 놈들뿐이겠지. 지긋지긋한 생활이었다. 하지만 어려서부터 집을 나와 해온 일이 이것밖에 없는 걸 어쩌란 말인가.

정혜는 자신과는 다르게 살고 있는 은주가 사실 무척 부러웠다. 전에 현이를 협박하러 가기 위해 만났을 때 잘살고 있는 것 같다며 조금 띄워주었더니, 페이스북에 올린 사진을 보여주며 남편 될 사람 자랑을 신이 나서 해댔다.

주둥이를 막아버리고 싶은 걸 간신히 참았다. 겁도 없고 속도 없어 보이는 모습이 눈꼴사납기도 했지만 더 거슬린 것은 속에서 올라오는 부러움이었다.

그런데 이제는 철창 신세까지 지게 될지 모른다고 생각하자 머리털이 쭈뼛 섰다. 아무리 시궁창 같은 인생이어도 감옥은 아니었다. 그건 절대 안 될 일이다.

정혜는 참지 못하고 다시 가윤에게 전화를 걸었다. 손이 떨렸다.

이번에도 가윤은 전화를 받지 않았다.

다시 전화를 걸려는 찰나였다. 상단에 메시지가 떴다. 가윤에게서 온 것이었다.

〔나 집에 왔는데 너무 피곤해서 잘게. 다음에 얘기하자. 그 언니 만나는 건 잘하고 왔어.〕

그럼 그렇지!

정신을 잠식해오던 두려움이 순식간에 걷히기 시작했다.

이제 다 끝났다!

정혜는 기분이 좋아져 기지개를 쭉 켰다. 숨을 내뱉고는 안도의 미소를 지었다.

***

은주는 아까 정혜와의 통화가 언짢았지만 기분이 다시 좋아지는 데는 그리 오래 걸리지 않았다.

은주는 약속한 장소에 먼저 도착해 카페에서 그를 기다리는 시간을 가장 좋아했다. 곧 찾아올 설렘의 시간, 맞이할 때의 따뜻한 분위기. 그는 그런 것을 그녀에게 선사하는 사람이었다.

카페의 통유리를 통해 횡단보도를 건너오고 있는 그녀의 예비 남편이 보였다.

은주는 활짝 웃었다. 그에게 손을 흔들어준 후 자신의 배를 천천히 문질렀다. 곧 있으면 남자친구가 아니라 남편이 될 사람이었다.

중학생 때 집을 나오는 바람에 그녀의 인생은 순탄하지 못했다. 어딜 가든 시궁창 같은 곳이었고, 누굴 만나든 시궁창 같은 사람들만 있었다. 그런 생활에서 벗어난 것은 우연히 아르바이트로 직원이 세 명인 작은 사무실에 다니게 되면서부터였다.

술집만 전전하며 다른 일은 생각도 해본 적 없던 그녀가 별 생각 없이 지원서를 넣었는데 사람 좋은 사장이 그 자리에서 그녀를 채용했다.

비록 아르바이트일 뿐이긴 하지만 풀타임으로 일하며 규칙적이고 건전한 생활을 시작하자 은주는 달라졌다. 남편이 될 그를 만나게 된 것 역시도 사무실에서였다. 클라이언트로 왔던 그와 일 때문에 자연히 교류가 많아지다가 연인 사이로 발전한 것이다.

인생 제2막이 시작된 거나 마찬가지였다.

은주는 태어나 처음으로 느끼는 행복이라는 감정에 허우적대고 있었다.

결혼하기 전에 생긴 아이지만 뱃속에 있는 이 작은 생명체는 이제 그녀를 인생 제3막으로 데려다줄 것이다.

최근 들어 성가신 일이 하나 생긴 게 흠이라면 흠이었다.

그 때문에 잠시 잊고 지냈던 지옥 같은 기분을 최근 몇 주 동안 겪어야 했다. 어려서 판단력이 흐린데다 이한규의 손아귀에 잡힌 탓에 저질렀던 악행 하나가 수면 위로 오르려고 한 것이었다.

하지만 이제 거의 다 끝나가고 있었다. 김세진의 역을 맡았던 가윤만 잘하고 오면 더 이상 그들이 김연영을 만날 이유는 없었다. 친구와 멀어진 김수경이 스스로 죽음을 선택한 게 확실하다는 이야기 말고는 들을 수 있는 정보는 없었다.

김연영이 사건에 대해 물었을 때는 그들이 김수경을 밀어버리고 부리나케 학교를 빠져나오던 상황에 약간 상상을 입혀서 대답했더니 완전히 속아 넘어갔다. 기억을 잃었다던 김수경의 언니는 머리까지 모자라진 건지 모든 걸 아무 의심 없이 받아들였다. 하긴 11년이 흘렀으니 기억이 잘 안 난다고 해도 믿을 수밖에 없긴 할 것이다.

아무튼 다 끝났다. 정혜는 정혜대로 살면 되고, 가윤은 성폭행을 당한 주제에 그게 사랑이라고 믿으며 지금처럼 착각 속에서 살아가면 그만이다. 자신은 자신대로 이제 행복할 일만 남았다.

그가 카페에 들어섰다.

그가 다가와 은주에게 입을 맞추자 은주는 예쁘게 웃었다.

디데이. 당신의 아이를 임신했다는 사실을 알리는 날이 바로 오늘이었다.

23

가윤의 페이스북에는 은주와 친구가 맺어져 있었다. 피드를 보니 친구를 맺은 것은 아주 최근이었다.

연영은 자세히 살펴보고 나서 그들이 '임신'이라는 공통된 관심사 때문에 친구를 맺었다는 걸 알 수 있었다.

두 사람이 어리석게도 연결고리를 만들었다는 것 그리고 SNS 활동을 좋아하는 은주가 어리석게도 글을 올리면서 위치 설정도 같이 해두었다는 것은 연영에게 호재였다. 가윤을 이용해 은주를 끌어내는 번거로운 짓을 할 필요조차 사라진 것이다.

연영은 자신의 방 안에 식탁 의자를 가져와 청테이프로 의자에다 가윤의 몸을 묶어놓았다. 가윤은 정신이 들자마자 비명부터 질러댔지만 입에 붙인 청테이프가 모든 소음을 막아주었다. 하지만 방 안에 퍼진 술 냄새를 막아주는 건 없었다. 친구가 취한 것처럼 업고 나오기 위해 가윤의 몸에 들이부었던 소주 냄새였다.

잠시 난리를 쳐대던 가윤은 쇼크를 이기지 못하고 다시 정신을 잃었다. 차라리 그렇게 기절해주니 연영은 수월해졌다.

연영은 은주의 페이스북을 들여다보고 있었다. 가장 최근, 약 3분 전에 '오빠와 함께 뮤지컬보러♡'라는 게시글이 올라왔다. 행복해 보이는 남녀와 뮤지컬 예매표를 찍은 사진이 있었다. 그 사진을 확대했다. 뮤지컬 클로징 시간은 지금으로부터 2시간 30분 후.

연영은 가윤이 있는 방문을 닫고 나와 상미에게로 갔다.

상미가 살아있어 다행이라는 생각이 진심으로 든 것은 지금이 처음이었다.

불을 켜자 끔찍한 몰골의 상미가 힘겹게 눈을 떴다. 상미는 간신히 숨만 붙어 있는 것 같았다.

연영은 그 앞에 책상다리를 하고 앉았다. 생명이 꺼져가는 듯한 상미의 눈이 느리게 연영의 주위를 살폈다. 무기가 있는지 확인하는 것 같았다. 딸을 잃은 어미의 눈에서 공포가 보이자 이상하게 눈물이 났다.

연영은 눈물을 닦지 않고 흐르도록 두었다. 따뜻한 눈물이 기분 나쁘지 않았다.

"아무리 그래도 지금 아줌마를 풀어줄 수는 없어요. 미안해요."

직접 말을 하지는 않았지만 상미의 눈은 연영에게 무슨 말이냐고 묻고 있었다. 상미는 연영의 달라진 분위기에 혼란스러워하는 것 같았다. 그러나 입은 열지 않았다.

지금까지 잔뜩 긴장한 채 상미 앞에 앉았던 것과 다르게 연영은 어깨에 힘을 빼고 편안히 앉았다. 피해자 가족 둘이 모여서 왜 이러고 있는 건지.

"병원에서 깨어났을 때부터 이렇게 되기까지 쭉…… 아줌마가 나를 볼 때 표정이 왜 그랬는지 이제 알겠어요."

"……."

"지금 나 같은 기분이어서 그랬을 거예요. 그쵸?"

상미는 무슨 말이냐고 되묻지도, 고개를 끄덕이거나 젓지도 않았다. 실눈을 뜬 채로 아무 소리도 내지 않고 가만히 있었다.

"정말로 아줌마는 날 어떻게 하려고 했던 거였어요? 아니, 어떻게 하고 싶었어요? 지금 내 마음이랑 똑같았으려나? 그런 마음인데도 내가 기억을 잃는 바람에 날 보면서 참고 지내야 했던 거예요?"

침묵.

"참 힘들었겠어요. 나라면 그렇게까지는 못했을 것 같거든요."

또다시 침묵.

연영은 한동안 말없이 상미를 바라보았다.

"내가 민서를 죽인 범인이라는 걸 알았을 때, 날 어떻게 하고 싶었어요?"

시간이 별로 없었지만 연영은 차분히 기다렸다. 상미가 대답했다.

"죽이고 싶었어."

연영은 천천히 고개를 끄덕였다.

"하나 꼭 물어보고 싶은 게 있었는데. 나를 해치기로 마음먹고 나서는…… 어쩔 셈이었어요?"

마지막 질문이었다. 그래서일까. 이런 고요함이 심지어 평화롭게 느껴졌다.

이상한 순간이었지만 연영에게는 꼭 필요한 순간이기도 했다.

평화로운 이런 기분을 느껴본 게 언제였는지 까마득했다. 맞다. 평화롭다는 기분이 이런 거였다.

잠시 후 상미의 거칠어진 목소리가 들려왔다.

"……죽고 싶었어."

상미의 대답에 잠시 멍해졌던 연영은 이내 고개를 끄덕이며 희미하게 웃었다.

"그랬군요……. 그랬어요."

연영은 상미에게 좀 더 다가가 앉았다. 상미는 이제 놀라지도 않고 모든 걸 체념한 사람 같았다.

"해줄 얘기가 있어요. 진실을 알았거든요."

연영은 김세진인 척 나온 가윤을 찍은 동영상을 보여준 후 저 방에 가윤을 가둬두었음을 알려주었다. 그제야 상미의 입에서 놀란 소리가 흘러나왔다.

연영은 이번에는 가해자들의 얼굴이 나온 사진을 상미의 눈앞에 보여주었다.

그리고 간단하게, 진실을 말해주었다. 민서의 가출을 시작으로 여기까지 오게 된 흐름과 이한규를 비롯한 그 가해자들과의 악연의 고리에 대해서도.

모든 이야기를 다 듣고 나서도 상미는 말이 없었다. 연영은 아무리 진실이 이렇다 해도 결국 민서를 죽인 게 자신이라면 상미에게 달라질 게 없다는 것을 알고 있었다. 하지만 상미의 숨소리가 달라진 것은 분명히 알 수 있었다.

"조금만 더 버텨줘요."

그때였다. 가윤이 발악해대는 소리가 들려와서 연영은 몸을 일으켰다.

방으로 가니 다시 정신을 차린 가윤이 몸부림을 쳐대고 있었다. 저러다가는 의자랑 같이 넘어지고 말 것이다.

"조용히 해, 이가윤."

연영을 보고는 눈이 터질 듯 커진 가윤이 더 크게 소리를 질러댔다. 청테이프가 없었다면 아마 귀가 아팠을 것이다.

연영의 얼굴이 괴물처럼 일그러졌다. 수경이는 죽여 놓고 자기는 살고 싶다고 저러는 꼴을 더 이상 봐줄 수가 없었다.

"조용히 하라고! 죽여버리기 전에!"

가윤의 얼굴을 후려치는 연영의 눈에 눈물과 살기가 뒤엉켰다.

24

뮤지컬은 탁월한 선택이었다. 무대에 완전히 빨려 들어간 두 시간을 보내고 차를 타고 집으로 돌아가는 길이었다. 둘은 이미 은주의 집에서 같이 살다시피 하고 있었다. 그래서 집 앞에서 아쉬워하며 작별 키스를 나누는 일 같은 건 필요 없었다.

신혼집은 아직 준비 중에 있었으므로 결혼식을 올린 후에 이사할 계획이었다.

"피곤하면 좀 자. 도착하면 깨울게."

애인의 다정한 목소리를 들으며 휴대폰을 확인한 은주는 헉, 하고 숨을 들이마셨다. 소리가 크게 새나가지 않아 남편이 듣지 못한 게 다행이었다.

정혜에게서 두 개의 메시지가 와 있었다.

〔오늘 가윤이 김연영 만나러 갔잖아. 근데 연락이 안 돼.〕

〔아, 연락 왔어. 미안. 신경 쓰지 마. 잘하고 왔대.〕

두 시간 간격을 두고 온 메시지의 온도차에 은주의 심장이 뜨거워졌다가 차갑게 식었다.

순간 김연영을 만나러 간 가윤에게 무슨 일이 생긴 줄 알고 진심으로 놀랐다. 가윤까지 갔다 왔으니 이제 그 일은 깔끔하게 마무리된 거나 마찬가지였다.

은주는 이제 그런 불미스러운 일은 잊기로 했다. 어차피 지난 11년간 그녀와 아무 상관도 없던 일이었다.

문제는 애인과 집에 도착해서 씻고 나온 후에 일어났다.

열한 시가 넘은 시간인데 가윤에게서 메시지가 온 것이다.

〔문제가 생겼어. 정혜 때문인데. 지금 너희 집 앞이야. 잠깐만 나와줘.〕

얘가 우리 집을 어떻게 알았지? 잠깐 의아했다가 대화하던 중 알려줬던 것 같기도 하고, 페이스북을 뒤져서 알아냈을지도 모른다는 생각에 별 의심 없이 옷을 걸쳐 입었다.

아무리 그래도 다짜고짜 집에 찾아오면 어쩌란 거야!

남편에게 이상한 낌새를 주고 싶지 않았다. 먼저 아이를 낳아본 가윤과 대화를 나누다가 어쩌다가 친구를 맺기는 했지만 친하게 지내고 싶은 생각은 없었다. 추호도.

더군다나 그 사건에 대한 이야기를 하려고 집에 찾아오는 건 있어서는 안 되는 일이었다. 이 시간에 친구가 갑자기 찾아왔다고 하면 남편이 이상하게 볼 거란 생각에 쓰레기봉투를 버리고 온다고 말하고는 다용도실로 향했다.

그러곤 아직 다 차지도 않은 쓰레기봉투를 들고서 서둘러 밖으로 나왔다.

문 앞에 김연영이 서 있었다.

사태를 파악하는 데는 그리 오래 걸리지 않았지만 몸이 반응하는 속도는 빠르지 못했다.

은주가 소리를 지르기도 전에 연영이 뭔가를 은주의 목에 갖다 댔고, 그 순간 눈앞이 까매졌다.

은주는 숨을 터뜨리며 눈을 떴다. 사위가 어두웠지만 사물을 구별하지 못할 정도는 아니었다. 무슨 상황인지 알아채는 데는 꽤 시간이 걸렸다.

처음엔 꿈속인 줄 알았다. 하지만 눈앞에 보이는 낯익은 얼굴과, 그 얼굴을 마지막으로 본 게 얼마 지나지 않았다는 걸 깨닫는 순간 현실을 자각했다.

건물 사이를 지나 뒤편으로 들어와야만 보이는 주차장이었다. 담벼락으로 둘러싸여 막혀 있는 협소한 주차장에는 방치한 지 오래된 듯 먼지가 쌓인 차 한 대 만이 서 있었다. 사람의 소리라고는 없었다.

무언가가 입을 막고 있었다.

은주는 거칠게 호흡하며 뒷걸음질을 치려고 했으나 그럴 수 없었다.

팔걸이 한 짝이 떨어지고 바퀴 몇 개가 빠져 중심이 기운 의자에 묶여 있었다. 몸을 움직이자 의자에서 삐걱삐걱 소리가 났다.

은주를 더욱 소름끼치게 하는 건 5미터도 떨어지지 않은 거리에서 서 있는 김연영의 얼굴이었다. 은주는 소스라치게 놀라 소리조차 지르지 못했다.

"내 동생은 죽여놓고 넌 무사할 줄 알았나 봐?"

김연영의 얼굴을 보는 순간 은주는 그녀가 이미 모든 것을 알고 있음을 확신했다.

"왜 그랬어?"

들키고 만 것이다. 머릿속에 자신을 향해 웃던 남편의 얼굴이 스쳐 지나갔다.

뱃속에 아기를 떠올린 순간 은주는 이성을 잃고 소리를 지르며 울어댔다. 도저히 제정신으로 견딜 수 없을 것 같았다.

"수경이한테 왜 그랬냐고 묻잖아!"

다가와 목을 잡아챈 김연영의 눈이 너무 새빨개서 마치 피를 흘리는 것처럼 보였다. 은주는 울음도 멈출 만큼 놀랐다.

죄송해요. 죄송해요.

무엇이, 왜 죄송한지도 모른 채 테이프로 막힌 입으로라도 사죄를 하려고 애를 썼다. 뭐가 미안한지도 몰랐다. 그저 이 상황에서 벗어나야 한다는 본능만이 펄떡댔다. 살아야 한다는 것밖에는 아무것도 생각할 수 없었다.

어쩌면 여기서 죽을지도 모른다는 생각이 들면서 눈앞이 하얘졌다. 뱃속의 아기가 떠오르자 피가 역류했다. 본능적으로 배를 감싸기 위해 몸을 웅크리려 했지만 의자에 묶여 꼼짝할 수 없었다. 아이를 지켜야 한다는 본능이 가로막히자 몸 안에서 극심한 공포감이 소용돌이쳤다.

은주의 목에서 손을 풀고 김연영이 뒤로 한 걸음 물러섰다. 핏발이 선 눈으로 은주를 내려다보았다.

은주는 소리 내 애처롭게 울며 연영을 올려다보았다.

연영의 눈빛에는 변화가 없었다. 대신 은주가 전달하려 했던 말들과 상관없는 말을 했다.

"그 남자는 네가 어떤 인간인지 알아?"

은주는 오열하며 괴물 같은 소리를 질러댔다. 테이프의 위력은 대단했다. 은주의 고통을 소심한 아우성 정도로 꽉 막았다.

그는 안 된다. 그가 알아서는 안 된다. 그만은 건들지 말았으면…….

그는 날 거지 같은 인생에서 끌어내준 사람이에요. 내가 햇빛을 보고 살 수 있게 지상으로 끌어올려준 은인이란 말이에요! 내 생명줄, 이제는 내가 살아가는 이유가 된 사람이에요. 제발 그 사람만은…….

빌고 또 빌었다. 제발 테이프를 떼어주기를 바랐다. 이런 사연을 들으면 김연영이 좀 흔들릴지도 모른다고 생각했다.

은주의 마음을 읽은 건지 김연영이 테이프를 떼주었다.

은주는 방금 테이프에 갇혀 짖어댔던 소리를 눈물과 함께 제대로 쏟아낼 기회를 얻었다. 은주는 그 기회를 놓치지 않았다.

사죄, 용서, 애원…… 할 수 있는 모든 걸 합쳐 빌었고, 이한규와 그 여자들이 시킨 짓이라 자신은 관련이 없다고 거짓 고발했으며, 남편을 위해, 자신을 위해 애원했다. 죽이지만 말아달라고 부탁했다.

"걱정 마. 죽이진 않아."

김연영이 그렇게 말하고는 휴대폰을 들어 보이자 은주는 속사포처럼 쏟아내던 말을 멈췄다. 귀에 익은 목소리에 온몸이 차갑게 식어갔다. 휴대폰에서 흘러나오는 것은 녹음된 소리였다.

'아, 저희 소개를 안 했네요. 처음 뵙겠습니다. 저는 민진희, 이쪽은…….'

'자살이 확실했어요. 그건 의심의 여지가 없다고 했어요. 그때 옥

상에 올라갔던 사람도 없었고, 수경이가 떨어지자마자 누군가 발견
하고 비명을 지른 건 짧은 찰나였어요. 만약 수경이 외에 누군가 있
었다면 도망갈 수 있는 시간이 아니었어요. 그리고 아무리 애들이
우르르 몰려갔다고 해도 외부인이 있었다면 눈에 안 띄었을 리가
없죠. 저도 너무 놀라서 또렷이 기억이 나네요…….'

은주 자신의 목소리였다. 김연영이 다른 손으로 또다른 휴대폰을
들어 보였는데 은주는 그것이 자신의 휴대폰이라는 것을 모를 수 없
었다. 남편과 커플로 맞춘 휴대폰 케이스가 어둠 속에서 반짝였다.

뭘 하려는 거지? 눈물이 범벅되어 시야가 흐릿해 은주는 눈을 세
게 깜빡였다. 팔을 들어 눈을 닦고 싶었지만 그것조차 할 수 없었다.

김연영이 은주의 휴대폰에서 뭔가를 조작하자 거기서도 똑같은
녹음 파일이 재생됐다.

은주는 서서히 사태를 파악하고 있었다.

소리를 지르려는 순간 김연영이 다가와 다시 입에 테이프를 붙였
다. 고통에 젖은 소리가 완벽히 차단됐다.

김연영의 손에 의해 녹음 파일이 '남편♥'의 메신저로 전송되는
화면이 보여졌다.

'왜 안 와?' 하는 메시지가 5분 전에 와 있는 것을 보고 은주는 더
크게 울었다.

이어서 연영은 과거에 찍힌 듯한 사진 석 장도 남편에게 전송했
다. 그 사진들을 보는 순간 은주는 눈을 의심했다. 김민서와 선우현
을 협박하던 그때 사진이 어떻게 있는 거지? 누가 찍은 거지?

그 다음 연영은 똑같은 파일을 은주가 일하는 회사의 사장에게도
보냈다.

잠시 후 은주의 눈에 보인 것은 김연영이 사장과 남편에게 사진 다음으로 보낸 메시지 화면이었다.

'이 여자는 살인자입니다.'

그것을 본 순간 은주는 끔찍한 비명을 내질렀다. 몸부림을 치자 몸은 꼼짝할 수 없는데 의자만 위태롭게 흔들렸다. 그럼에도 은주는 테크노춤을 추는 것처럼 마구 고개를 휘저으며 몸부림을 멈추지 않았다.

뱃속에 있는 아이가 떠오르자 숨이 턱 막혀왔다.

다 망했다.

……그는 날 버릴 거다. 회사에서 쫓겨날 거다.

모두가 날 경멸의 시선으로 볼 거다.

나는 모든 곳에서 버려질 거다.

안 돼…… 안 되는데…… 그럼 난 다시 시궁창에서 살아야 할텐데……. 이 아기는 어쩌고……! 난 못 살아. 난 그렇겐 못 살아! 제발!

은주가 고개를 젖히고 마구 울어대는 동안 김연영은 바닥에 있던 제 가방을 들고 주차장을 빠져나갔다.

은주는 몸의 반동에 의자가 뒤로 넘어가려는 것도 모르고 계속 울었다. 운 좋게 일궈놓은 이 삶에 대한 집념만큼 온몸으로 울었다.

결국 의자가 뒤로 한껏 기울어졌다. 의자 바퀴가 땅을 획 굴렀다. 바퀴 때문에 기울어지는 각도에 가속도가 붙었다.

의자가 추락하듯 뒤로 넘어갔고, 은주의 머리도 뒤로 넘어갔다.

끝나지 않을 것 같던 은주의 울음소리가 멎었다.

***

정혜는 느지막이 눈을 떴다.

밤에 출근을 해서 오전 일곱 시에 퇴근하는 생활은 이제 익숙한 일상이었지만 최근에 스트레스를 받아서인지 같은 시간에 일어났는데도 피로가 풀리지 않았다.

오후 2시가 넘은 시각. 간단히 씻고 나와 몸매 관리를 위해 밥 대신 과일을 먹던 정혜는 불현듯 좀 이상하다는 생각에 사로잡혔다.

뭔가를 놓치고 있는 것 같았다. 퇴근해 들어오고서는 한 번도 보지 않았던 휴대폰을 가방 안에서 꺼내 소파에 앉았다.

사과 하나를 통째로 베어 물고 휴대폰을 보던 정혜의 머릿속에 연락하겠다고 해놓고 연락 없는 가윤이 떠올랐다. 물론 아직 24시간도 지나지 않기는 했지만 김연영을 만나러 가기 전에 잔뜩 겁에 질려 걱정하던 가윤과는 어딘가 다르게 느껴졌다.

사실 김연영과 잘 헤어지고 나면 몇 시가 됐든 호들갑스러운 전화부터 걸려올 줄 알았다. 그런데 문자만 하나 보내놓고 지금까지 연락이 없는 건…… 뭐지?

자신이 너무 예민한 걸지도 모른다고 생각하면서도 정혜는 찜찜한 느낌을 지울 수 없었다.

가윤에게 전화를 걸었다.

역시나 받지 않는다.

생각해보니 어제도 자신이 전화를 걸었었는데 거기에 대한 가윤의 답신은 문자뿐이었다.

왜 자꾸 불길한 예감이 드는 걸까.

다시 가윤에게 전화를 걸었다. 역시나 신호음만 갈 뿐 전화는 연결되지 않았다.

이번에는 은주에게 전화를 걸었다. 혹시 가윤의 연락을 받은 게 있는지 물어보기 위해서였다.

은주 역시 전화를 받지 않았는데 회사라면 전화를 받지 않을 수 있겠다는 생각이 들었다. 나중에 다시 연락이 오겠지.

선우현의 전화번호를 찾던 정혜는 결국 그만두었다. 다치게 해놓고 전화라니. 괜히 덜미를 잡힐지도 모른다. 하여튼 몸부터 나가는 모자란 것들 때문에 자신만 고생한다는 억울함이 밀려왔다.

정혜는 이번에는 페이스북에 접속했다. 은주와 페이스북 친구는 아니었지만 전화번호가 저장되어 있으니 추천친구로 뜰 것이라 예상했다.

예상대로 수많은 추천친구 중 'Eun joo'가 보였다. 남편 될 사람과 찍은 사진이 가장 먼저 눈에 들어왔고, 조금 내리자 사무실에서 직접 찍은 사진도 보였다.

지극히 정상적이고 행복해 보이는 모습에 정혜는 다시 속에서부터 올라오는 질투를 느꼈다.

"페북은 괜히 봐 가지고……. 이가윤, 아무 일 없기만 해봐라."

긴장을 풀기 위해 농담처럼 중얼거리며 은주의 친구를 타고 이가윤의 계정으로 넘어갔다. 가윤 역시 페이스북상으로는 평범해 보였다. 그 속사정을 알고 있는 정혜의 눈에는 다르게 보였지만.

어쨌든 지금 정혜가 찾는 건 연락처를 알고 있는 가윤의 SNS가 아니었다. 가윤의 SNS를 통해 닿을 수 있을 이한규의 계정이었다.

괜히 오버하는 건 아닐까 싶기도 했지만 만에 하나 정말로 뭔가 잘못되고 있는 거라면 발 빠르게 움직이지 않으면 안 된다.

가윤의 친구목록을 훑다가 이한규를 찾아냈다. 결국 여기까지 왔다는 생각이 들면서 정혜의 손이 다급해졌다. 이한규의 페이스북에 입장, 메신저를 보내기 시작했다.

〔나 정혜예요. 10년 전에. 기억하죠? 가윤이한테 들었는지 모르겠지만 요즘 심상치 않은 일이 일어나고 있어요. 혹시 가윤이한테도 무슨 일 생긴 거 아닌가 해서요. 꼭 연락주세요. 급해요. 어쩌면 위급 상황일지도 몰라요.〕

떨리는 손으로 전송 버튼을 누르고 나서 정혜는 휴대폰을 가슴에 끌어안고 심호흡을 했다.

이한규와는 절대 다시 엮이고 싶지 않았는데. 결국 이렇게 되고 말았다.

다 묻은 일이라고 생각했는데.

이제 이한규의 답장을 기다리는 일만 남았다.

눈을 감은 정혜의 눈꺼풀이 파르르 떨렸다.

***

한규는 정신없이 매장 관리를 하는 틈틈이 휴대폰을 확인했다. 그렇다 보니 단골들에게 사장이 직접 얼굴을 보이고 고기를 구워주는 서비스를 제대로 하지 못했다. 사업을 시작한 이래 처음 있는 일이었다.

단골손님 관리는 그가 최우선으로 생각하는 부분이었기에 그의 신경은 곤두설 대로 곤두서 있었다.

아내 가윤에게서는 여전히 전화가 없었다. 문자 답장은 있었지만 전화는 절대로 받지 않았다.

〔이따 내가 은규 데리러 갈 거야. 당신은 일해요. 그리고 나 당신한테 화난 게 있어서 전화 받고 싶지 않아. 나중에 얘기해.〕

이게 가윤에게서 온 마지막 연락이었다.

〔어젯밤에 어디서 잔 거야? 어? 당장 전화 안 받을래, 씨발년아!〕

그의 분노에도 가윤에게서는 반응이 없었다. 순종적이라 편했던 아내가 갑자기 이러니 화가 치밀었다. 제 주제에 화가 났다고? 남편에게 한 번도 화를 낸 적이 없는 아내였다.

전화가 오면 한바탕 욕을 퍼붓고 속을 좀 풀 생각이었는데, 그걸 알아서인지 문자로만 답장하는 게 괘씸하기 짝이 없었다.

오늘 아침까지 아내가 돌아오지 않는 바람에 새벽에 퇴근한 그가 은규를 유치원에 보내야 했다. 진이 다 빠졌다. 아이를 준비시켜 유치원 차량까지 데려다주는 일이 이렇게나 손이 많이 가는 줄 그는 처음 알았다.

잠을 제대로 못 자고 나오니 컨디션도, 기분도 최악이라 가윤이 나타나면 한 대 갈겨야만 속이 풀릴 것 같았다.

카운터 뒤에서 휴대폰을 들여다보며 이를 갈던 그는 계산을 하러 다가온 손님을 보고 벌떡 일어섰다. 기분이 거지 같은데 웃는 일이 가장 고역이었다. 그래도 오늘은 제가 데리러 간다고 하니 은규 하교는 신경 안 써도 돼서 한시름 놓았다.

"식사 맛있게 하셨어요?"

그는 부드럽게 미소 지으며 손님의 신용카드를 받았다.

손님을 보내고 다시 휴대폰을 쥐었다. 그의 눈에 페이스북 메신저 아이콘에 표시가 떠 있는 게 보였다.

정혜라는 이름을 본 순간, 그는 싸늘하게 얼어붙었다. 잊을 리 없는 이름이었다.

그때 당시 그가 데리고 있던 가출한 아이들은 많았지만 이 애들만큼은 아마 평생 잊지 못할 것이다. 사건에 같이 휘말렸었으니까.

모두 공범이니까.

그가 공범으로 만들었으니까.

메시지를 본 그는 눈을 의심했다.

한규는 그제야 전화를 받지 않는 가윤의 태도가 말이 안 된다는 걸 알아차렸다.

어쩌면 이미 너무 늦은 건지도 모른다는 것도.

그때였다. 머릿속을 강타한 생각에 한규는 벌떡 일어섰다. 다리가 후들거렸다.

25

밤길을 걷는 연영의 움직임이 빨라졌다. 은주를 뒤따라가다 건물 뒤편 외진 주차장을 발견한 건 우연은 아니었다. 애초부터 그런 장소를 찾고 있었다. 의외로 그런 곳이 널렸다는 것을 이번에 처음 알았을 뿐이다. 덕분에 가짜 민진희를 업고서 힘들게 멀리까지 가지 않아도 되었다. 은주를 남자에게서 잠시 떼어놓을 필요가 있었다.

지금 연영은 다음 실행을 위한 장소로 가는 중이었다. 거의 쉬지 못했다. 쉴 시간이 없기도 했지만 쉴 공간도 부족했다. 집에 손님이 많아졌기 때문이다.

주머니가 아닌 가방에 손을 집어넣자 낯선 휴대폰 감촉이 느껴졌다. 연영은 은주의 휴대폰을 꺼냈다.

연영은 가방 안에서 퇴원 직후 상미에게 받았던 쪽지를 꺼내 번호를 눌렀다.

은주의 휴대폰에는 정혜의 연락처가 저장되어 있지 않았는데 통화기록은 있었다.

연영은 걸음을 멈추고 가로등 불빛이 닿지 않는 어둠속으로 몸을 숨겼다. 상미의 집에서 지은지의 번호를 처음 눌렀을 때처럼 숫자를 하나하나 눌러갔다.

주변을 둘러본 다음 정혜에게 메시지를 보내기 시작했다.

***

휴대폰에 대고 고함을 질러대기를 몇십 분, 한규는 미치기 일보 직전이었다.

"당신, 책임져야 될 겁니다! 예? 됐으니까 아는 거나 똑바로 말해요! 인상착의가 어땠다고요?"

이모라는 사람이 나타나 은규를 대신 데려갔다는 말이 장난이길 바랐다. 혹은 선생이 다른 아이의 일을 착각했다고 말해주길 바랐다. 그러나 선생은 질질 울기만 했다.

하원 시간이 가까워오는데 은규 어머니께서 오시지 않아서 전화를 걸었지만 받지 않으셨어요…… 그 이후에 은규 어머니 부탁으로 왔다며 이모라는 사람이 나타났는데요, 은규에 대해 많이 알고 있고 은규 어머니 사진도 가지고 있었어요……. 그리고 은규가 오늘 엄마랑 뭘 하기로 했는지도 모두 알고 있는데다 어머님과의 통화 기록도 보여주시더라고요. 이모라고 믿을 수밖에 없었어요. 그런데 부재중 기록을 보고도 남았을 시간이 지났는데도 어머님께서 여전히 답신이 없으셔서 뭔가 이상하다는 생각이 들어서…… 그래서 지금이라도 아버님께 연락드린 거예요…….

밤 11시 넘어, 이제 와서?

한규는 가게 안에 손님들이 놀라든 말든 짐승이 포효하듯 울부짖었다. 그러고는 전화를 끊고 가게를 뛰쳐나왔다. 평소 그를 잘 알고 있던 단골손님들이 휘둥그레진 눈으로 그를 보았지만 그는 아랑곳하지 않았다.

어떻게 선생이란 사람이 제대로 확인도 없이 애를 넘겨줄 수가 있는 거냐고!

그런데 이상했다. 어떻게 은규에 대해 다 알고 있고 은규가 오늘 엄마와 하기로 한 일을 다 알고 있었을까. 게다가 통화한 기록?

한규의 머릿속에 정혜에게서 온 메신저가 번뜩였다.

가윤에게도 무슨 일이 생긴 게 분명했다.

가윤에게 전화를 걸려던 그는 어차피 받지 않을 거란 생각에 그만두고 정혜가 남겨놓은 번호로 전화를 걸었다.

전화가 연결되기를 기다리는 한규의 얼굴이 공포로 물들어갔다.

***

연영은 버스에서 내려 정류장에 섰다. 갈 길이 급한데도 잠시 서서 주위를 바라보았다.

거기에는 다른 세상이 있었다. 자정이 가까운 시간인데도 삼삼오오 무리지어 길을 걷는 사람들.

연영은 그들만의 세상을 무표정하게 바라보다가 정류장 옆 인도에 주차된 순찰차를 보고 고개를 푹 숙였다. 그 앞에서 경찰 둘이서 대화를 나누고 있었다. 연영은 찜찜한 마음을 안고 걸음을 빨리해 그 옆을 지나쳤다.

연영이 제시한 장소는 번화가에서 조금 떨어진 곳에 있는 작은 공원이었다.

그 옆 카페의 2층 창가에서는 공원이 한눈에 보였다. 물론 밤이라 일부러 보지 않는 이상 잘 보이지 않았지만 그곳만 주시하고 있는 연영에게는 달랐다.

자리를 잡고 앉자마자 접이식 창문을 열었다. 3월의 선선한 바람이 들어왔다.

오래전, 회사를 다닐 때 동료들과 몇 번 와서 알고 있던 곳이었다. 그 시절이 아주 잠시, 주마등처럼 떠올랐다 사라졌다. 거기에는 지금과는 너무도 다른 김연영이 있었다.

정혜는 바로 나오겠다고 했다. 안 그래도 연락 안 되는 가윤 때문에 불안해하고 있다면 은주의 문자가 먹혀들 거라고 예상했다.

좀 허탈했다. 이렇게 쉬운 사람들이었다니. 고작 이것밖에 안 되는 사람들이었다니.

휴대폰으로 시간을 확인했다. 정혜에게 조금 전에 연락했으니 오는 데 시간이 좀 걸릴 것이다.

어쨌든 머지않았다.

***

정혜는 은주가 제안한 장소에 도착했다.

대학가를 지나가면 있는 외진 공원이었다. 자정이 다 되어 가는 시간이라 길거리에 사람도 줄었지만 여기를 눈여겨보는 사람은 더욱 없었다.

저 앞에 2층짜리 카페에서 흘러나오는 불빛만이 공원을 약하게 비춰줄 뿐이었다.

정혜는 주변을 두리번거리며 벤치에 앉았다. 떨리는 눈으로 아까 온 메시지를 다시 읽었다.

〔아까 바빠서 전화를 못 받았어. 그런데 가윤이가 좀 이상해. 무슨 일이 생긴 것 같아. 지금 좀 만날 수 있어?〕

은주가 보내온 것이었다. 정혜는 글자를 하나하나 다시 보았다.

은주가 보낸 게 맞을까?

아닐지도 모른다고 생각하면서도 이 자리에 나오고 말았다. 가윤에게서는 아직도 연락이 없다.

자신만 빼고 모두가 사라졌다.

주위를 둘러보았다. 공원 뒤편으로 이어지는 주택가 길목 어딘가에 한규가 숨어 있겠지만 보이지 않았다. 보이지 않게 있어야 했으므로 한규는 아주 잘하고 있는 것이다.

김연영은 어디에 있을까.

정혜는 은주를 기다리는 척 태평하게 주위를 둘러보는 시늉을 하며 그녀의 모습이 보이기를 기다렸다.

연락했을 때 이한규는 거의 제정신이 아니었다. 가윤이 어제 사라졌고, 지금은 아들을 누군가 유괴했다고 난리를 치며 정혜에게 모든 일을 털어놓으라고 윽박질렀다. 이한규는 아들을 잃을까 봐 미쳐 있었다.

전후사정을 전해 들은 이한규는 김연영이 가윤과 아들을 데려간 범인이라 확신했다. 은주에게서 온 메시지를 읽어주며 석연치 않다고 말하자 이한규는 더욱 흥분했다. 가윤에게서도 메시지로만 연락이 왔던 것이다.

인적 없는 어두운 공원에 홀로 앉아 정혜는 작게 몸을 떨었다. 김연영은 대체 무슨 짓을 하고 다니는 것인가. 가윤과 은주를 어떻게 했으며, 나는 어떻게 할 생각인 것인가.

정말 모든 걸 알아버린 건가?

만약 그렇다면 자신도 위험에 처한 건지 모른다고 정혜는 생각했다.

돌아가며 김연영을 만나 동창인 척하자는 건 정혜가 주도한 일이었다. 만약 그걸 안다면 김연영의 최종 목표는 자신일지도 모른다.

김연영은 알고 있나? 진짜 주동자는 이한규이고, 옥상에서 김수경을 직접 던진 것도 이한규라는 걸.

김연영은 이한규에 대해 알지도 모르지만 모르고 있을 수도 있다. 모르고 있다면 마지막 순간에라도 알려줘야 했다.

그래야 자신이 살 수 있었다.

26

아무도 없는 공원에 익숙한 얼굴이 걸어 들어가는 게 보였다. 정혜였다.

연영은 정혜가 벤치에 앉아 주위를 둘러보는 걸 지켜보면서 이미 식어버린 커피를 마셨다.

20분이나 더 흐를 동안 정혜에게서 눈을 떼지 않고 지켜보기만 했다.

아무것도 확실한 것은 없었다. 마음조차도 확실하지 못했다. 그러나 연영은 이제는 돌이킬 수 없다는 걸 잘 알고 있었다.

고민하기엔 이미 너무 멀리 와버렸다.

이 정도면 됐겠다 싶은 순간 연영은 은주의 휴대폰으로 다시 정혜에게 메시지를 보냈다.

〔미안해. 오늘 못 갈 것 같아. 가윤이가 연락이 안 돼서 혹시나 하고 보자 했던 건데 내일 만나는 게 좋을 것 같아.〕

최대한 은주의 온라인 스타일을 흉내 내어 내용을 썼다. 멀리 어둠 속에서 정혜의 휴대폰이 반짝였다. 메시지를 읽고 있었다.

정혜가 일어섰다. 가려는 생각인 것 같았다. 아마 짜증이 잔뜩 났을 것이다.

연영은 검은 마스크에 검은색 점퍼를 입고 점퍼의 모자까지 뒤집어쓴 상태 그대로 일어섰다. 카페를 빠져나와 버스 정류장 쪽으로 가는 정혜 뒤를 따랐다. 버스를 타려는 모양이었다.

그 뒤에 바짝 붙어서 같이 버스에 오르면 미행을 들키지 않을 수 있다.

그런데 정혜의 방향이 이상했다. 버스 정류장 쪽으로 가는가 싶더니 다시 돌아와 공원 쪽을 배회하기 시작한 것이다. 그러다 어느 순간 정혜가 한 방향으로 쭉 걷기 시작했다.

연영이 있는 방향이었다.

정혜는 고개를 숙이고 휴대폰을 하는 척하고 있었지만 한순간 눈이 마주쳤다.

그 눈빛을 본 순간 연영은 함정이라는 걸 깨달았다.

연영이 재빨리 뒤를 돌았을 때 거대한 그림자가 훅 가까워졌다. 그 순간 연영은 또 한 가지를 깨달았다. 정혜를 뒤쫓는 자신 역시 누군가에게 뒤를 밟히고 있었다는 것.

어디선가 숨어 있던 남자가 튀어나와 욕을 내뱉으며 연영을 향해 달려왔다.

연영은 뛰기 시작했다. 남자가 험악하게 소리를 지르며 달리자 정혜도 연영을 쫓았다.

연영은 이를 악물고 뛰었다.

쉽게 걸려든 건 정혜가 아니라 자신이었던 것이다. 어둠 속에서 얼핏 본 거라 해도 가윤의 페이스북에 도배된 이한규의 얼굴을 몰라볼 리 없었다. 깔끔하게 단장한 얼굴과 머리를 본 순간 연영의 머릿속에는 피투성이로 눈을 뜬 채 죽은 수경이가 떠올랐다.

……불현듯 아빠의 그리운 얼굴도 떠올랐다.

여기서 붙잡힐 수는 없었다. 여기서 그만둘 수는 없다.

"거기 서! 김연영!"

정혜가 악에 받쳐 지르는 소리는 꽤 멀리서 들렸다. 그러나 남자가 달리면서 내뱉는 욕설은 목덜미 바로 뒤에서 들려왔다. 남자의 헐떡이는 숨결이 닿는 것도 같았다. 거리가 얼마나 가까워졌을지 알기에 뒤돌아볼 엄두도 내지 못한 채 그저 계속 뛰었다.

이대로라면 몇 초 안에 붙잡히고 만다.

게다가 어두운 공원 부지를 빠져나오자 번화가의 밝은 불빛이 쏟아졌다. 더 가면 사람들도 많을 것이다. 그러면 온통 검은색으로 몸을 가린 데다 쫓기는 쪽인 연영이 의심을 받을 것이다.

바로 뒤에서 이한규의 거친 숨소리와 쌍욕이 들려왔다. 연영은 이를 악물고 뛰었다. 숨이 턱까지 차올랐지만 멈출 수 없었다.

결국 공원 부지를 빠져나와 밝은 길에 다다르고 말았다. 미친 듯이 달리는 세 사람의 발소리에 사람들의 이목이 집중되기 시작했다. 이한규의 고함도 큰 몫을 했다.

어떻게 해야 하지.

수경아, 나 어떻게 해야 돼…….

큰일이다. 저 앞에 아까 봤던 순찰차가 보였고, 수다를 떨고 있던 경찰 두 명이 아른거렸다.

방향을 틀어야 하는데.

그런데 두 경찰이 동시에 몸을 틀더니 날카로운 눈빛으로 이쪽을 보고 섰다.

방법이 없었다.

연영은 계속 전속력으로 뛰면서 팔을 크게 휘저었다.

"살려주세요! 도와주세요!"

경찰들에게 즉각 반응이 왔다.

"무슨 일이십니까!"

연영은 그들 사이로 뛰어들었다.

"저 사람이 절 쫓아와요! 살려주세요. 협박당하고 있어요!"

"예?"

경찰 둘의 시선이 일제히 뒤의 이한규에게로 향했고, 연영은 공포에 질린 비명을 지르며 경찰들을 내버려두고 다시 뛰기 시작했다.

붙잡힌 이한규와 이한규를 붙잡은 경찰들이 실랑이하는 소리가 뒤에서 울려 퍼졌다.

연영은 멈추지 않았다. 불이 나는 것처럼 온몸이 아팠지만 멈추지 않고 달렸다. 이를 악문 채 그들에게서 최대한 멀어졌다.

사람들의 시선이 많은 상태에서 버스나 택시를 잡아탈 수는 없어 외진 곳으로 달리고 또 달렸다. 주택가 골목에 접어들자 사람이 숨을 만한 담벼락이 보여 거기로 들어갔다.

연영은 바닥에 무릎을 꿇고 터질 듯한 숨을 골랐다.

방심했다. 하마터면 모든 걸 망칠 뻔했다.

그때 뒤에서 덮쳐온 강한 충격에 연영은 앞으로 쓰러졌다. 계속 따라오고 있었던 걸 미처 눈치채지 못하고 있었다.

덮쳐온 그림자와 연영이 한 몸처럼 땅바닥을 굴렀다. 연영이 조금 늦었다. 정혜에게 머리채를 잡히고 말았다.

연영은 두피가 찢어지는 듯한 고통을 참으며 몸을 돌려 손으로 정혜의 눈을 찔렀다. 정혜가 비명을 지르며 연영의 머리칼을 놓고 자신의 눈을 감싸 쥐었다.

연영은 주머니에서 재빨리 전기충격기를 꺼냈다. 지금 믿을 건 이것밖에 없었다.

그때 다시 정혜가 연영을 밀치면서 연영의 몸이 휘청거렸고, 전기충격기를 놓치고 말았다.

연영이 반사적으로 욕을 내뱉는 순간 정혜의 우악스러운 손이 얼굴로 날아왔다.

퍽 소리와 함께 연영의 얼굴이 옆으로 돌아갔다. 정혜가 고소하다는 듯 웃으며 소리쳤다.

"이 미친년이!"

그게 너의 본모습이었구나.

연영의 배에 정혜의 발이 날아들었다. 뒤로 넘어진 순간 연영의 손에 뭔가가 잡혔다. 사위가 어두워서 그것을 보지 못한 정혜가 다시 연영의 머리채를 잡으려고 달려들었다.

연영은 손에 잡힌 전기충격기의 단단한 부분을 휘둘러 정혜의 관자놀이를 쳤다. 악 소리와 함께 정혜가 옆으로 쓰러졌다.

어디선가 사람들이 몰려와 웅성거리는 소리가 들리기 시작했다.

연영은 바닥을 더듬어 자신의 가방을 찾았다. 그러다 정혜의 가방도 떨어져 있는 것을 발견했다.

정혜가 일어나기 전에 여길 떠야 했다.

연영은 정혜의 가방 안으로 손을 밀어 넣었다. 거기서 꺼낸 지갑을 자신의 가방에 쑤셔 넣고 다시 죽을힘을 다해 달리기 시작했다.

***

"으아아악!"

한규는 악에 받친 소리를 질렀다. 경찰들에게 사정 설명을 충분히, 지나칠 정도로 한 후에야 그들에게서 벗어날 수 있었다.

경찰한테 잡혀 있는 동안 그년이 도망가버렸다. 자기가 피해자인 척 머리를 써서 빠져나갔다.

그 여자가 범인이 확실했다. 정혜는 그년의 이름이 김연영이라고 했다. 오래전 그가 죽인 김수경이라는 학생의 친언니라나.

가윤을 데리고 있는 것도 그년이 확실했다.

그년을 찾아야 아들을 찾을 수 있었다. 아까 경찰들에게 사정 설명을 했지만 경찰서에 정식으로 신고 절차를 밟으라는 말뿐이었다. 잔뜩 겁에 질린 여자가 나쁜 놈이라고 지목한 이상 경찰들의 관점을 바꾸기란 쉽지 않을 듯싶었다. 그렇다면 직접 잡아야 하는데, 정혜는 어디로 사라져버렸는지 코빼기도 보이지 않았다.

이 씨발년들이.

은주에게서 온 메시지가 김연영이 파놓은 함정 같다는 정혜의 판단은 예리했다. 그래서 둘이서 짧게 의논한 결과 이쪽에서도 매복을 하자는 결론을 내리고 둘이 시간차를 두고 도착했다. 계획은 좋았는데 이렇게 당하고 말았다는 게 한규는 믿기지 않았다.

내 아들…… 내 아들…….

김연영이라는 여자를 찢어 죽이고 싶은 살의가 날뛰었다. 오랜만에 느껴보는 감정이었다. 오래전 김수경이란 년도 그랬다. 친한 친구라면서 순해빠지다 못해 멍청할 지경인 김민서에 비해 김수경은 당돌했고 철두철미했다. 그 동생의 그 언니라는 건가.

그 언니 운명도 동생과 똑같이 만들어줘야겠다. 그래야만 이 화가 풀릴 것 같았다.

그때 휴대폰이 진동했다.

모르는 번호로 걸려온 전화였다. 혹시 유치원의 다른 관계자가 아닐까 싶어 황급히 전화를 받았다.

유괴범, 그년에게서 온 전화였다.

―경찰에 알리는 순간 이은규는 죽어.

아들의 이름을 듣는 순간 숨이 턱 막혀왔다. 살면서 한 번도 느껴본 적 없는 두려움이 가슴 안에서 아지랑이처럼 피어났다.

―내 연락을 기다려. 네 아들 살리고 싶으면.

한규가 한 마디도 하지 못한 상태에서 전화가 끊겼다.

그는 곧바로 다이얼을 켜서 112를 눌렀다. 손이 주체할 수 없을 만큼 떨렸다. 범인을 눈앞에서 이렇게 놓칠 줄은 몰랐기에 불안감은 더 커졌다. 살면서 이렇게 속수무책이었던 적이 있었던가.

결국 그는 112를 지웠다. 대신 유괴범에게 전화를 걸었지만 받지 않아, 문자를 보내기 시작했다.

〔신고 안 하겠습니다. 제발 제 아들 살려주세요.〕

문자를 전송한 후 한규는 손에 얼굴을 묻으며 길바닥에 무릎을 꿇었다.

322

***

정혜는 만신창이가 된 채 집에 들어왔다.

김연영이 찌른 왼쪽 눈의 각막이 찢어진 것 같았다. 눈을 뜨기가 힘들었고 간신히 떠도 시야가 제대로 확보되지 않았다. 시력을 잃는 건 아닌지 덜컥 겁이 났다.

뭘로 때린 건지 모르겠지만 단단한 물체로 맞은 관자놀이는 멍이 들었다. 거울을 보면서 정혜는 울음을 참았다. 얼굴 하나 믿고 살았는데, 술집에서도 이 얼굴로 돈벌이를 했는데.

"그 쓰레기 같은 년이⋯⋯."

입에서 욕설을 흘려보내자 솟아올랐던 분노가 좀 누그러지는 것 같았다.

이한규 그 개자식은 역시 제대로 하는 게 없었다. 예상대로 일을 키웠다.

그 비쩍 마른 년 하나 못 잡아가지고 날 이 꼴로 만들어? 한심한 새끼⋯⋯.

거울 앞에서 얼굴을 살피던 정혜는 화장대 위에 있던 것들을 모두 집어던지기 시작했다. 그렇게 해도 분노가 가라앉지 않았다. 자신이 뭘 하든 김연영이 쉽게 당할 인간이 아니라는 생각이 들자 다시 공포가 기어 올라오는 것도 화가 났다.

가윤이랑 은주. 두 사람은 뭘 하고 있기에, 어쩌다가 바보 같이 당했을까.

이제 앞으로 뭘 해야 하는지 머리를 굴리며 정혜는 부엌으로 향했다. 이 거지같이 허름한 집도 오늘따라 더 마음에 안 들었다. 곰

팡이가 핀 부엌 타일, 오래되고 낡다 못해 문짝도 떨어져 나가 안의 접시들이 다 드러난 부엌장들.

다 지긋지긋했다.

마음만큼 허기진 속을 참지 못하고 그릇을 꺼내다가 정혜는 고개를 들었다.

집 안에 누군가 있었다.

휙 뒤를 돌며 누구냐고 소리쳤지만 아무도 없었다. 눈이 커지고 맥박이 빨라졌다.

정혜는 식칼을 들고 집 안을 돌아다녔다. 속이 울렁거렸지만 꾹 참았다.

반지하인 대신 방이 두 개인 이곳을 싸게 얻을 때만 해도 이런 일이 있을 거라고는 상상도 하지 못했다.

방 두 개를 모두 살피는 동안 정혜는 말로 표현할 수 없는 끔찍한 기분에 사로잡혀야 했다.

이상하게도 아무도 없었다. 하지만 분명히 인기척을 들었는데…….

그때 베란다 창문으로 실루엣이 보였다. 순식간에 온몸의 피가 얼어붙었다.

재빠르게 몸을 돌리다가, 정신을 잃었다.

27

 간신히 눈을 떴을 때는 어둠 속이었다. 정혜는 무의식과 의식을 오가고 있었다. 정신을 차려보려고 했지만 입에서 신음만 흘러나올 뿐이었다.

 잠인지 뭔지 모를 기운이 쏟아져 도저히 이겨낼 수가 없었다. 술을 마셨을 때보다 몇 배는 더 어지러웠고 졸음 비슷한 게 느껴졌다. 속도 좋지 않았다.

 몸이 묶여 있는 것도 아닌 것 같은데 몸을 움직일 수 없었다. 자신의 몸이 아닌 것 같이 흐물거렸다.

 다시 정신을 잃기 직전, 정혜는 집 안에서 김연영을 보았던 기억을 떠올려냈다. 지지직, 하는 이상한 소리가 들린 순간 생전 처음 겪어보는 통증이 몸 전체를 휘돌더니 지금 이 꼴이 되어 있었다.

 입안에 물기가 있었다. 그러고 보니 김연영이 뭔가를 먹였던 게 떠올랐다.

쓰러지기 전, 마지막으로 들었던 김연영의 목소리가 떠올랐다. 어떻게 들어왔냐는 정혜의 물음에 익숙한 지갑을 보여준 다음 안방 창문을 가리켰다.

저 허름한 창문을 깨서 들어왔던 것이다. 커튼으로 닫아두어서 눈치채지 못했던 것이다.

그 다음으로 김연영이 들어 보인 것은 정혜의 휴대폰이었다.

'다른 인생을 살고 싶어 했나 봐. 조금만 버티고 나와서 다른 곳에 취업? 아니, 아마 그 어디서도 널 써주는 곳은 없을 거야. 내가 그렇게 만들 거거든.'

기억나는 김연영의 마지막 말이었다. 저 말을 듣기 전에 다른 일이 있었던 것 같은데…….

그래…… 김수경 사건에 대해 잘못했다고 빌었다. 모든 것을 시인했다. 이한규가 주도했던 상황을 설명하는 것도 잊지 않았다. 그러나 김연영의 눈빛은 달라지지 않았다.

그녀는 정혜의 다른 회선 휴대폰으로 한규에게 전화를 걸었다. 그 목소리를 들었던 기억이 서서히 떠올랐다.

'경찰에 알리는 순간 이은규는 죽어.'

설마 했는데, 정말로 김연영이 이한규의 아들을 납치했다. 정혜는 이제는 정말 이길 수 없는 싸움이라고 생각했다.

인생 끝났다는 생각이 정혜의 정신을 지배하면서 지옥이 펼쳐졌다.

정혜는 김연영의 경멸과 살의에 찬 그 눈을 평생 잊을 수 없을 것 같았다.

정혜는 다시 까마득한 심연으로 빠져들었다.

***

한규는 뜬눈으로 밤을 지새웠다. 휴대폰을 손에서 놓지 않았지만 유괴범에게서는 아무런 연락이 없었다. 혹시 몰라 가윤에게 전화를 걸었는데 휴대폰은 아예 꺼져 있었다.

문제는 이제 정혜도 연락이 되지 않는다는 것이었다.

가윤만 생각하면 그냥 경찰에 신고해 위치추적을 해달라 할까 싶었지만, 은규를 생각하면 도저히 그럴 수가 없었다.

동이 트고 있었다.

멍한 눈으로 여명을 보던 한규는 갑자기 몸서리치며 정신을 차렸다. 떨리는 손으로 유괴범에게 다시 문자를 보냈다.

〔빨리 연락을 주세요. 기다리고 있어요. 우리 은규는 괜찮은 거죠? 목소리만이라도 듣게 해주세요.〕

답장이 없었다. 더 이상 기다리고만 있을 수 없었다.

인터넷을 켜서 유괴범이 문자를 보내온 번호를 검색했다. 아무것도 나오지 않았다. 분명 누군가의 휴대폰을 뺏어 쓰고 있는 걸 텐데, 왜 아무것도 나오지 않는 거지.

한규는 머리를 쥐어뜯었다. 신음 같은 울음이 새어나왔다.

참지 못하고 유괴범에게 전화를 걸었다. 신호음은 음성사서함으로 넘어갔다.

유괴범에게서는 아무런 답신도 없었다.

한규는 안내음이 흘러나오는 휴대폰에 대고 소리쳤다.

"내 아들이 무사한지라도 알려 달라고! 이 개자식아! 아, 씨발!"

선잠에 들었다 깨었다를 반복하고 있었다. 한규는 휴대폰 벨소리에 번쩍 정신이 들었다.

유괴범의 번호가 떠 있었다.

소파에서 떨어지다시피 내려와 미친 사람처럼 휴대폰을 집어 들었다.

"여보세요!"

말 대신 숨소리가 가장 먼저 들려왔다. 상대는 뭔가를 말하기 전 뜸을 들이고 있었다.

상대가 말을 하기 시작했을 때, 그는 패닉 상태가 되었다.

—아들을 구하고 싶으면 지금부터 내가 말하는 장소로 와. 시간은 다섯 시. 늦어서도 안 되고 일찍 와서도 안 돼. 누군가에게 연락을 해서도 안 되고 내 제안을 어겨서도 안 돼. 이 중 어떤 거라도 하는 순간 네 아들은 그 즉시 죽어. 다 지켜보고 있으니 허튼짓 할 생각은 하지 마.

"은규야!"

할 말이 끝나자마자 전화가 끊겼다.

……은규의 목소리였다.

한글을 뗀 지 얼마 안 된 일곱 살 아들이 더듬더듬 글자를 읽어나가는 동안 한규는 소리도 내지 못하고 입을 막은 채 눈물만 줄줄 흘렸다. 아들의 떨리는 숨소리가 조금이라도 변하는 걸 놓치지 않기 위해서는 아무런 소리도 낼 수 없었다.

곧바로 다시 전화를 걸었지만 유괴범의 휴대폰은 꺼져 있었다.

한규가 부들부들 떨며 이를 갈았다.

감히 아들에게 그런 끔찍한 말을 읽게 하는 김연영이란 여자는 어떤 인간인가. 감히 내 아들에게 씻을 수 없는 악몽을 심어줘?

어린 아들까지 이용하여 복수극을 꾸미는 그 여자를 절대 용서할
수 없었다.

그는 은규를 살리기 위해서라면 무슨 짓이든 하겠다고 다짐했다.
과거보다 더한 짓도 할 수 있었다.

시계를 보았다.

어느덧 3시였다.

28

제 아빠에게 전화를 건 뒤 은규는 연영이 주는 주스를 마셨고 곧
세상 모르게 잠들었다.

출발하기 전, 연영은 제대로 된 식사를 쟁반에다 담아 안방을 찾
았다. 거기에는 일주일 전 연영이 상미와 저녁을 먹기 위해 끓였던
찌개도 담았다.

……겨우 일주일이었다.

쟁반을 상미 앞에 놓아주었다. 손이 묶인 상미가 숟가락을 들 수
없다는 걸 알지만 그렇게 놓아주고 방을 나왔다.

일곱 살 아이를 데리고 이동하는 일은 쉽지 않았다. 아이는 몸집
에 비해 제법 무거웠다. 가방을 어깨에 메고 축 늘어진 아이를 안아
택시에 올랐다.

택시기사가 아들이냐며 관심을 보여 문득 실제 나이를 실감했다.
연영은 대답하지 않았다.

서울 끝자락에 거대한 폐교회 하나가 있다는 것을 알게 된 것은 오래전을 추억하러 왔을 때였다. 일부러 적당한 장소를 찾을 때는 찾을 수 없던 것이, 추억하러 왔을 때 눈앞에 나타난 것은 마치 운명의 장난 같았다.

연영이 열 살 때까지 세 식구가 다니던 교회는 생기를 잃은 폐허가 되어 있었다.

알아보니 약 십 년 전 태풍으로 관리가 부실했던 첨탑이 무너지면서 시작된 참사였다. 공사를 하다 만 흔적이 여기저기 가득했고 안 그래도 외진 곳이었던 주변 부근에는 주택도 건물도 없이 부지 자체가 텅 비어 있었다. 땅을 파고 들어갈 것처럼 뾰족한 첨탑만이 이 황량한 공간을 메우고 있었다.

이곳은 세상과 동떨어진 곳처럼 보였다. 어린 시절 추억이 담긴 곳이었지만 완전히 달라진 모습이, 왠지 자신과 어울리는 장소라고 생각했다.

은규를 안고 택시에서 내린 연영은 폐교회를 올려다보았다. 족히 40미터는 될 건물은 아래에서 보니 까마득했다. 폐건물이라니. 자신이 이렇게까지 할 수 있는 사람이라는 것에 놀랐고, 이렇게 해도 수경이를 되돌려 받을 수는 없다는 사실에 회의가 들었다.

알고 있다. 무얼해도 수경이는 돌아오지 않는다.

하지만 그렇다고 해서 지금 모든 일이 무의미한 것은 아니다.

해기 지기 직전 마지막으로 환한 시간. 여기에서 모든 게 끝날 것이다.

연영에게 남은 삶에서 그 무엇보다 의미 있는 일이 될 것이다.

***

이대로 당할 수만은 없다는 게 한규의 생각이었다. 말한 대로 한다고 해서 그 미친년이 은규를 무사히 돌려보내줄지 믿을 수 없었다. 복수를 할 생각이라면 아들까지 어떻게 하고도 남을 년이었다.

끔찍한 생각에 한규는 몸서리를 치면서도 머리를 굴렸다.

집 안을 돌아다니며 적당한 걸 찾았지만 없어서 결국 밖으로 나왔다. 가까운 철물점에는 없는 게 없었다. 그 중에서 작지만 강력해서 휴대하기 좋은 망치 하나와 접이식 칼 하나를 구입했다. 그런 조그마한 여자 하나는 이 정도로도 충분했다.

다섯 시.

한규는 이를 갈며 시간이 가기를 기다렸다.

***

가윤은 어두운 방 안에서 미친 듯이 발버둥치며 오열했다. 의자와 함께 바닥에 엎어진 지는 오래였다. 엎어지니 중력에 쏠린 몸이 의자에 눌리며 끔찍한 통증이 계속됐다.

그러나 가윤을 고통스럽게 하는 건 그런 게 아니었다.

집에 있던 또 다른 사람은 아이였고, 그게 은규라는 걸 알았다.

그런데 김연영이 은규를 데리고 나갔다.

무슨 짓을 하려고!

의식 없는 아들이 김연영과 함께 집에서 사라진 후부터 가윤은 지옥 속에 있었다. 끔찍했다. 현실이 아니기만을 바랐다. 지독한 꿈이기를. 죽고 싶었다.

목이 쉬어서 더 이상 목소리가 나오지 않았지만 쉰 소리를 내며 울부짖었다.

이러다가는 정신이 나갈 것 같았다.

***

다섯 시 정각에 폐교회 옥상 문이 열렸다. 난간도 없고 철근이 다 드러난 공간에 그가 나타났다.

온통 땀에 절은 이한규는 하룻밤 사이 살이 쑥 빠져 있었다.

연영과 은규는 옥상 끄트머리에 있었다. 바닥에 누워 의식이 없는 은규를 바닥이 끝나는 지점에 아찔하게 눕혀놓은 상태. 연영은 그 옆에 무릎을 굽히고 앉아 있었다. 한 손은 식칼을 겨눈 채로.

"제발! 그러지 말아요! 제발요!"

그 장면을 보자마자 이한규의 얼굴이 새하얗게 질렸다. 이한규는 옥상 문에서 한 발짝도 다가오지 못하고 얼어붙었다.

"잘 알아듣네. 거기서 한 발짝이라도 더 다가오면 이 아이 이 상태로 죽어."

이한규가 두 팔을 내밀며 벌벌 떨었다. 몸을 조금만 뒤로 꺾어도 40미터 아래로 추락할 자리에 앉아서도 태연한 연영과는 달랐다. 연영은 그 차이의 이유를 안다.

살아야 할 목적이 있는 사람과 살아갈 이유를 잃은 사람.

"알겠어! 안 가요. 안 간다고요! 제발 그러지 말아요. 원하는 걸 말해줘요. 뭐든 하겠습니다. 당신이 왜 이러는지도 짐작하고 있어요. 내가 정말……."

"핸드폰 잠금 풀어서 이쪽으로 던져. 최대한 가까이."

이한규는 시키는 대로 했다. 이한규의 휴대폰이 날아와 연영 바로 옆에 안착했다.

연영은 다른 한 손으로 이한규의 휴대폰을 뒤져 통화기록과 예약 문자함을 확인했다.

"신고 안 했어요. 하면 우리 은규 죽인다면서요. 안 했어요! 그러니까 이제 그만 원하는 걸 말해요! 다 하겠습니다. 뭐든 할게요! 근데 은규 왜 그러고 있는 거예요? 다친 덴 없는 거죠? 괜찮은 거죠, 예?"

연영은 추할 정도로 온몸을 떠는 이한규를 잠시 응시하다가 대답했다.

"잠들어 있어."

"잠든 게 확실해요? 예? 제발……!"

연영은 주머니 안에서 수경이의 사진을 꺼내서 들어 보였다.

"기억하지? 네가 죽인 내 동생."

이한규가 소리도 내지 못하고 고개를 끄덕였다.

"네 모든 죄를 고백해. 오래전 네가 저지른 짓. 내 동생을 죽인 일. 구체적으로, 상세히."

이한규는 미치겠다는 얼굴로 한참을 뜸을 들였다.

이한규는 과거의 일을 읊기 시작했다. 민서라는 애가 들어왔는데 말을 안 들어서 혼내줬더니 민서가 가출팸에 대해 김수경에게 말했다는 것.

김수경이 민서를 돕겠다며 이한규의 뒤를 캐고 다녔고, 그래서 학교 옥상에 교복을 입고 찾아가 밀어버렸다는 것.

선우현에게 들어서 이미 모두 알고 있던 내용이었지만 범인의 입으로 직접 들을 필요가 있었다.

어처구니없게도 자백을 하면서 이한규는 울었다. 미안함인지, 이런 운명에 대한 자기연민인지 모를 눈물. 혹은 악어의 눈물.

이한규는 자기가 부리던 여자들 셋과 다를 게 없었다. 똑같이 빌고 또 빌고 애원하고 또 애원했다.

해가 지고 있었다. 최대한 이한규에게 말을 많이 시킬 필요가 있었다.

연영이 식칼을 은규의 목에 좀더 가까이 대자 이한규가 비명을 질렀다. 연영이 물었다.

"고작 그런 이유로 내 동생을 죽였다고? 고작 네 뒷조사를 한다는 이유로?"

"제가 좋은 일을 한 건 아니었잖아요. 가출한 애들 데려다가 앵벌이 시킨 거나 다름없는데, 그걸 까발리겠다고 그러는 애를 어떻게 가만히 둡니까. 아니, 잘했다는 게 아니라 제가 떳떳하지 못했기 때문에 그랬다는 말씀을 드리는 거예요."

연영은 가만히 이한규를 바라보았다.

"지금까지 평생을 후회하며 살아왔어요. 정말이에요! 믿어주세요. 그땐 치기어린 때라서……."

"거짓말하지 마, 살인자 새끼."

"정말이에요! 그리고 어제 일도…… 정혜가, 걔가 자기가 위험하다고 도와달라고 하도 그래서 어쩔 수 없이……. 수경이 언니분인 줄 몰랐어요. 용서를 빌까요? 하늘에 있는 수경이한테 무릎 꿇고 용서 빌게요. 하겠습니다!"

이한규가 사지를 벌벌 떨며 갑자기 무릎을 꿇었다. 그러고는 하늘에 대고 마치 기도하듯 두 손을 모았다.

"죄송해요, 수경 학생. 미안합니다. 미안해요! 평생 속죄하며 살게요. 후회 많이 했습니다. 그때의 저는 제가 아니었어요. 미안합니다! 죄송합니다! 죽을죄를 지었습니다! 정말 죽을죄를 지었어요."

원맨쇼라도 하는 듯한 그 광경에 연영은 어쩐지 헛웃음이 나왔다. 눈에서 흘러내린 몇 줄기의 눈물이 입안으로 들어갔지만 뱉어낼 생각도 하지 못했다.

눈물을 닦아내고 연영은 왼쪽을 힐긋 보았다. 삼각대와 함께 설치해놓은 휴대폰에 이한규의 이 모든 모습이 녹화되고 있었다.

포커스가 이한규에게만 맞춰진 이것은 실시간으로 유튜브에 방송되고 있을 터였다.

이들을 어떻게 해야 할까, 어떻게 하면 완전히 무너뜨릴 수 있을까 고민하던 중 유튜브에서 실시간 방송이라는 걸 알게 되었다.

정혜, 은주, 가윤을 찍은 영상은 이미 같은 채널에 업로드 한 상태였다. 지금 이 실시간 영상을 보고 충격을 받은 사람들이 채널로 들어와 그것들도 보게 될 것이다.

거기에는 연영이 처음에 아무것도 모른 채 만나러 다닐 때 그들이 했던 거짓말 녹음 파일도 모두 포함되어 있었다. 이 충격적인 영상은 소문을 타고 사람들 사이로 퍼져나갈 것이다.

연영이 살던 때보다 열 배는 더 빨라졌다는 인터넷 세상이, 이 네 사람을 대신 죽여줄 것이다.

이 순간을 11년 동안 기다려왔다.

잠 못 들던 밤, 11년 동안의 기억이 돌아왔을 때 연영에게는 기억만 돌아온 것이 아니었다. 그때의 고통도 함께였다.

교도소에서 보낸 11년은 수경이를 잃은 슬픔과는 비교도 할 수 없었지만 의문을 가진 채 교도소에 있어야 했던 시간 동안 연영의 정신은 죽어갔다.

모든 것이 잘못되어 있었고 이제는 바로 잡아야 했다.

그러나 이한규는 연영이 생각한 것 이상으로 건강했고 그만큼 재빨랐다.

연영이 녹화중인 휴대폰에 시선을 빼앗긴 건 아주 잠시였을 뿐이다.

이한규는 순식간에 연영 앞으로 뛰어왔다. 그것을 본 순간에라도 은규의 목에 칼을 들이대어 그을 수는 있었다. 그러나 차마 그러지 못했다.

연영이 망설이는 사이 달려든 이한규가 연영의 얼굴을 후려쳤다. 그 충격에 연영의 몸이 옆으로 기운 짧은 순간, 이한규가 식칼을 빼앗으려 했다. 연영이 가까스로 피하자 이한규가 곧바로 주머니에서 접이식 칼을 꺼내들었다.

연영이 몸을 일으키기도 전에 이한규가 재빠르게 칼을 휘둘렀다. 그 공격을 피하다가 사진을 떨어뜨리고 말았지만 거기까지 다시 갈 수가 없었다.

연영은 일어서지도 못한 채 바닥을 굴러서 칼을 피해야 했다. 식칼을 놓치고 말았다. 이한규가 워낙 재빨라 다시 일어설 틈이 없었다.

"감히 내 아들을 건드려? 평생 불구로 살면서 후회하게 해주지!"

이한규는 아들을 지키겠다는 일념보다 자신의 분노를 쏟아내는 데 급급해 보였다.

연영은 바닥을 쓸 듯 이한규가 쏟아내는 공격을 피했다. 일어서다가 조금만 중심을 잃어도 떨어질 것이기에 함부로 움직일 수 없었다.

미친듯이 칼을 휘둘러대던 이한규는 연영이 정신없이 피하는 모습이 재미있다는 듯 웃었다.

"다들 그러데? 내가 김수경인지 뭔지를 죽였다고? 그래, 맞지. 맞아."

이한규가 칼질을 멈추고 떠드는 모습을 연영은 바닥에 앉은 채 노려보았다. 단 한순간도 긴장을 놓아선 안 된다. 틈이 생기면 비집고 들어가야 했다.

"그래, 그건 그렇다 치는데. 다들 이가윤은 순해빠진 피해자인 줄 알고 있지? 웃기지 말라 그래. 11년 전에 김수경을 죽이자고 먼저 생각해낸 게 이가윤이야. 알아? 그것도 모르면서 나한테 복수?"

연영은 할 말을 잃은 채 이한규를 쳐다보았다.

"웃기고들 있네. 그때 이미 이가윤이 임신을 한 번 했었거든. 김수경이 뒤를 캐고 다니다 보면 그 사실도 까발려질 거라고 두려워했지. 아이 낳고 싶지 않다면서, 일이 커져서 소문나면 안 된다고 난리도 그런 난리가 없었어. 그것 때문에 내가 꽤 고생을 했거든. 수술할 수 있게 아깝게 돈도 줬고. 알아들었냐? 실행은 내가 했지만 처음 아이디어는 이가윤이었다고, 이 멍청아."

그 순간 연영은 이한규에게서 악마의 얼굴을 보았다. 저 악마에게 수경이가 죽었는데 나도 여기서 끝장나는 건가, 생각하자 치가 떨렸다.

"내가 이걸 왜 굳이 말해주는지 궁금하지? 넌 오늘 여기서 죽을 거거든. 너 같은 범죄자, 정신병자는 죽여서 묻어버리면 그만이야."

이한규가 다시 칼을 휘둘렀다. 연영은 칼을 피하면서 바닥을 뒹굴었다. 온몸이 먼지 투성이가 되었고 바닥에 긁힌 몸 여기저기에 상처가 났지만 아픔은 못 느꼈다.

돌연 이한규가 칼을 바닥에 버리더니 연영의 멱살을 잡아 올렸다.

"이 거지같은 년이…… 감히."

감히?

"어디서 감히란 말을 써?"

연영은 멱살을 잡힌 채 말했다. 이런 상황에서 말대꾸가 돌아올 거라 예상 못 했는지 이한규가 더욱 분노에 휩싸인 표정을 지었다.

이한규가 한쪽 팔을 뒤에 낭떠러지 쪽으로 뻗었다. 거기에는 아직 은규가 누워 있었다.

"너도 네 동생처럼 저기서 떨어져서 죽게 해줘?"

머리 뚜껑이 열린다는 건 아마도 이런 것일 터였다. 연영의 숨소리가 사람의 것이 아닌 것처럼 변했다.

차라리 자살이었으면 어땠을까 생각했던 적이 있었다. 적어도 수경이가 스스로 택했고, 그렇게 해서 편해졌으면 그것으로 되었다고 생각하고 싶기도 했었다.

품안에서 커터 칼을 꺼낸 것은 순식간이었다. 커터 칼에 볼이 긁힌 이한규가 고통에 찬 소리를 지르며 멱살을 놓았다. 그러나 이내 연영이 다시 일어서기도 전에 달려와 연영에게 무자비한 폭력을 날리기 시작했다.

일어설 수 없었다. 연영은 두 팔로 머리를 감싼 채 쏟아지는 주먹질을 속수무책으로 맞아야 했다. 몸이 자꾸만 뒤로 밀려났다.

이 지점이라면 카메라의 화각 안에 들어오는 범위였다. 애석하게도 카메라에 얼굴이 찍히게 되긴 했지만, 그것도 딱히 상관없다고 연영은 생각했다.

머리를 여러 대 맞자 연영은 정신이 혼미해지는 것을 느끼며 바닥에 대자로 쓰러졌다. 어지럽고 구토가 나올 것 같았다. 연영은 기침을 하며 눈을 감았다. 일어날 힘이 없었다.

"은규야!"

　이한규가 아들의 이름을 부르짖으며 멀어져 갔다. 연영은 고개를 돌려 실눈을 뜬 채 이한규를 바라보았다. 애달픈 눈빛으로 품안의 아들을 바라보는 모습이 눈꼴사나웠다. 저 표정을 짓고 있는 얼굴 전체를 칼로 그어버릴 수 있다면.

　연영의 눈이 조금 커졌다. 무릎을 굽히고 앉아 아들을 안고 있는 이한규의 발 앞에 수경이의 사진이 있었다.

　저걸 가져와야 하는데. 수경이 사진을 저놈 가까이에 둘 수는 없었다.

　일어서려던 이한규의 발이 사진 쪽으로 향하는 것을 보고 연영은 몸을 일으켰다.

　그런데 상황은 예상하지 못한 데로 움직였다.

　이한규의 발이 사진을 밟고 미끄러지더니 몸이 중심을 잃었다. 곧이어 이한규의 커다란 비명이 울려 퍼졌다.

　이한규가 초인적인 힘으로 은규를 지상으로 던지고 자신은 사라졌다.

　연영은 기어서 사건 쪽으로 다가갔다. 빠르게 움직이고 싶었지만 눈 한쪽이 부어 시야도 좁고 온몸이 아파 그럴 수가 없었다.

　낭떠러지 앞에 다다르자 이한규의 끙끙거리는 신음소리가 들렸다. 연영은 그 앞에 무릎을 꿇고 얼굴을 내밀었다.

　이한규는 한쪽 손으로 난간도 없는 바닥을 기적적으로 붙잡은 채 버티고 있었다. 다른 한 손도 올려보려 하지만 함부로 움직이지 못하고 의미 없는 시도만 반복하고 있었다.

연영의 얼굴을 보고 이한규가 절박하게 외쳤다.

"도와주세요! 사…… 살려주세요!"

연영은 무표정하게 이한규를 바라보았다.

"아까는 죄송했습니다. 제발 살려주세요. 제, 제발요, 예? 수경이 언니……!"

말도 하기 힘든 듯 이한규는 토해내듯 애원했다.

연영은 손을 뻗으며 생각했다.

차라리 수경이가 택한 죽음이었다면……. 정말 차라리…….

연영은 이한규의 손가락 두 개를 떼어냈다.

이제 손가락 두 개만이 이한규의 목숨을 부지해주고 있었다. 이한규의 팔이 격렬하게 떨리기 시작했다.

이한규의 얼굴에 공포가 번졌다.

이한규는 짐승의 울음 소리 같은 비명과 함께 아득한 나락으로 사라졌다.

은규를 안전한 안쪽으로 옮겨놓고 연영은 폐교회 건물을 빠져나왔다. 은규는 영상을 본 누군가가 구하러 와줄 것이다.

건물을 빠져나와 추억이 어렸던 장소를 돌아본 연영의 눈에, 튀어나와 있던 철근에 세로로 박혀 죽은 이한규의 시체가 보였다. 피가 뚝뚝 떨어지고 있었다.

따뜻한 추억이 담겼던 장소도, 살아있는 사람이었던 자신도, 어느새 모두 이렇게 되어버렸다.

***

눈을 의심케 만드는 기상천외한 유튜브 영상으로 세상이 발칵 뒤집혔다. 온라인에 주소가 돌아다녀서 유튜브를 이용하지 않는 사람들에게까지 입소문이 퍼졌다.

순식간에 놀라운 조회수를 기록한 이 영상으로 경찰청에 신고가 접수됐다.

***

모자를 푹 눌러쓴 채 택시에서 내린 연영은 초점 없는 눈빛으로 걸었다. 금방이라도 쓰러질 것 같은 걸음걸이였지만 멈추지는 않았다.

집으로 들어온 연영은 가윤을 의자째로 끌어냈다.

깨어나서 또 소리를 질러대기에 머리를 한대 갈겨주자 금세 정신을 잃고 조용해졌다. 연영의 얼굴에는 아무런 표정이 없었다.

빌라 건물 밖으로 가윤을 끌어낸 후, 다시 집으로 올라가 안방을 찾았다.

이번에는 상미의 몸을 묶고 있던 밧줄을 칼로 모두 끊어냈다. 그래도 상미는 정신을 차리지 못했다. 축 늘어진 채 눈을 뜨지 않았다.

연영은 끙끙대며 상미를 업고 1층으로 내려갔다.

연영은 가윤과 다르게 상미를 빌라 건물에서 멀리 떨어진 곳에 내려놓았다.

"아줌마, 미안해요."

전달될지 모르지만 상미가 들었기를 바라며 다시 빌라로 가 401

호 집에 들어갔다.

평범하고 따뜻했던 가정집은 이제 범죄 현장이 되어 있었다. 곧 경찰들이 몰려오면 폴리스라인까지 쳐져 아무나 드나들 수 없는 곳이 되겠지.

연영은 준비해두었던 휘발유와 라이터를 찾은 다음 출소할 때 가지고 나왔던 분홍색 가방을 손에 들었다. 처음 올 때처럼 그녀가 가진 것이라곤 여전히 이것뿐이었다.

다시 밖으로 나온 연영은 가윤의 몸에 휘발유를 들이부었다.

라이터를 켜서 불을 붙였다. 가윤의 전신에 순식간에 불이 붙어 타올랐다.

정신을 차린 가윤이 비명을 지르며 끔찍하게 몸부림을 쳤지만 연영은 몸을 돌려 걸음을 옮겼다.

흙바닥에 누워 있는 상미도 지나쳤다. 쳐다보면 눈물이 날 것 같아서, 보지 않았다. 곧 누군가 와서 도와줄 것이다.

더 일찍 알아챘어야 했다. 도어락 9210의 의미, 상미가 병원에 가져왔던 낡은 옷…….

교도소에서 출소한 자신을 차로 친 사람도 이제는 기억난다. 차에 치인 순간, 운전석에 앉은 상미의 얼굴을 보았던 것이다.

상미의 복수 계획은 거기서부터 시작되었어야 했지만, 거기서부터 꼬이기 시작했고 결국 여기까지 왔다.

그래도 괜찮았다.

연영은 손에 든 분홍색 가방 안에서 수경이의 사진을 꺼내 보면서 걸었다.

사진을 다시 넣은 후에는 잠시 멈춰 서서 가방이 수경이라도 되는 것처럼 가슴에 꼭 끌어안았다.

이 안에 들었던 지갑이나 다른 물건들은 연영이 교도소에서 지내면서 쓰던 물건이었지만 가방은 아니었다.

왜 자신이 귀휴를 나와서 100만 원을 인출해서 이 가방을 샀었는지. 이제는 안다.

살아 있었다면 줄 수 있었을, 만으로 서른 살이 되었을 수경이에게 줄 생일 선물이었다.

연영은 계속 걸었다.

버스를 아무거나 잡아탔다.

요란한 사이렌 소리를 내며 소방차와 구급차가 지나갔다.

연영은 창문을 열고 바깥바람을 맞았다. 바람이 시원했다.

가방에서 다시 수경이 사진을 꺼냈다.

단 한 장 남은 그 사진은 이제 연영의 눈에는 다르게 보였다. 오래전 창고에 숨겨두고 한 번도 꺼내보지 않았던 네 가족의 사진으로.

모두 활짝 웃고 있는, 열두 살의 연영이 있는 사진.

어디로 가야 할까.

모든 걸 다 끝내긴 했는데, 그다음이 없었다.

출소하던 날, 지금과 똑같은 기분으로 교도소 주변을 돌아다녔던 적이 있었다. 배회하기만 할 뿐 결국 향하지 못했던 곳이 있었다.

수경이가 죽고 나서, 연영이 체포되고 나서 울면서 찾아왔지만 딱 한 번 빼고는 면회를 거부했던 사람.

어느 정류장에 내려 다른 버스에 올랐다.

모두 현금으로 해결했다. 거스름돈이 떨어지는 소리에 사람들이 의아하게 쳐다봤지만 연영은 그들을 보지 않았다.

최대한 몸을 숨기고 다녔고, 고속버스 터미널에 도착해서는 옷도 한 번 갈아입었다.

낡은 벤치에 앉아 시간이 가기를 기다렸다. 터미널의 먼지 냄새에 머리가 어지러웠다.

터미널에는 많은 사람들이 있었다. 저마다 목적지를 가지고 있는 사람들.

고속버스가 도착하자 연영은 신음을 흘리며 자리에서 일어섰다.

버스에 올라, 창가 자리에 몸을 앉히고 나서도 긴장을 놓을 수 없었다.

눈을 감았다.

어느 시골의 파란 대문 앞에 섰을 때, 문을 열고 나온 엄마와 눈이 마주쳤을 때, 연영은 더이상 서른넷이 아니었다.

스물셋도 아니었다.

그곳으로 향하는 걸음이 빨라졌다.

저녁노을 아래, 집을 찾아가는 열두 살 아이처럼.

에필로그

'살인을 목격했다.'

이것은 내가 끔찍한 상황으로 내몰리고 나서야 깨달은 것이었다. 나는 끔찍한 살인사건의 유일한 목격자였다. 무엇보다 범인들이 내가 아는 사람들이라는 사실이 나를 지옥으로 내몰았다.

내 또래와 다르게 나는 엄마와 싸우는 일이 드물었다. 사춘기라 해도 엄마와 대화를 잘하는 딸이었다. 그런데 그날은 좀 달랐다.

그냥 잠깐 엄마가 나를 좀 걱정하게 만드는 것, 그래서 나한테 화를 낸 걸 좀 후회하게 만들어주는 것. 그게 목적이었다. 그런데 막상 밖에 나와 보니 너무 일찍 집에 들어가고 싶지 않다는 마음이 든 것이, 어쩌면 이 모든 것의 시작이 아니었을까.

가출패밀리에 들어갔고, 나는 그곳에서 이한규 아저씨, 정혜, 은주, 가윤 언니를 만났다. 거기에는 놀랍게도 동창 선우현도 있었는데, 나보다 먼저 들어왔기 때문에 깍듯이 선배로 대해야 했다.

그들이 주선해주는 대로 남자들에게 몸을 굴려 돈을 벌어다주어야 잘 곳을 얻을 수 있었다.

나는 몸도 정신도 피폐해져 가고 있었다.

6일째 되었을 때는 집으로 돌아갈 궁리를 했다. 가출팸의 숙소에서 그리 멀지 않은 공터가 있었다. 그곳 구석이 나만의 아지트였다. 거기 숨어서 집으로 돌아가면 어떻게 엄마와 마주할지 궁리를 하고 있던 그때였다.

거기서 사람이 죽었다.

나보다 어린 여자애의 목소리가 들린 것이 시작이었다. 그 여자애와 싸우는 익숙한 목소리들. 정혜, 은주, 가윤 언니…… 그리고 무서운 이한규 아저씨였다.

'뭐야, 죽은 거야?'

'어떻게 해……?'

'아, 씨발, 니네 싸움에 휘말려서 나까지 이게 뭐야!'

'오빠, 묻어요, 이거. 그럼 아무도 몰라!'

'여기 누구 있는 거 아니야? 혹시 모르니까 한번 살펴봐. 당장!'

그들의 끔찍한 대화를 들으며 나는 떨었다. 너무 무서웠다. 친구들과 수련회에서 무서운 이야기를 나눌 때도, 다음 날 아침에 숙소에서 귀신을 봤다는 얘기를 들었을 때도, 악몽을 꾸다가 내 방 어둠에서 혼자 깨어났을 때도 느껴본 적 없는, 정말이지 차원이 다른 무서움이었다.

나는 들키고 말았다. 샅샅이 찾으면 도망갈 곳이 없으니 들킬 수밖에 없는 상황이었지만, 그럼에도 나는 이후 죽을 때까지 나 자신을 원망했다.

왜 도망치지 못했는가. 왜 죽을힘을 다해서라도 뛰지 않았는가. 왜 그들 앞에서 그토록 주눅 들었는가.

그들은 내가 보는 앞에서 여자애 시신의 다리를 잡아 바닥에서 질질 끌어 땅에 묻는 것까지 다 했다. 이제부터 넌 목격자가 아니라 공범이라는 말에 나는 정신이 나갔다 들어왔다. 차라리 애들끼리 얘기하는 유체이탈이란 것을 해버렸다면 좀 나았을지도 모르겠다.

이한규가 나에게 다가와 휴대폰 속 발가벗은 내 사진을 보여줬을 때, 나는 내가 이 일을 그 누구에게도 말할 수 없을 거란 걸 알았다.

단, 수경이만 빼고.

수경이는 나에게 특별한 존재니까. 비록 갑작스럽게 집을 나오게 돼서 연락을 하진 못했지만 수경이는 언제나 내 마음 속 고향 같은 친구니까. 자매보다도 더 깊은 사이랄까?

나는 다음 날 가출팸에서 도망쳐 나와 집으로 돌아왔고, 이 일들을 수경이에게만 말했다.

내가 겪었던 그 어떤 일도 수치심 없이 말할 수 있는 내 유일한, 정말 절친한 친구.

나를 보자마자 야윈 모습으로 힘껏 끌어안으며 울던 엄마에게는 절대로 말할 수 없었다. 아니, 절대로 말하지 않을 것이다. 절대절대. 네버!

그러나 수경이는 분노했다. 증거를 잡아서 그들을 신고해야 한다고 했다. 하지만 나는 조금도 그럴 생각이 없었다. 내 발가벗은 사진이 세상에 돌아다닐 거라고 생각하면, 내가 불과 일주일 사이 여러 남자에게 당해야 했다는 걸 알게 되면 엄마가 받을 충격을 내가 견딜 수 없을 것 같았다.

간신히 수경이를 설득해놨더니 그 언니들이 학교 앞으로 찾아오기 시작했다. 한 번은 내 전화를 대신 받아 내 앞에서 우리 엄마에게 친구인 척까지 했다. 이때부터 나는 자살에 대해서 진지하게 생각하기 시작했다.

증거를 잡아 신고해야 한다는 수경이의 의지는 다시 불타올랐고, 5반인 자기와 같은 반인 김형환인가 하는 애와 거래중이라고 했다.

그러던 어느 날 그날도 날 협박하러 온 언니들에게 수경이에게 모든 사실을 털어놓았다는 걸 들키고 말았다. 휴대폰 통화내역 때문이었다.

수경이와는 멀어졌고, 나는 밥도 혼자서 먹고 수경이도 그렇다고, 이제 수경이가 싫어졌다고 말해도 소용없었다.

믿지 않는 것 같은 언니들의 태도에 두려워져서 나는 다음 날부터 정말로 수경이에게 절교를 선언하고 혼자 다녔다. 외로웠다. 죽도록 외롭고 창피했지만 어쩔 수 없었다.

나약하고 중심 없는 나를 늘 수경이가 지켜줬다. 이제는 내가 그래야 했다.

하지만 그러기엔 나는 천성적으로 너무 약한 애인가 보다.

한심스럽게도 내 영혼은 빠르게 죽어가고 있었다.

그러던 어느 날 수경이가 죽었다.

나는 수경이가 자살할 애가 아니라는 걸 알고 있지만 아무 말도 하지 못했다. 그들이 죽었을 거란 걸 밝히려면 내 치부 전부를 드러내야 하니까.

결국 약하고 비겁한 나는 나를 지키기 위해서 우정도 저버린 것이다.

이미 나는 나 자신에 대한 신뢰를 잃었고, 미래를 버렸으며, 희망을 놓았다. 더 이상 이런 더러운 세상 살고 싶지 않았다.

그렇게 그저 가늘고 긴 숨을 쉬어가며 살아가고 있을 뿐이었는데, 연영 언니가 날 찾아오기 시작했다. 수경이에 대해서 무엇이든지 알려달라고 애원했다.

나는 집 안으로 숨었다. 언니가 나한테 애원할 일이 아닌데, 언니가 잘못한 건 하나도 없는데, 애원하고 비는 사람은 언니가 되어 있었다.

언니는 내가 알던 그 사람이 아니었다. 하나뿐인 가족을 잃고, 그토록 애지중지 사랑하던 동생을 잃고 다른 사람이 되어 있었다. 겉모습도, 정신도.

다 내 잘못이었다.

철없고 비겁한 내 잘못.

한 번만 만나달라고 집 밖에서 오열하는 언니를 볼 때마다 나는 자살을 생각했다.

차라리 죽으면 편해지지 않을까?

열아홉, 아니, 이제 막 스무 살이 된 나는 그 생각에 진지했다.

졸업식 날 엄마가 연락이 되지 않았다. 엄마가 손꼽아 기다려온 날이라는 걸 알고 있지만 나는 비겁하고 나약하고 못된 딸이 졸업하는 모습을 보여주고 싶지 않았다. 그럴 자격이 없으니까. 그래서 엄마가 연락이 없는 건 나에게 차라리 다행인 일이었다.

그런데 연영 언니가 찾아왔다.

이번에는 언니를 피해 숨을 곳이 없었다.

붙잡는 언니, 뿌리치려는 나…….

'민서야, 제발 말해줘. 수경이한테 무슨 일이 있었어? 수경이 컴퓨터 보니까 친구와의 이별 어쩌고 상담한 글이 있던데, 너랑 왜 사이가 멀어졌던 거야? 말해줄 수 없을까? 너랑 멀어졌다고 해도 수경이가 자살한 건 말이 안 돼. 너도 알잖아! 유서? 절대 아니야. 그거 수경이 글씨체 아닌 거 너도 알잖아!'

'몰라요. 난 그거 못 봤어요.'

'한번 봐봐. 경찰들이 내 말은 이제 들으려고도 안 해. 네가 가서 말해주면…….'

나는 언니가 보는 앞에서 뛰어내렸다.

이렇게 하면 아무것도 설명할 필요도, 엄마가 내가 원조교제 같은 걸 했다는 사실에 상처 입을 필요도, 수경이만 죽었다는 죄책감으로 평생을 살아갈 이유도 사라질 것 같아서.

떨어지면서 내가 후회한 건 딱 두 가지였다.

엄마에게 사랑한다고 더 많이 말해주지 못한 것과, 연영 언니에게 수경이가 평소에 언니를 얼마나 많이 존경하고 사랑했는지 알려주지 못했다는 것.

그 두 가지.

사실 죽었어야 할 사람은 나였는데 수경이만 죽었으니까. 나도 그 길을 따라가는 게 맞는 것 같았다.

내 친구 수경이가 외롭지 않게.

바람에 날린 졸업 가운이 뺨을 스쳤다.

오랜만에 마음이 편안했다.